MICHEL PEYRAMAURE

Michel Peyramaure est né à Brive, en Corrèze, en 1922. Au sortir du collège, il travaille dans l'imprimerie de presse de son père avant de devenir journaliste et de se consacrer à la littérature. Son premier roman, *Le bal des Ribauds*, publié par Robert Laffont en 1954, est encore en librairie. Quatre-vingts autres suivront, pour la plupart des romans historiques : sa « Légende de la France ». Nombre d'entre eux ont fait l'objet de traductions. On peut y distinguer notamment une trilogie sur l'Ancien Régime, une autre consacrée aux bandits célèbres – dont fait partie *Cartouche* et *Mandrin* – et un nouveau cycle qui évoquera les grandes dames de la Révolution – dont les premiers volets, *La Reine de Paris : le roman de madame Tallien* et *L'ange de la paix : le roman d'Olympe de Gouges* ont parus chez Robert Laffont en 2008. Son dernier roman, *Les prisonniers de Cabrera : l'exil forcé des soldats de Napoléon*, a paru aux Presses de la Cité en 2009.

Il a obtenu en 1979 le Grand Grand Prix de la Société des gens de lettres et le prix Alexandre Dumas pour l'ensemble de son œuvre.

MANDRIN

DU MÊME AUTEUR
CHEZ POCKET

L'orange de Noël
Les grandes falaises
Les fêtes galantes
Le bal des célibataires
le Parc-aux-Cerfs

Sand, Musset, Chopin
Les amants maudits

Les trois bandits
Cartouche
Mandrin

MICHEL PEYRAMAURE

MANDRIN

Les trois bandits

**

ROBERT LAFFONT

Le papier de cet ouvrage est composé de fibres naturelles, renouvelables, recyclables et fabriquées à partir de bois provenant de forêts plantées et cultivées durablement pour la fabrication du papier.

ISBN : 978-2-266-17762-7

À l'écrivain québécois Pierre Caron

1

La neige et la nuit

Dauphiné : novembre 1748

Le temps de se défaire de son manteau pailleté de neige, de son harnachement de fusils et de pistolets, de sa gourde, et de jeter son bonnet sur un banc, le voyageur parcourut du regard la salle enfumée de l'auberge de montagne. Il était seul en compagnie des chats, d'un vieux chien qui montrait ses crocs jaunes en grognant, d'une ribambelle de poules en train de picorer sur la table, et d'un goret fouillant du groin dans un monceau de vaisselle sale.

Il lança d'une voix forte :

— Holà, la compagnie !

Un rire grésilla au creux de la cheminée en forme de caverne où brûlotait un feu de souches, puis une voix claire partit de l'ombre :

— En fait de compagnie, jeune homme, il n'y a que celle de votre serviteur. Si elle peut vous être utile ou agréable...

Une silhouette lisérée d'une faible clarté se détacha de la pénombre. L'homme qui se tenait assis sur le coffre à sel se moucha bruyamment et s'avança, encore en tenue de voyage : pelisse en peau de chèvre, habit simple mais de bonne filature, avec une grosse ceinture d'où émergeait la crosse d'un pistolet, et d'où pendait une gourde de terre cuite. Malgré son visage lisse et rose, et le toupillon de barbichette brune, à la mousquetaire, entre lèvres et menton, il accusait la cinquantaine bien sonnée.

— La mule, devant la porte de l'écurie, elle est à vous ?

— C'est ma monture, oui, répondit l'homme. On s'en occupe.

Il ajouta en faisant quelques pas de plus :

— Permettez que je me présente : Jacques Terrier de Cléron. Je préside la chambre des comptes de Dole, dans les montagnes du Jura, mais je ne suis pas en mission. Je cours les villages et les sorciers pour me procurer des plantes utiles à ma passion : j'herborise et, si je puis dire, je botanise. Pour la première de ces activités, j'attendrai le printemps.

Il tendit au nouveau venu une main que l'homme, jeune encore, robuste, au visage massif et légèrement grêlé, ombré d'une barbe de plusieurs jours, parut ignorer. Il se gratta la joue avec un sourire et poursuivit en s'asseyant sur un banc :

— Si je me suis arrêté dans l'unique auberge de Pont-en-Royans, c'est que j'eus l'impression d'arriver au bout du trou du cul du monde, si vous permettez cette expression triviale. Ça ne doit pas être pire dans les montagnes du Monomotapa. Mais, vous-même ?

— Louis Mandrin, de Saint-Étienne-de-Saint-Geoirs, dans la Bièvre, plus au nord. Je ne fais pas de contrebande.

— Je suis passé par cette bourgade au printemps dernier. J'ai fait des achats de plantes dans une boutique, sur une grande place et dîné dans une auberge qui, soit dit en passant, a une autre qualité que cette gargote.

— Elle est tenue par ma famille. Ma mère s'occupe du commerce et mon père est maquignon en bétail, mais surtout en chevaux. C'est la seule boutique du village. On y trouve de tout, et à prix honnêtes.

— C'est ce que j'ai pu constater. Je garde le souvenir d'une bisque d'écrevisses digne des meilleures tables de Grenoble et de Chambéry. Et cette eau-de-vie de La Côte-Saint-André... Un délice !

M. Terrier de Cléron se leva et, tourné vers l'escalier, lança :

— Victorine, veuillez descendre, je vous prie ! Vous avez un nouveau client.

Il expliqua que le patron était parti chasser le chamois et dénicher la marmotte, que la patronne s'occupait des lapins et le domestique des montures. Restait Victorine. Elle surgit en haut de l'escalier et, une main sur la corde, resta un moment à observer le nouveau voyageur.

— Victorine préparait ma chambre, dit M. Terrier. Ce sera d'ailleurs la nôtre, mon cher, les autres étant occupées par des sacs de haricots, de pois, et des oignons. Je crois même que nous allons devoir partager le même lit, si vous ne jugez pas ma présence trop gênante. Rassurez-vous, je ne ronfle pas et dors comme un chartreux.

Il demanda à la servante de servir deux vins chauds et de les porter sur sa note. Mandrin l'en remercia et s'assit en face de lui, en écartant les poules. Avec ce temps de novembre, brouillé de neige et de pluie, il faisait si sombre que Victorine alluma la chandelle. Cette petite flamme communiqua une impression d'intimité aux deux voyageurs.

— Nous allons, si vous le voulez bien, dit M. Terrier, trinquer au succès de nos affaires.

Mandrin répondit d'un air sombre en pétrissant ses mains engourdies par le froid :

— J'espère que les vôtres sont prospères, monsieur. Quant aux miennes, elles ont tourné au désastre.

— Vraiment ? Vous allez me raconter vos déboires. Si je puis vous conseiller, ce sera de bon cœur. J'ajoute que cela restera entre nous...

— Je souhaite au contraire que cela s'ébruite et que ceux qui m'ont conduit dans l'impasse où je suis soient connus et punis. L'affaire remonte au mois de mai de cette année...

À la suite de négociations avec des banquiers de Lyon, Louis Mandrin devait conduire à l'armée du maréchal de Belle-Isle, pour les guerres du Piémont, un convoi de cent mules et mulets fournis par son père. À Arles, il avait appris que la guerre était terminée et que, l'armée étant licenciée, le contrat était forclos.

— Cette nouvelle, monsieur, m'est tombée dessus comme la foudre ! Imaginez un peu : près d'une centaine de têtes, avec leur harnachement, me restaient pour ainsi dire sur les bras ! Quelques-unes étaient mortes en cours de route, je dois le dire, mais le pire restait à venir.

Mandrin avait dû reprendre, le cœur en berne, la route de son village avec sa caravane qui, dès les premières étapes, montra des signes d'épuisement dans les routes de montagne.

Il s'interrompit et se leva.

— Je vous raconterai plus tard, dit-il, la suite de mes misères, si cela ne doit pas vous importuner. Pour l'heure, je dois m'occuper de ce qui reste de ma brigade. Merci pour le vin.

À cinq heures de relevée, il faisait presque nuit, si bien qu'il fallut soigner les bêtes, au nombre d'une vingtaine, chevaux et mulets, devant l'écurie de l'auberge, à la lanterne. Il tombait depuis deux heures une neige épaisse et indolente qui cachait le village accroché aux deux pans d'un ravin vertigineux au fond duquel grondait un torrent à demi pris dans la glace, la Bourne. Par nécessité et parce que le froid n'était pas trop vif, Mandrin et le commis qui l'accompagnait décidèrent de laisser les bêtes à l'attache sous un large auvent de genêt.

Après avoir pansé ce qui restait de sa brigade, Mandrin regagna l'auberge. On avait allumé des quinquets à huile et des chandelles, qui diffusaient dans cet antre une clarté de chambre mortuaire et une odeur de mauvais suif brûlé, mêlée à celle de la fiente de porc et de volaille. M. Terrier de Cléron l'attendait avec, sous le nez, un mouchoir de batiste parfumé à la lavande. Il confia à son compagnon que jamais, depuis qu'il parcourait routes et chemins du Dauphiné, il n'avait soupé dans une tanière aussi sordide.

Victorine leur servit une soupe grasse, faite de tranches de pain, de jambon et de lamelles de fromage. Elle l'accompagna d'une fricassée d'abats de porc et d'une tomme de sa fabrication. Quelques pognes gluantes précédèrent la timbale d'eau-de-vie.

La patronne leur demanda sans ménagement de payer d'avance le montant du repas, de la nuitée, et des soins d'écurie. On ne se méfiait jamais trop des clients, dont certains s'esbignaient avant le jour en oubliant de régler leur dû.

Victorine alluma une chandelle, les précéda jusqu'à leur chambre et leur laissa entendre qu'elle était toute disposée à agrémenter leur nuit par sa présence et qu'il leur en coûterait peu. Ils la congédièrent avec un sourire et une pincée de blanchaille.

Malgré le froid polaire qui régnait dans le galetas, M. Terrier fit un brin de toilette dans la cuvette de terre vernissée, en se plaignant qu'elle fût culottée de crasse. Puis il enfila en chantonnant une chemise de nuit. Mandrin se coucha tout habillé en s'excusant des odeurs de sueur et de cheval qu'il portait sur son habit.

M. Terrier tendit un pot de pommade à son compagnon de nuit en lui disant :

— Mon ami, vous allez enduire vos mains, vos pieds et votre visage de cet onguent, comme je l'ai fait moi-même. Un premier examen de la literie m'a révélé que nous allons avoir de la compagnie. Ça grouille de vermine ! N'ayez crainte : ce produit est de ma fabrication. Il sent bon : citronnelle et poudre... *à la Cléron*. J'ai même concocté une pommade pour les hémorroïdes, ce fléau lié aux randonnées à cheval. Si je puis vous en faire profiter...

Mandrin le remercia, affirmant qu'il pouvait s'en passer. M. Terrier, lui, en souffrait. Il s'accroupit et, sous la chemise, s'en badigeonna le fondement. Il laissa la chandelle allumée et dit en se couchant, agité de frissons :

— Si ce n'est pas trop abuser de votre état, et si cela ne vous contrarie pas, j'aimerais connaître la suite de votre aventure avant de m'endormir. Cela m'intéresse au plus haut point. Ainsi, vous êtes revenu d'Italie avec votre laissé-pour-compte...

— Puisque vous remontez vers Saint-Marcellin et que nous allons faire route de concert, j'aurai tout loisir de vous entretenir de mes malheurs. Alors, s'il vous plaît, éteignez cette chandelle qui pue, et tâchons de dormir.

Au réveil, devant un bol de lait chaud et des tartines d'un pain frais, lourd comme du plomb, Louis Mandrin confia à son compagnon que son cheval lui inspirait des craintes dues à son état de fatigue et à une blessure au canon occasionnée par une saillie rocheuse.

— Nous allons voir ça ! lui dit M. Terrier. Je connais ce genre de blessures et, comme j'ai quelques notions dans l'art de soigner les chevaux, vous pourrez sans crainte remonter en selle. En revanche, je crains que, pour certaines des bêtes que vous ramenez... hum ! il n'y ait d'autre issue que l'équarrissage. Mieux vaut tenter de les vendre tant qu'il en est encore temps que de les laisser crever dans un ravin, sans profit pour personne.

— J'y ai pensé en les examinant au lever, et ça me navre. Vous avez raison : mieux vaut les abattre. J'en ai d'ailleurs parlé au patron. Il accepte de m'acheter deux mulets et un cheval qui tiennent à peine sur leurs jambes, mais ce qu'il m'en a proposé suffira tout juste à payer la note.

Lorsqu'ils quittèrent le village, le jour peinait à se dégager des nuages et des brumes qui accrochaient des paquets de laine sale aux parois de la faille. Il neigeotait encore, mais, dans le lointain des montagnes, le soleil tressait aux sommets des couronnes de neige rose.

À un quart de lieue de Pont-en-Royans, dans les parages de Saint-André, le chemin traversait une lande de genièvre et de bruyère bosselée de roches grises coiffées d'une capuche de neige fraîche, sous un ciel couleur d'ardoise. À leur approche, une compagnie de perdrix blanches s'éparpilla autour d'un chêne géant qui avait gardé sa toison cuivrée.

M. Terrier sauta de sa selle pour soulager sa vessie. Il dit à Mandrin :

— Vous ne semblez guère disposé à me conter la suite de votre aventure. Si cela vous contrarie, n'en faites rien. J'imagine que, si près de la frontière, vous avez dû tâter de la contrebande. Ces pratiques me fascinent. Si vous vous y livrez, Dieu vous bénisse ! Tenir tête aux fermiers généraux et à leurs argousins, ces maudits gâbians, ces affameurs, m'aurait tenté si j'avais votre âge.

— Je vous trouve bien imprudent, monsieur ! Si ces propos venaient aux oreilles des messieurs de la Généralité, ils pourraient vous mener aux galères.

— Croyez-vous que je l'ignore ? Si l'on me loue pour mon dévouement à la mission qui m'est confiée, on redoute mon sens de la justice et ma franchise. Les lettres de remontrances que j'adresse fréquemment au roi ou à ses ministres, au sujet de l'état de nos provinces mises au pillage par la Ferme générale, me valent des critiques et des menaces. Je n'en ai cure. Je sais qu'une geôle m'attend à la Bastille, mais je persiste et signe. Notre pays va à vau-l'eau : trop de dépenses immodérées de la part du roi, trop de guerres, trop d'injustices, trop d'abus...

— J'apprécie votre franchise, mais je plains votre imprudence. Nous ne nous connaissons pour ainsi dire pas et, déjà, vous me faites des confidences dangereuses. Qui vous dit que je ne vais pas vous dénoncer, par esprit civique et pour l'amour du roi, cela va de soi ?

— Je sais que vous ne le ferez pas. Je m'y connais en hommes. Au premier abord je sais distinguer l'ami de l'ennemi. Les traîtres, je les flaire comme un chasseur son gibier. Vous n'êtes pas de cette engeance, mon ami ! On vous donnerait le bon Dieu sans confession.

— On le pourrait, sauf que moi et l'Église nous ne faisons pas bon ménage. Mais, dites-moi : comment faites-vous la différence entre un bel écu et un faux-jeton ?

— D'abord au regard. Le vôtre est pur comme cette source qui sort du talus. Il donne envie de vous confier des secrets. Ensuite à la voix. La vôtre est franche et nette, et votre langage ne sent pas la roture.

— Ma mère m'a donné une bonne éducation. Dans ma jeunesse, j'ai eu *L'Ecclésiaste* comme livre de chevet. Je me suis essayé à lire Montaigne, puis j'y ai renoncé et le regrette, mais la philosophie m'ennuie. Il faudrait du temps et de la patience pour venir à bout des *Essais*, mais c'est ce qui me fait défaut. Parfois, pourtant, je me parle à moi-même, la nuit surtout, quand je ne dors pas, avec les mots des livres.

Ils firent halte peu avant Beauvoir, sous un amoncellement de roches dominant l'Isère et une plaine butant contre un énorme piton noir recouvert d'une dentelle de ruines. Des fumées de hameaux montaient droit dans l'air figé. Après que le commis eut vérifié l'état des bêtes et achevé une mule qui traînait à l'arrière, ils partagèrent le repas que la patronne de l'auberge leur avait remis, avec une bouteille de vin. Mandrin sortit sa blague à tabac et la tendit à M. Terrier, qui lui dit :

— J'ai le mien. Nous allons les comparer, si vous êtes connaisseur, comme je le suis moi-même. J'ai acheté celui-ci dans une auberge de Villars-de-Lans.

Ils allumèrent leur pipe.

— Ce tabac, dit Mandrin, est du genève. Savoureux mais raide. Un bon produit de contrebande, monsieur le Président de la cour des comptes...

— J'en conviens et n'en éprouve aucun scrupule. Le vôtre, à en juger par son goût de miel, vient de Hollande.

— Vous ne vous trompez pas. Je l'ai mélangé avec du suisse. J'aime les nuances.

M. Terrier s'éclaircit la voix et lança d'une voix qui ténorisait agréablement :

Alerte, mon brave coursier !
Vite, vite, dans les montagnes
Emporte les contrebandiers...

Il ajouta en riant :

— Si les corbeaux qui poussent leur sérénade dans ce champ étaient des espions, je ne donnerais pas cher de notre peau ! Les contrebandiers... La justice du roi les condamne mais le peuple les absout.

Il s'arrosa le gosier d'une lampée de vin.

— Puisque nous sommes complices contre la raison d'État, et que j'ai vidé mon sac, faites donc de même...

Mandrin lui rappela le contrat que son père avait passé pour la livraison d'une brigade de mulets et de chevaux destinés à l'armée d'Italie, et les déboires qu'il avait connus lorsque, la guerre de Succession d'Espagne terminée, les belligérants avaient signé un traité de paix à Aix-la-Chapelle.

Son père lui avait dit :

— Mon garçon, c'est à toi que je confie la mission de conduire cette brigade en Italie, avec un commis pour t'accompagner et de quoi suffire à la dépense, à condition de ne pas traîner dans les mauvais lieux.

Mandrin avait perdu en chemin une dizaine de bêtes : la quantité prévue dans le contrat. Il pénétrait pour la première fois dans les terres des Cévennes et de la Provence, où le printemps exaltait des senteurs de thym et de lavande sous un soleil chaud comme braise.

Il se souvenait de ce que l'intendant de Charles de Fouquet, maréchal de Belle-Isle, à son arrivée à Arles, lui avait lâché au visage d'un ton rogue :

— Mon garçon, tu arrives comme mars en carême ! Si tu avais pris soin de t'informer en cours de route, tu aurais évité cette équipée. La paix est signée, et pas à notre avantage. Nous nous sommes battus pour le roi de Prusse !

Mandrin lui avait demandé ce qu'il allait faire de sa brigade.

— Il n'y a que deux solutions : les vendre ou les ramener.

— Mais le contrat stipule...

— Plus de contrat ! Cas de force majeure... Tu pourras demander au responsable de la Ferme pour ta province d'adresser une requête au contrôleur général des Finances, M. Machault d'Arnouville, mais il te répondra que la guerre a vidé ses coffres.

L'automne venu, la mort dans l'âme, Mandrin avait repris la route du Dauphiné. Éprouvées par l'aller, les bêtes traînaient la patte. Pour comble, une maladie avait décimé le troupeau, si bien qu'en arrivant à Pont-en-Royans il ne restait qu'une vingtaine de bêtes, et dans un état pitoyable. Il envisagea, pour éviter une bordée de colère, de ne pas retourner dans la maison du père et d'aller se fondre dans une bande de contrebandiers, qu'on appelait les margandiers. Il connaissait un des chefs : Bélissard, sorte de héros populaire que traquaient les gâbians.

Au moment de remonter en selle, il dit à M. Terrier :

— En fin de compte, j'ai choisi de revenir à la maison, quitte à affronter mon père. C'est un homme rude et violent, mais je saurai quoi lui répondre : que je ne suis en rien responsable de ces événements qui risquent d'entraîner sa ruine.

— N'en faites pas une montagne ! lui dit M. Terrier. Puisque je vous accompagne jusque chez vous, je plaiderai votre cause. J'ai l'habitude de ce genre d'affaires...

Passé Saint-Marcellin, ils cheminèrent sur la route menant à deux grosses bourgades : Varacieux et Brion, à travers une contrée qui devait être aimable dans la lumière de l'été, mais qui, par ce temps de chien, était sombre et revêche comme l'enfer du Dante. Louis Mandrin perdit encore un cheval et deux mules avant d'atteindre Brion dans une bourrasque glacée, à la tombée du jour.

Comme on n'était qu'à quelques lieues de Saint-Étienne-de-Saint-Geoirs, le commis proposa que l'on s'y rendît dare-dare. Mandrin refusa et M. Terrier lui donna raison, car, sous la pluie battante et en pleine nuit, ils risquaient de s'égarer dans les solitudes du Chambaran.

Ils s'installèrent dans l'unique auberge de Brion, mangèrent convenablement mais dormirent mal. Le froid avait fait sortir les loups des bois. Ils tournicotaient en hurlant autour de l'auberge, se jetaient contre la porte des écuries, flairaient avec des gémissements l'entrée du poulailler. Il fallut à plusieurs reprises faire parler la chevrotine pour les disperser, mais ils revenaient inlassablement et, à défaut de mieux, dévoraient leurs congénères abattus.

Au moment de remonter en selle, dans une aube de banquise, Mandrin laissa à son compagnon de route le soin de régler la note.

Depuis leur départ de Pont-en-Royans, il n'avait plus un sou vaillant.

2

La maison du père

La demeure des Mandrin, à Saint-Étienne-de-Saint-Geoirs, faisait à la fois figure de boutique, d'auberge et d'agora. Carrée, majestueuse, bâtie de pierres roulées charriées par l'Isère voisine et les torrents qui dégorgeaient en son lit, elle dominait la grand-place de ses trois étages revêches et austères comme une prison.

Ce n'était pas une famille ordinaire qui vivait là. Sans pouvoir prétendre à un titre de noblesse, elle en avait l'autorité et la puissance. Elle était de cette bourgeoisie de province campée sur des principes de profit et d'honnêteté, et sur une richesse amassée, durant des siècles, avec une lenteur et une patience de fourmi. Cette communauté familiale avait des airs de tribu. Elle avait pris racine au plus profond de la terre dauphinoise, en marge de la grande plaine de Bièvre, à quelques lieues à l'ouest du massif du Vercors.

Sur elle régnait François-Antoine Mandrin, colosse aux allures de commandeur, boutiquier par nécessité, marchand de chevaux par vocation, avec une petite forge pour le service plus que pour le profit. On lui attribuait une ascendance dans une juiverie méprisée, du fait qu'un de ses ancêtres avait été prénommé Moïse, mais ce dernier aurait pu tenir ce prénom de sa foi calviniste.

Si la demeure des Mandrin ne pouvait se comparer à un caravansérail, au moins en avait-elle les dimensions.

Elle reposait sur de massives voûtes en arceaux, abritant une longue galerie à usage de halle et de forum, qu'on appelait le *poële*. Chaque jeudi, s'y tenait le marché et, chaque jour, des *assemblées échotières*, pour dire des palabres. Le châtelain réunissait là les assemblées de notables. La fontaine publique qui en occupait le centre était le rendez-vous permanent des femmes du bourg qui venaient y puiser leur eau en échangeant des nouvelles, dans l'odeur montant des étalages de fruits, de légumes et de poisson de la boutique.

La fonction d'agora de cette auguste demeure prenait tout son sens le samedi, en fin de soirée, à la belle saison. Il n'y manquait qu'un temple et un odéon, comme à Athènes. C'est sous cette galerie que se donnaient des bals et se formulaient les demandes en mariage, que se traitaient les contrats et se vidaient les différends. Assis sur la margelle de la fontaine, comme saint Louis sous son chêne, maître Mandrin présidait aux ébats et aux débats, avec une autorité que nul ne lui contestait.

Ce potentat communal reportait ses qualités et ses pouvoirs sur ses affaires.

Par son mariage avec Marguerite Veyron-Charlet, il avait arrondi sa fortune de quelques bonnes terres et engrossé sa femme de neuf enfants. Repliée sur elle-même, cette famille n'alimentait les commérages que par les babillages des servantes. Elle ne s'y prêtait guère, d'ailleurs, car elle présentait aux gens du village et aux notables une image de perfection, comme si la Providence veillait sur elle de toute éternité.

De plusieurs lieues à la ronde on se rendait chez les Mandrin pour s'approvisionner à ce comptoir en marchandises et en échos. On trouvait à y acheter le nécessaire d'un ménage, « excepté, disait-on, des billets de confession », qui relevaient du curé. Avec des mots convenus, on pouvait même se procurer du sel, du tabac, des étoffes, autant de produits prohibés par les services de la Ferme, arrivés là par les chemins de la contrebande et vendus à bas prix. L'auberge de Mme Marguerite était réputée pour la qualité de ses mets, de ses vins de Beaune et de ses alcools de La Côte-Saint-André. Les écuries attenantes auraient pu abriter une brigade de dragons ou de hussards.

C'est du trafic de maquignonnage que maître Mandrin tirait l'essentiel de ses revenus, avec une spécialité : chevaux et mulets. Il prenait lui-même la tête des convois en partance pour les provinces voisines et celles de l'Auvergne, ce qui l'obligeait à de fréquentes absences.

S'adonnait-il, de sa propre personne, à la contrebande ? Certains l'affirmaient ; d'autres en doutaient, d'autant qu'on ne l'avait jamais pris sur le fait. Il recevait fréquemment la visite des employés de la Ferme, ces gâbians honnis de la population, mais comme des clients ordinaires. Des perquisitions de la maréchaussée avaient fait chou blanc. Pourtant, certaines nuits sans lune, on avait vu des bandes de margandiers venir livrer des marchandises illicites, mais si bien dissimulées dès leur arrivée qu'il aurait fallu un flair de limier pour en découvrir les cachettes.

Aux premiers pas qu'il fit dans la bourgade, en compagnie de M. Terrier de Cléron et du commis, Louis Mandrin comprit que quelque chose ne tournait pas rond. Des femmes occupées à balayer la neige devant leur porte lui adressaient un regard de commisération et se signaient furtivement.

— Il est arrivé un malheur, dit Mandrin. Je le sens, et personne ne semble décidé à m'en informer.

Ils mirent leur monture au trot pour traverser le village. Informée de son arrivée par un colporteur, sa mère l'attendait sur le seuil, droite et massive comme le donjon de Crest, drapée de noir, un voile de crêpe autour du visage et un mouchoir sous le nez. Elle laissa son fils sauter à terre et s'avancer vers elle, avant de lui dire d'une voix brisée par l'émotion :

— Ton père est mort. C'est arrivé il y a un mois, en traversant les Terres froides. Il s'est arrêté dans une auberge proche du lac de Paladru, et, comme il était ivre en remontant en selle, il a fait une chute dans le torrent. Lorsqu'on l'a repêché, il avait cessé de vivre.

— Ça, dit Pierre, un des frères cadets de Louis, c'est la version de la maréchaussée et des fermiers. On raconte autre chose. Le père aurait résisté à des gâbians qui voulaient fouiller son bagage. Ils lui ont fendu le crâne à coups de crosse avant de le jeter dans le torrent. Il y avait des témoins.

— Quels témoins ?

— L'aubergiste chez qui il est allé boire une chopine, et une servante.

— Dis-moi où se trouve cette auberge. Je veux en avoir le cœur net.

— Il te dira rien. Les gâbians l'ont menacé de faire brûler son auberge et de le tuer. S'il parle, il est foutu.

Pierre ajouta :

— C'est quoi, ces chevaux et ces mulets que tu ramènes ?

— Ce qui reste des cent têtes du convoi. L'intendant de l'armée d'Italie n'en a pas voulu, puisqu'il n'y a plus de guerre. C'est tout ce que j'ai pu ramener.

— Un malheur ne vient jamais seul... soupira la mère.

— Nous voilà dans de beaux draps, ajouta Pierre.

Il demanda d'un air suspicieux qui était cet homme qui accompagnait son frère.

— M. Terrier de Cléron, répondit Louis. Mon compagnon de route. Rassure-toi, il est de notre bord. On peut lui faire confiance. Il va rester quelques jours parmi nous.

M. Terrier descendit de cheval, ôta son tricorne et s'inclina devant Mme Mandrin pour lui témoigner sa compassion et lui proposer ses services. Elle déclina cette offre avec hauteur, ajoutant que, dans la famille, on traitait les affaires sans faire appel à des tiers.

— Dans ce cas, soupira-t-il, je vais reprendre la route sans plus tarder.

— Non, dit Louis, en aparté. Vous êtes mon hôte. N'oubliez pas qu'en tant qu'aîné j'ai mon mot à dire. D'ailleurs j'ai une dette envers vous. Pardonnez la rudesse de l'accueil que vous fait ma mère. Ce n'est pas une mauvaise femme, mais son état de veuve et ses nouvelles responsabilités lui ont gâté le caractère. J'imagine que le ton montera quand elle apprendra que j'ai échoué dans ma mission. Mon père m'aurait battu. Elle va me maudire. L'échec est considéré comme une tare dans ma famille, même si l'on en est innocent.

Il ajouta :

— Il y a dans les parages des sorciers et des rebouteux qui connaissent les herbes. Pour quelques sous, ils vous livreront leurs secrets. En attendant, nous allons passer à table. J'ai aussi faim que ces loups qui ont attaqué notre auberge, la nuit passée.

La province souffrait particulièrement de deux fléaux : les loups et les gens de la Ferme générale. Ils présentaient des similitudes dans leur comportement. Les premiers, dont on avait appris à se méfier et à se défendre depuis des siècles, ne provoquaient de déprédations que dans les troupeaux et ne s'attaquaient à l'homme qu'en dernier recours. Les seconds étaient pires ; héritiers des brigands qu'on appelait jadis les *croque-moutons*, ils pillaient allègrement les provinces qui leur étaient affermées par contrat royal.

L'idée de créer un corps de fermiers généraux remontait à un ministre du roi Louis XIV, Colbert. La guerre de Hollande, qui avait duré six ans, avait ruiné le trésor royal, si bien qu'il avait fallu faire appel à des expédients pour le renflouer et *financer la gloire du souverain*.

L'objectif était des plus simples : il consistait à confier, moyennant finances, la perception des impôts indirects à des particuliers, qui récupéraient leur débours en tondant le peuple à leur gré. C'était donner lieu, impunément, aux pires abus : aggravation des taxes, interdiction des importations illégales, perquisitions brutales suivies de pillages...

Pour assumer leurs fonctions, les notables de la Ferme avaient à leur disposition un corps d'employés, les gâbians, recrutés dans les chiourmes des galères et la pègre des prisons. Pour les actes de justice, leurs tribunaux se substituaient aux Parlements provinciaux. C'étaient, dans leur domaine, des tyrans par l'autorité royale.

À cette monstrueuse machine à fabriquer de la misère s'opposait une organisation clandestine : la contrebande. En Dauphiné, elle avait installé ses positions sur la rive occidentale d'une rivière, le Guiers, frontière entre la France et la Savoie, possession du roi de Sardaigne, Charles-Emmanuel. Les gâbians constituaient une petite armée répartie le long de la frontière ; ils avaient en face d'eux des bandes plus ou moins disciplinées qui se livraient en ordre dispersé à la contrebande. Les premiers venaient de partout ou de nulle part, et c'était leur faiblesse ; les seconds, gens du cru, connaissaient tous les chemins de la province, et c'était leur force.

Lorsque Louis Mandrin et M. Terrier de Cléron étaient arrivés à Saint-Étienne-de-Saint-Geoirs, il n'était question que des événements qui venaient de se produire dans les parages de cette bourgade.

Des gâbians avaient fait irruption, pour y perquisitionner, dans la demeure d'un paysan suspect de cacher des produits de contrebande. Le propriétaire s'étant montré réticent, ils l'avaient abattu, de même que son fils. Quelques jours plus tard, à Réaumont, village proche de Voiron, une autre bande avait assassiné un paysan qui refusait de leur acheter le sel outrageusement taxé par la Ferme.

— Ces crimes, dit M. Terrier, discréditent l'autorité royale. Si Sa Majesté, entre deux coucheries avec ses favorites ou ses petites maîtresses du Parc-aux-Cerfs, prenait la peine de s'informer de ces abus, peut-être se décidera-t-elle à agir. Je vais devoir, de retour à Dole, adresser de nouvelles remontrances au ministre, en sachant, sauf votre respect, qu'il les considérera comme des torche-cul.

— Alors, dit Mandrin, n'en faites rien, puisque le seul résultat est d'attirer sur vous la colère des fermiers ! Une telle insistance risque de vous coûter une lettre de cachet pour la Bastille.

— Surprenant langage de votre part, jeune homme ! Me croyez-vous capable de lâcheté ? Si c'était le cas, tout ce que je vous ai livré de mes opinions n'aurait servi de rien ! La défense des contribuables, je vous le rappelle, fait partie de mes fonctions et ne laisse pas ma conscience en repos.

Il ajouta d'un air rêveur :

— La Bastille... On y est bien traité, à ce qu'on dit, pourvu qu'on ne soit pas dans la misère, et ce n'est pas mon cas. Je pourrais enfin me consacrer à la rédaction d'un manuel de botanique, comme l'a fait, au siècle passé, une certaine Marie Meurdrac, avec sa *Chimie charitable et facile*. Mais je préfère me battre pour la justice !

Il avait passé une semaine, parfois accompagné de Marianne, sœur de Louis, à parcourir la région, non pour herboriser, la saison n'étant pas favorable, mais pour découvrir chez les sorciers des plantes rares et des recettes de remèdes. Chaque soir, à la chandelle, il triait ses collectes et rassemblait ses notes sur un carnet.

Avant de reprendre le chemin de son domicile, il confia à Louis :

— Mon ami, si j'étais jeune comme vous, et dans votre situation, je prendrais une décision énergique, mais j'hésite à vous confier cette idée.

— Dites toujours ! Vous êtes un homme de bon conseil.

— Eh bien, je me ferais contrebandier ! Pas à la petite semaine, comme la plupart de ceux que vous connaissez, mais avec de l'ambition. Vous avez tout pour réussir : la jeunesse, la santé, l'intelligence et l'énergie. Vous avez devant vous, si je puis dire, un *métier d'avenir*. De tous ces épis dispersés, faites une gerbe et, de toutes ces forces disparates, une puissance capable de faire front aux fermiers généraux et à leurs gâbians. Répondez à la violence par la violence. La Ferme se croit maîtresse dans nos provinces ? Donnez-lui conscience de sa précarité. Vous avez l'étoffe d'un chef, Louis. Montrez à l'adversaire qu'une partie ou une guerre, ça se joue à deux et qu'il doit compter avec vous. Je me tiendrai informé de vos actes.

Il sauta en selle et ajouta :

— Inutile de vous dire que je compte sur votre discrétion. Si vous trahissiez ma confiance, je ne vous le pardonnerais pas. Un dernier conseil : méfiez-vous de votre curé, l'abbé Biessy. C'est une mouche de la pire espèce, avec des aiguillons de guêpe. Adieu mon ami ! Et que Dieu vous protège...

Ce jour de la fin du mois de mars, s'il y avait foule à Izeaux, une bourgade située à une lieue de Saint-Étienne-de-Saint-Geoirs, ce n'était pas à l'occasion d'une fête patronale, bien qu'on eût sorti drapeaux et banderoles et fait battre la caisse sur la place, devant une tente blanche à fleurs de lis.

Les opérations de tirage au sort de recrues destinées à la milice urbaine, vivier de l'armée, avaient débuté lorsque Mandrin y poussa son cheval. Le subdélégué de Romans, M. Maucune de Beauregard, trônait sous la toile inondée de soleil, entouré de quelques grosses moustaches de la maréchaussée, devant l'urne où les jeunes Dauphinois plongeaient une main inquiète : une boule noire signifiait que l'on était retenu, et une blanche que l'on pouvait regagner ses pénates, aller boire une chopine et embrasser les filles.

Louis Mandrin tira une boule noire et se dit que le sort s'acharnait contre lui. Autorisé contre serment à repartir faire ses adieux à sa famille, il dit à sa mère :

— Je vais partir, puisqu'il le faut, mais vous ne tarderez pas à me voir revenir.

— Que comptes-tu faire ? dit-elle. Déserter ?

C'était son idée. Il avait appris, à quelques jours de là, que l'une de leurs connaissances, le fils de Brissaud l'ancien, Claude, ayant tiré la boule noire, son père était intervenu pour le faire exempter en raison d'une santé déficiente. Ce fut comme s'adresser à un mur. Le subdélégué ayant un quota à respecter, la santé des recrues importait peu, et d'ailleurs l'exercice serait salutaire à son fils : qu'il soit malade de la poitrine, bancroche ou bossu, peu importait. La milice et l'armée avaient besoin d'hommes.

Claude Brissaud avait fait mine de se soumettre, mais s'était tiré des flûtes à la première occasion.

M. Maucune de Beauregard convoqua un des frères Roux, Joseph. Il avait tiré la boule noire et protesté qu'il était utile à sa famille et supplié qu'on fît une exception en sa faveur.

— Je peux consentir à t'exempter mon garçon, lui dit le subdélégué, mais à une condition : que tu nous rendes un petit service : nous aider à mettre la main sur Brissaud. Tu connais le pays et les gens. Ça te sera facile.

Roux renâcla mais finit par accepter. Il prit son fusil et, accompagné de ses frères et de deux comparses, Taronnat et Tournier, entreprit de traquer sa proie, entre Rives et Roybon, autant dire entre l'improbable et l'impossible.

— Joseph Roux... dit Pierre Mandrin. Ce traître mérite une leçon.

— C'est ce que je pense, dit Louis, et c'est ce que pensent quelques-uns de nos amis. Tu connais Fleuret, Saulze et Benoît, l'un des fils Brissaud ? Je vais leur proposer de se joindre à nous. Ils donnent la chasse à Claude. Nous allons faire de même pour eux. Ça risque d'être chaud. Seras-tu des nôtres ?

— Refuser serait trahir. Je te suivrai.

Ils se mirent en campagne à la tombée du jour. Partis en ordre dispersé pour ne pas attirer l'attention, ils se retrouvèrent dans les parages d'une ferme abandonnée, sous un gros chêne dominant une mare où rouissait du chanvre. Ils avaient appris que les poursuivants de Brissaud avaient l'habitude de se regrouper là pour la nuit, y dormir et faire le bilan de leurs recherches.

Ils n'eurent ni à frapper à la porte ni à l'enfoncer : comme elle était ouverte, ils se ruèrent à l'intérieur. Les occupants se jetèrent sur leurs armes, mais leurs agresseurs ne leur laissèrent pas le temps de les charger. Une salve les faucha dans une fumée de poudre et un concert de hurlements. Joseph Roux, le meneur, s'écroula, le crâne fracassé. Son frère, François, qui s'accrochait à lui, eut une partie de l'épaule arrachée. Les autres, souffrant de blessures sans gravité, se débandèrent par une fenêtre ouvrant sur le pré et se fondirent dans la nuit.

On s'attendait à ce que cette affaire ne fît du bruit que dans la Bièvre : la nouvelle s'en répandit dans toute la province.

Le procureur général du Dauphiné, M. de Moydieu, lié plus ou moins avec la Ferme, lança un mandat d'arrêt contre les meurtriers. Comme ils avaient agi à visage découvert, les rescapés du massacre n'avaient eu aucun mal à les reconnaître. Les autorités mobilisèrent quelques paysans des parages et les firent encadrer par la maréchaussée, avec mission de retrouver les coupables. On ne se faisait guère d'illusions sur leur zèle. Demander à des paysans de défendre les intérêts des fermiers généraux était illusoire.

Après que cette bande, suspecte de mauvaise

volonté, se fut mise en campagne, Louis Mandrin reçut dans la cachette proche de son domicile, qu'il partageait avec son frère Pierre, la visite d'un de ces miliciens involontaires qui lui dit :

— M. de Moydieu se sert de nous indûment. C'est à la maréchaussée de faire le travail qu'on nous demande. Nous avons le droit et le devoir de lui refuser notre aide. Moi, j'ai pris mon parti de cette affaire : je suis le mouvement, mais en aveugle, sourd et muet. La consigne qui court entre nous est de repérer ceux qui seraient tentés de faire du zèle et de leur en ôter l'envie.

Il ajouta :

— Toi et ta famille, vous devriez vous méfier de votre curé, l'abbé Biessy. C'est une créature de la Ferme. Il a fait de son confessionnal une officine de renseignements. Il serait bon de lui faire comprendre une bonne fois qu'il est dangereux de laisser croire que ses paroissiens sont des moutons bons pour la tonte ou l'abattage.

— Je m'en charge, dit Louis. Il aura de mes nouvelles d'ici peu.

L'abbé Biessy avait une passion : la culture des arbres fruitiers. Il entretenait, derrière son presbytère, un verger où il cultivait une vingtaine de variétés, de la poire à la framboise. Il en faisait des confitures qu'appréciaient certains de ses paroissiens, comme le comte du Buisson, châtelain de la paroisse, et ses amis, les fermiers généraux.

Une nuit, il fut tiré de son sommeil par les bruits sourds montant de son verger. Il mit le nez à la fenêtre et poussa un cri de rage : un groupe de fantômes avait transformé cet espace en chantier de bûcheron. Il fallut le tenir en respect, ainsi que sa gouvernante, le canon d'un fusil au creux des reins, pour qu'il renonçât à donner l'alerte.

À l'aube, le verger présentait une image de dévastation : arbustes en espaliers arrachés, arbres abattus à la hache ou sciés à deux pieds du sol, haies de petits fruits ravagées... Lorsqu'il alla se plaindre au poste de la maréchaussée, on lui demanda s'il avait reconnu ses agresseurs. Tout ce qu'il put révéler, c'était la présence, parmi eux, d'une femme : elle l'avait tenu en respect, arme au poing, durant toute l'opération, soit une bonne heure.

— Une femme, monsieur l'abbé ? En êtes-vous certain ?

— ... et la plus enragée de la bande ! Je n'ai pu voir son visage : un mouchoir le cachait.

Le brigadier lui demanda ce qui lui avait valu ce saccage.

— Allez savoir ! répondit-il. Mes paroissiens n'ont pas à se plaindre de mes services. J'ai exercé mon ministère depuis des années sans manquer aucune messe, et chacun connaît ma bienveillance et ma générosité.

À quelques jours de là, une charrette s'arrêta devant le presbytère. Deux hommes en descendirent et passèrent des heures à y entasser des meubles. Au soir tombant, elle embarqua le curé Biessy, sa gouvernante, leur chat, leur goret et leur volaille.

Le remplaçant arriva peu après. Ce jeune prêtre frais émoulu du séminaire et féru des Évangiles ne tarda pas à faire comprendre à ses ouailles qu'il avait pour mission de s'occuper du salut des âmes plus que des affaires du siècle, et qu'il réprouvait les violences de la Ferme.

Le mystère qui entourait la présence d'une femme dans le saccage infligé au verger du curé Biessy s'était dissipé, pour Louis Mandrin, avant cette expédition punitive. Jeanne Vigneux, ayant insisté pour en être, il n'avait pu s'y opposer. Elle lui avait dit peu après :

— Depuis cette affaire, j'ai dû mettre la clé sous la porte, vendre ma chèvre et ma volaille. Le brigadier de la Ferme, Sigismond Moret, est à ma recherche. Il est persuadé, à ce qu'on m'a dit, que je suis la femme qui a tenu le curé en joue.

— Si je peux t'aider, ce sera de bon cœur.

— Tu le peux. Prends-moi dans ta bande. Tu n'auras pas à le regretter. Je connais le pays mieux que personne.

Mandrin éclata de rire.

— Je ne suis pas un curé pour avoir une gouvernante et je me débrouille tout seul pour la popote. Et puis, une femme dans notre petit groupe de proscrits, ça ferait mauvais effet. C'est non.

Elle avait d'un geste vif rejeté ses cheveux en arrière et avait protesté :

— Si tu refuses de m'aider, Mandrin, je suis foutue ! Les argousins finiront par mettre la main sur moi, et tu sais ce qui m'attend. On pend des femmes pour moins que ça ! Te servir de gouvernante, quelle idée ! Je peux te rendre d'autres services, par exemple te mettre au courant des mouvements des groupes qui vous recherchent, toi et tes hommes. À l'heure qu'il est, ils fouillent caves et greniers entre la Bièvre et le Chambaran, et ça fait un raffût de tous les diables ! Ils n'ont pas encore eu l'idée de venir fouiller la grotte où tu t'abrites la nuit, mais ça te pend au nez.

— Ma grotte ? Tu es au courant ?

— Je te le répète : rien ne m'échappe. Je peux même te dire que...

— Ça suffit ! Tu en sais trop pour que je te laisse filer. Je pense que tu pourras être des nôtres, mais il faut que j'en parle à mes compagnons.

Elle éclata de rire, lui jeta un baiser sur la joue et se frotta la bouche.

— Tu piques, Mandrin ! Je te ferai la barbe deux fois par semaine, comme je le faisais pour mon mari, quand il était encore de ce monde. Avec cette ombre sur les joues, tu ressembles à un brigand.

— Mais, Jeanne, je suis un brigand...

Si la jeune veuve connaissait le pays comme sa poche, il en était de même du brigadier de la Ferme, Sigismond Moret.

Alors que Mandrin, accompagné de sa nouvelle recrue, prospectait la contrée pour découvrir des maisons de vigne ou des masures abandonnées pour leur servir de retraite ou de lieux de rendez-vous, le brigadier ne perdait pas son temps à jouer aux cartes.

Un soir, avec un peloton de gendarmes, il donna l'assaut à la grotte de Mandrin, à proximité de Saint-Étienne-Saint-Geoirs. Les attaquants firent preuve de tant de maladresse que la sentinelle qu'ils surprirent eut le temps de donner l'alerte avant d'être assommée. Au cours de la bataille qui suivit un gendarme fut abattu, mais, débordés et incapables de battre en retraite, les quelques hommes qui tenaient la place furent tués, blessés ou capturés. Les survivants furent conduits à Izeaux. Pierre était parmi eux.

Il n'y avait là que le menu fretin. Pierre en était. Quant à Mandrin, il était ailleurs, et avec Jeanne Vigneux.

Ivre de peine et de colère en apprenant ce mauvais coup, Louis Mandrin laissa sa compagne dans le château proche de Bressieux, où elle demeurait auparavant, à une lieue de Saint-Étienne-de-Saint-Geoirs, et où son frère occupait les fonctions d'intendant. Il regagna de nuit son domicile, s'enferma dans la chambre qu'il partageait naguère avec Pierre et n'en sortit que le lendemain, à la tombée du jour, alors que sa mère fermait la boutique et allumait les chandelles. Il s'attabla pour le souper, mangea peu mais but d'abondance, avant de réclamer le registre de la semaine.

— Mère, dit-il, tout est en règle. J'avais raison de vous faire confiance. Nos affaires ne souffriront pas de l'absence du père et de la mienne, mais je vous en préviens : je ne fais que passer et vais rester longtemps absent, mais je donnerai de mes nouvelles aussi souvent que possible. Ma sœur Marianne et mes frères vous aideront de leur mieux, j'en suis certain. Veillez à donner une bonne éducation à vos enfants, comme vous l'avez fait pour moi.

— Quand comptes-tu repartir, et pour où ?

— Cette nuit même, mais j'ignore encore où je me rendrai. Ce dont je suis sûr, c'est qu'il faut que je me rapproche de la frontière. Après l'affaire de la grotte, je dois me faire oublier.

Il demanda à voir la dernière de ses sœurs, née peu après la mort du père. On la lui amena, encore étourdie de sommeil. Il la prit dans ses bras et la souleva dans la lumière de la chandelle.

— Que la Providence veille sur toi, Cécile, dit-il, et qu'elle t'épargne les tourments qui sont mon pain quotidien.

Il fit ses adieux à la maisonnée, ordonna au

commis de préparer sa monture et disparut dans une bordée de pluie noire.

Bélissard croquait son oignon en alternant chaque morceau avec une tranche de pain et une gorgée de vin. De la pointe de son couteau, il fit signe à Mandrin de prendre place sur le banc, en face de lui.

— Sacré nom de Dieu ! jura-t-il, pour une surprise... Je te croyais en prison à Izeaux ou à Romans. Faut croire qu'un ange gardien veille sur toi.

Il s'écria, tourné vers la cheminée :

— Guitte ! la soupe pour *monsieur* Mandrin !

Une fille aux gros tétons, les cheveux pris dans une écharpe rouge comme ses joues, posa sur la table la marmite, l'écuelle et la timbale.

— Sers-toi, petit ! dit-elle. Tu trouveras au fond le lard et les légumes. Pour le pain et le vin, suffit de demander.

Bélissard lui entoura la taille d'un bras vigoureux.

— Une perle ! dit-il. Je l'ai dénichée alors qu'elle servait chez un tabellion de Grenoble. Elle en a gardé de bonnes manières et des talents pour la cuisine.

Mandrin remplit son écuelle et avala quelques gorgées de vin.

— Tu as entendu parler de l'affaire de la grotte ? dit-il.

— Il aurait fallu que je sois six pieds sous terre pour n'être pas au courant ! On en parle jusqu'en Suisse, à ce qu'il paraît. Mais toi, ce que tu ignores peut-être et qui va pas te plaire, c'est qu'en plus de sa rébellion on accuse ton frère, Pierre, d'être un faux-monnayeur. Et ça, mon gars, ça pardonne pas.

Mandrin tapa du poing sur la table.

— Pierre... de la fausse monnaie ! Foutaise ! J'aurais été le premier à l'apprendre. Il me cachait rien.

— Tu connais l'adage ? Qui veut tuer son chien l'accuse de la rage.

— Ça, c'est une vengeance du curé Biessy, j'en mettrais ma main au feu ! Ils ont eu une querelle à propos d'une femme que convoitait l'abbé.

— Il assure avoir vu, de ses yeux vu, les moules qui servaient à fondre les pièces qui contenaient plus de cuivre et d'étain que d'or ou d'argent. Entre la parole d'un prêtre et les protestations d'un prétendu criminel, les juges auront vite choisi. Tu sais ce qui attend ton frère...

Louis repoussa son écuelle à moitié vide et s'accouda, la tête dans ses mains. L'affection qu'il partageait avec Pierre était sujette à éclipses. Sournois, vaniteux, porté à la violence quand il était ivre, il avait tenu Louis pour responsable de la calamiteuse expédition de Provence, qui avait failli entraîner la ruine de la famille. Ils s'étaient querellés et en étaient venus aux mains avant de se rabibocher autour d'une bouteille.

Bélissard dit en se levant :

— Il se fait tard et je suis rompu. Je viens de ramener du tabac de Genève et ça n'a pas été une petite affaire. Finis ta soupe et va te coucher. Tu me diras demain ce qui t'amène. Je suis pas pressé.

En plus d'une demeure en Savoie, terre étrangère, où il gérait ses affaires, Bélissard habitait, dans les parages du Pont-de-Beauvoisin, sur la frontière, côté français, une bicoque meublée sommairement, qui lui servait de repaire et de poste de guet. Lorsque les employés de la Ferme lui rendaient une visite inopinée, il leur laissait fouiller la maison, leur offrait même une chopine s'ils n'avaient pas fait de dégâts, et, avec un sourire en coin, les regardait repartir bredouilles.

Après avoir rompu avec sa famille qui tenait une ferme dans les parages de Brion, au pied du Chambaran, il occupait depuis quelques années cette demeure. Sa jeunesse avait été agitée par des bourrasques de passions mal contrôlées qui l'avaient conduit en prison à plusieurs reprises et avaient fait de lui un malandrin, avec en permanence au-dessus de sa tête, comme une épée de Damoclès, une corde prête à lui glisser au col.

Le tirage au sort l'ayant envoyé servir dans l'artillerie, au service de l'armée du Piémont, Jean Bélissard avait appris qu'il est plus utile d'apprendre à se servir d'un fusil que d'une faucille. La paix revenue, il s'était laissé embringuer dans un corps de gâbians et avait appris autre chose : qu'on peut tuer un soldat ennemi en temps de guerre sans en éprouver de la honte, mais que l'on est maudit, revenu à la vie civile, si l'on s'en prend à des innocents et à des miséreux. Cette brute découvrit qu'il avait une conscience, en estima le prix et décida de ne pas la laisser en repos. S'il se fit brigand, ce fut en associant à ce mot un autre terme, qui sonnait étrangement et brillait comme un écu : *honneur*.

Premières expériences dans la contrebande ; premières maladresses. Il s'était fait surprendre une nuit avec un chargement d'étoffes et écrouer à Chambéry. Il avait partagé sa captivité avec un contrebandier nommé Droguet, plus connu sous le sobriquet de la Noblesse. Alors qu'on s'apprêtait à les pendre, ils avaient pris la clé des champs.

Libre, Bélissard se dit qu'il n'avait rien à perdre et

tout à gagner. Il reprit ses rondes nocturnes entre Dauphiné et Savoie, avec un petit groupe de comparses. Interceptés aux Abrets par des gâbians, ils avaient tué l'un d'eux avant de prendre la fuite. Peu de temps après, il avait brûlé la cervelle d'un autre gâbian, à La Chapelle-de-Recoin. Comme sa tête avait été mise à prix, et qu'il ne tenait pas à l'offrir à la Ferme, il avait persisté, mais avec une prudence accrue. Lorsque Mandrin lui rendit visite, il songeait à s'établir en Savoie et à ne rentrer en France qu'en cas de nécessité. Sa compagne, la Guitte, étant enceinte de ses œuvres, il mettait en balance les avantages de la contrebande et les joies de la paternité.

Mandrin passa la nuit dans la soupente mais dormit dans un vrai lit et des draps odorants de lavande, ce qui le changeait des paillasses partagées avec M. Terrier de Cléron. Quand il s'éveilla, le soleil faisait étinceler les dernières neiges sur la montagne de l'Épine qui frangeait l'orient de la vallée. Éveillée avec le jour, la Guitte lui servit un bol de lait de chèvre, du pain, de la tomme et de la confiture d'airelles. Il fit passer ce copieux déjeuner avec une timbale d'eau-de-vie de La Côte-Saint-André, qu'il avait en permanence dans sa gourde.

— Mon Jean, dit-elle, est en train de panser ton cheval. C'est un bel animal.

— Plus robuste qu'élégant, un gros cul plus qu'un pur-sang, dit Louis, mais qui supporte bien les longues randonnées. Je le changerais pas pour un cheval du roi.

En faisant sa toilette à la cuve qui flanquait le puits, il dit à Bélissard :

— Merci pour le cheval et pour le reste. Va falloir qu'on parle affaires, toi et moi.

— Je suppose que tu es venu pour ça.

— Pour l'amitié aussi. On pourrait faire une promenade jusqu'en haut de la colline. J'aimerais voir le pays du haut de ta vigne.

— Ma vigne... répondit en riant Bélissard. Il y a belle lurette que je n'y ai pas mis la main. Mon voisin l'entretient, de moitié. C'est un paravent. Pour les autorités, faut bien que je vive de quelque chose.

Ils prirent un sentier bordé de genêts et de panicauts scintillants de rosée, sous une pente de casse. Bélissard montra du doigt une grotte dont l'ouverture bâillait derrière un gros bouquet de buis.

— Cette balme, dit-il, m'est précieuse pour deux raisons. Je l'ai explorée il y a deux ans, en même temps que les jupons de la Guitte, la fille du voisin dont je t'ai parlé. J'y viens prendre le frais par les grosses chaleurs, en fumant ma pipe, et elle me sert de cachette pour le tabac. Il s'y conserve bien. Comme tu peux le penser, les gâbians sont venus y traîner leurs guêtres ! S'ils avaient eu l'idée de déplacer la dalle du fond j'étais bon pour la roue.

Ils trouvèrent sur la plagne l'arpent de vigne net et propre comme les allées de Versailles, avec, au bout de chaque rangée, un bouquet de lavande. Ils en firent le tour, s'arrêtèrent à la lisière d'un bosquet de mélèzes et s'assirent sur une dalle de schiste pour brûler un peu de tabac.

— Si je suis venu jusqu'à toi, dit Mandrin, c'est que tu es le seul qui puisse me comprendre et m'aider. Je sais les bons rapports que tu avais avec ma famille, pour les affaires et l'amitié. Alors, si tu veux de moi dans ta bande, je suis ton homme. Je connais le pays aussi bien que toi et je ne manque ni d'énergie ni de courage. Tu m'apprendras les finesses de la contrebande. Ça doit pas être sorcier.

Bélissard lui tendit la main.

— Tope là ! Marché conclu. Si tu me l'avais pas proposé, c'est moi qui l'aurais fait.

Il ajouta :

— Je dois passer en Savoie dans trois jours. Tu me suivras.

À la nuit tombée, une dizaine de compagnons se présentèrent avec leurs mules à l'auberge Notre-Dame, à un quart de lieue de la frontière du Guiers qui, passé la fonte des neiges, avait repris son cours normal. Bélissard offrit l'eau-de-vie pour la route et distribua les dernières consignes : on passerait la rivière à gué, en amont de l'auberge, près d'un village où la maréchaussée et les gâbians tenaient un poste. De là, on prendrait la route de Chambéry sans avoir à se cacher.

Il y avait cette nuit-là, entre de gros nuages de pluie, une belle tranche de lune. Elle donnait assez de clarté pour se diriger, mais pas suffisamment pour se faire repérer, si bien que la traversée se déroula sans une alerte. Aux environs de midi ils pénétraient dans Chambéry par l'hospice de la Charité et le portail Saint-Dominique.

Le convoi fit halte à l'entrepôt des tabacs, puis devant la boutique d'un grossiste en indiennes et en soieries. En fin de soirée, les margandiers allèrent vider quelques pots à l'auberge proche du domicile où avait vécu Jean-Jacques Rousseau, sur une place longue comme un mail, où chantaient des fontaines. Ils reprirent la route avec leur chargement, dans une poussière de lune. Aussi facile, se dit Mandrin, que d'aller livrer des fûts de vin à La Côte-Saint-André...

Dans le mois qui suivit, le même manège se poursuivit, au nez et à la barbe des gendarmes et des gâbians. Les margandiers n'eurent qu'une occasion de se mesurer à eux. Ils perdirent une mule qui avait déguerpi à la première salve mais dispersèrent leurs agresseurs par un feu nourri.

— Les risques du métier... dit Bélissard. Pour cette fois, nous nous en tirons sans presque y laisser poil ou plume, mais tu verras : c'est pas toujours aussi simple.

Écouler la marchandise était une autre affaire.

Il fallait partir avant l'aube, emprunter des sentiers de montagne au risque de voir les mules lourdement chargées plonger dans un précipice ou de se trouver nez à nez avec les gâbians ou la maréchaussée. On cheminait le doigt sur la détente.

Arrivés à pied d'œuvre, un luxe de précautions leur était nécessaire pour livrer à des acheteurs ou à des receleurs, le plus souvent des aubergistes, les ballots de tabac ou d'étoffes emballés et ficelés avec soin pour les protéger des intempéries. Il fallait se méfier non seulement des forces adverses mais aussi des mouches déguisées en promeneurs.

Bélissard n'avait pas à se plaindre : ses affaires tournaient rond. Il suffisait de se présenter avec la marchandise, de dire : « Il y a tant... vous me devez tant... » On était payé rubis sur l'ongle, et la messe était dite.

Après une livraison, durant la grosse foire de Roybon, au cœur de la forêt du Chambaran, Mandrin poussa une promenade jusqu'à Bressieux où il avait demandé à Jeanne Vigneux de l'attendre. Il ne fut pas surpris de voir sa maison déserte. Après s'être enquis discrètement de l'endroit où elle se trouvait, il apprit qu'elle avait élu domicile au château de briques roses dominant la vallée, où son frère était chargé de l'intendance.

Il la trouva assise sous un sorbier, en train de filer la laine en gardant un troupeau de chèvres. Elle lui fit grise mine en le voyant paraître, son cheval à la bride, son fusil dans le dos, le menton envahi par une barbe d'un blond roux sous le bonnet surmonté d'un large chapeau noir orné d'une plume de coq de bruyère.

— Je suis flattée, dit-elle d'un air indifférent, que tu aies daigné te souvenir de moi, mais si c'est pour ces messieurs du château que tu viens, faudra repasser. Ils sont absents pour la semaine.

— Jeanne, c'est pour toi que je suis là. Je me fous de tes châtelains.

— Mille grâces, monseigneur ! En quoi puis-je vous être utile ?

— S'agit pas d'utilité mais de nécessité. Tu m'en veux de t'avoir abandonnée. Je te comprends, mais si je suis parti vite et seul, tu sais pourquoi. Je te fais des excuses.

— De nécesssité, dis-tu ? En quoi la pauvre femme que je suis pourrait t'être *nécessaire* ?

Il se laissa tomber près d'elle, le cul dans l'herbe. Sous le mouchoir qui encadrait un visage duveté de lumière, d'un bel ovale florentin, elle était radieuse. Une caresse de soleil lui avait rosi le bout du nez. Les lèvres d'un rouge vif, fortes mais délicatement ourlées sous un duvet blond, semblaient faites pour les baisers et les mots d'amour plus que pour les insultes ou les oremus.

Elle posa son fuseau en travers de ses cuisses et éclata de rire.

— Qu'as-tu à me regarder comme si j'étais une

apparition de la Vierge ? Qu'est-ce que je peux lire dans tes yeux ?

— Difficile à dire... Un peu de regret, une pincée de remords et un petit sentiment qui bourdonne dans ma tête et qu'il faudra bien que je te confie un jour. Mais, dis-moi : es-tu heureuse ?

— Ce matin, j'étais d'humeur maussade. Tu es là et je suis heureuse. J'ai pas à me plaindre de la vie que je mène. Je me tue pas au travail, comme tu vois, et mon frère est aux petits soins. J'ai une petite chambre pour moi toute seule. Elle donne sur la montagne de Rossière.

— Tu dis bien : pour toi seule ?

— Question impertinente, monsieur le curieux ! Que vas-tu imaginer ? Que j'ai un galant et qu'il partage mon lit ? Le châtelain aimerait bien que ce soit lui. Il m'a fait des avances, mais il est vieux, borgne, et il pue. En revanche, son fils, M. Georges...

Il lui prit la main, l'effleura d'un baiser, respira une odeur d'herbe et de laine crue. Les mots qu'il aurait aimé lui dire s'accrochaient à sa gorge. Elle se leva d'un bond et s'écria d'une voix d'homme :

— César ! La Brune ! Pique-la !

Elle attendit que son chien fût de retour pour se rasseoir près de Mandrin et lui dire :

— Me ferais-tu l'honneur d'être jaloux ? Je te préviens : c'est un sentiment que j'exècre, d'autant plus quand il est injustifié, comme c'est le cas. Si tu as l'intention de me faire une scène, mieux vaut remonter sur ton cheval et foutre le camp !

Il rit, lui embrassa de nouveau la main, sans cesser de penser qu'il était ridicule de jouer au berger amoureux de la bergère, puis il lui confia les raisons de sa visite :

— La bande qui a réglé leur compte à ces traîtres,

les frères Roux, s'est dispersée. Tu nous as aidés, et je t'en sais gré. Je pourrais te remettre un peu d'argent, et salut la compagnie ! chacun dans sa chacunière, comme on dit, mais j'ai pensé que tu pourrais m'être encore utile, et pas seulement pour le même genre de services que ceux que tu nous as rendus. Alors, si tu veux partager ma vie...

Il ajouta :

— Avant que tu me répondes, je dois te prévenir : je t'offre pas le Pérou et ça sera pas rose tous les jours, mais, à deux on supporte mieux les coups du sort. Je vais te laisser réfléchir, mais tâche de pas me faire trop lanterner.

Il lui expliqua où elle pourrait le retrouver quand elle aurait décidé de son choix.

— Je te ferai pas lanterner, dit-elle et je saurai toujours où tu te caches, même aux fins fonds des Espagnes, si je sais que tu as besoin de moi.

— Il faudra apprendre à te servir d'une arme.

— Je chassais avec mon défunt et je tirais mieux que lui.

— Ça change quand il faut tirer sur un homme.

— Ça change rien si cet homme est un traître. Ça doit même être plus facile. Dis-toi bien, Mandrin, que je pourrais te mettre du plomb dans la tête si tu me trahis. Je te connais bien, mais toi, tu as beaucoup à apprendre de moi.

Elle ajouta :

— Ma réponse, je te la laisserai attendre juste le temps de nous embrasser, en amoureux. Je suis libre comme le vent.

— Je le sais, dit-il, mais il faudra que tu réfléchisses avant mon retour. J'ai une mission à remplir. Elle durera environ une semaine.

Après avoir contourné Grenoble par le Vercors, au retour d'une livraison de marchandises, Mandrin eut la surprise de trouver Jeanne dans la maison de Bélissard, occupée, en compagnie de la Guitte, à donner leur picotin aux mules, dans la cour ouverte d'une sorte de poterne creusée dans le mur, en cas de départs précipités.

Pour cacher son émotion, il fit mine de trouver cette présence normale, alors qu'il en avait douté après leur séparation, malgré les propos rassurants de Jeanne. Il se souvenait de ses dernières paroles : « Je suis libre comme le vent... » Certes, mais il se disait qu'on ne peut faire pleine confiance au vent, capricieux par nature. Il se dit que celui qui venait de pousser Jeanne vers lui était chargé de promesses et qu'il faudrait une rude tempête pour les séparer.

Il l'embrassa sur les deux joues, lui confia sa monture et lui dit jovialement :

— Alors, tu t'es décidée ? Tu regretteras pas trop le fils du châtelain de Bressieux ?

Elle haussa les épaules et répliqua sur le même ton :

— Il me faisait bien l'amour, mais, comme il

tardait à demander ma main, je l'ai envoyé paître. J'ai laissé passer ma chance d'être un jour la châtelaine de Bressieux. À défaut de grives...

Elle lui sauta au cou avec un grondement d'humeur dans la gorge, planta ses dents dans ses lèvres, lui mordilla le lobe des oreilles en haletant :

— Salaud... Tu m'avais dit de patienter une semaine et tu m'as fait attendre quinze jours. Tu te plaisais dans les bordels de Genève, pas vrai ? Une semaine de plus et je retournais chez mon frère...

Il fallut, avant d'envisager une nouvelle campagne, attendre le retour de Bélissard. Il était parti avec une dizaine de compagnons et autant de mules vendre ses produits sur les foires et les marchés du Bugey. Il ne restait que trois hommes à demeure : Louis, son frère Jean, garçon déluré et qui poussait volontiers la chansonnette, que Mandrin avait décidé à se joindre à lui, et François Fleuret, dit Court-Toujours, qui l'avait suivi dans son expédition. Les autres margandiers étaient répartis sur des postes fixes, dans les parages.

Comme ils avaient du temps libre, ils en profitèrent pour visiter la balme proche de la maison, sous la vigne, où s'entassait le plus gros de la réserve. Il fallait, pour accéder à la cachette, déplacer une dalle de schiste, lourde comme celle qui abritait le tombeau du Christ.

Mandrin découvrit dans ce lieu secret un spectacle navrant : les ballots s'entassaient ou s'éparpillaient en désordre, dans une salle et un boyau large de dix à douze pieds, qui plongeait dans le ventre de la montagne. Aidé des deux femmes et de ses compagnons, il mit de l'ordre dans ce fatras : le tabac à l'abri des vents coulis, les étoffes sur des étagères posées sur des briques, la *poudre des princes*, réservée à la chasse et les ouvrages d'inspiration calviniste, à l'endroit le plus sec, les bibelots, montres et horloges dans des coffres confectionnés avec de vieilles planches...

Ils firent de même dans d'autres cachettes de la montagne, ce qui leur demanda du temps et de la patience.

— J'aime que tout soit net, dit Mandrin. Une entreprise qui débute dans le désordre est vouée à l'échec. Qu'un fil lâche dans le bas de ton habit, et tout s'effiloche peu à peu. C'est ce que mon père m'a appris, entre autres choses. Guitte, ton homme a des qualités, mais, pour ce qui est de l'organisation, il y aurait à redire.

Surprise de Bélissard lorsqu'il revint de Chambéry avec ses douze mules bâtées et lourdement chargées. Il soupira en se grattant la barbe :

— Foutre ! On se croirait dans une boutique. Mais, dis-moi, Louis, qui est cette fière garce que tu nous as amenée et qui est en train de casser les noix dans la grange ? Tu aurais pu me la présenter ! Ta femme ? Une catin de passage ?

— Jeanne Vigneux. Une veuve. J'en ferai un jour ma femme et, quand j'aurai fait fortune, nous irons fonder une famille aux Amériques.

Bélissard fit grésiller un rire.

— Tu devras attendre longtemps, petit ! L'Amérique, nous en rêvons tous, mais elle est au bout du monde et, pour ce qui est de la fortune, on n'en est qu'aux premiers sous. C'est la Guitte qui doit être contente, elle qui manquait de compagnie en mon absence ! Seule avec son chien, c'était pas drôle tous les jours. Ta Jeanne l'aidera pour son accouchement. Elles semblent bien s'entendre...

Lorsque Mandrin lui donna connaissance de cet entretien, elle sursauta et s'écria :

— Qu'est-ce qu'il s'imagine, Bélissard ? Que je vais passer mon temps à t'attendre, à jouer les matrones et à m'occuper du marmot ? J'ai besoin de bouger, moi ! Regarde mes mains et dis-moi si elles sont faites pour les travaux ménagers ! Si tu refuses que je t'accompagne, je fous le camp, et tu pourras toujours me courir après ! En revanche, si tu me prends dans ta bande, tu n'auras pas à le regretter. J'ai le bagout qu'il faut pour attirer et retenir le chaland sur les marchés. Et puis, sacrebleu, je veux pas passer ma vie à t'attendre !

— Faut que j'en parle à Bélissard, dit Mandrin. C'est lui le chef.

Contrairement à ce que craignait Mandrin, Bélissard donna son accord, non sans une réserve : certes, Jeanne était une belle et forte nature de femme et ferait merveille pour la revente sur les marchés, mais avait-on jamais vu une garce dans une bande de margandiers qui, une fois ivres, s'attaquaient à tout ce qui portait jupons ?

— Elle nous suivra, la semaine prochaine, à la foire de Romagnieu, dit-il. Si elle fait ses preuves, nous la garderons. Si elle déçoit, tu pourras la renvoyer à Bressieux garder les chèvres, à moins qu'elle préfère la compagnie de la Guitte.

L'expérience réussit au-delà de toute attente.

On eût dit que Jeanne avait, depuis sa plus tendre enfance, l'habitude des foires, des marchés et de leurs transactions. Elle alliait la patience à un brin de bonne humeur, sans jamais jouer sur l'intimidation, malgré le fusil qu'elle portait en bandoulière et qui faisait impression. Elle parvint à placer trois ballots de tabac suisse chez un négociant réputé coriace en affaires et favorable aux fermiers généraux. Bélissard salua cet exploit par une tournée de beaujolais.

Jeanne dit à Mandrin, à quelques jours de là :

— Bélissard est un brave homme, mais je le trouve un peu mollasson et porté sur la chopine. Il mène ses affaires comme un épicier, mais en désordre et sans ambition. Tu devrais lui faire comprendre qu'il doit miser davantage dans la partie qu'il joue. Il a en main des cartes et ne sait pas s'en servir. Il se contente de rafler de petites mises alors que le pot est énorme. Fais-lui donc comprendre que, dans ce jeu, il faut de l'audace.

Mandrin dut en convenir. On vendait dix ballots de tabac alors qu'on aurait pu en écouler une centaine, tant la demande était pressante. De même pour les autres marchandises. Lui faire comprendre, en le prenant à jeun, qu'il était trop frileux en affaire était une entreprise délicate. Mandrin s'y résolut. Il se heurta à un mur.

— Petit, lui dit Bélissard, si notre affaire marche comme sur des roulettes, c'est qu'elle est modeste et qu'en conséquence les gâbians nous laissent en paix, d'autant qu'ils profitent de notre trafic : un ballot de tabac par-ci, un petit coupon d'indienne pour leur femme par-là, et ils ferment les yeux, sauf, bien sûr, s'ils reçoivent des ordres. L'ambition, ça se paye. Plus on s'élève et plus on tente la foudre.

Il lui parla des contrebandiers qui avaient défrayé la chronique au début du siècle : la bande dite d'Orange, dirigée par Crayssat, une centaine d'hommes ; celle de Barret, près de deux cents, qui avait capturé des employés de la Ferme et les avait déchiquetés en les faisant traîner au sol par des chevaux emballés...

— Crayssat... Barret... dit-il, voulaient péter plus haut que leur cul. Ils ont payé pour leur ambition, leur audace et leurs crimes. Ils méritaient la croix. On leur a offert celle de Saint-André, avec la roue en plus. Moi, je préfère mon petit bonhomme de chemin, en me faisant oublier si possible.

Il ajouta d'un air bougon :

— Louis, si tu veux voler de tes propres ailes, je te retiens pas ! Nous serons concurrents tout en restant bons amis.

Bons amis, ils le restèrent durant quelques semaines, jusqu'aux premiers assauts de l'hiver. Pressé par Jeanne, qui tenait ferme à son idée et avait pris sur lui de l'ascendant, Mandrin revint à la charge, à la suite d'une bamboche destinée à fêter la réussite de la campagne de novembre qui les avait conduits jusqu'à Tournon, sur le Rhône, au nord de Valence.

La Guitte avait préparé pour l'occasion une de ces omelettes géantes, dite *à la Lesdiguières*, où entraient de la tête de veau, des pieds de porc, de la couenne et quantité d'ingrédients. Jeanne, qui avait participé à l'expédition, avait veillé à ce que la table fût bien pourvue en vins et en liqueurs.

Entre deux chansons dauphinoises entonnées par Jean Mandrin, on en vint à envisager la prochaine campagne de revente. Certains, comme Mandrin, étaient favorables à une extension en Velay, sur la rive occidentale du Rhône ; d'autres, dont Bélissard et un de ses lieutenants, Antoine Saulze, dit Cotillon, préféraient s'en tenir à la province, comme par le passé.

— Nous risquons, dit Mandrin, de nous voir supplanter par des bandes plus ambitieuses qui nous couperaient l'herbe sous les pieds, et d'avoir des difficultés avec nos fournisseurs.

Bélissard laissa tomber ses poings sur la table.

— Il ferait beau voir, bougonna-t-il, que des concurrents nous dament le pion ! Si c'était le cas, nous réglerions l'affaire les armes à la main.

— Ce qui ferait, dit Jeanne, l'affaire des gâbians ! Nous savons où nous mènerait à la longue ton train-train : à la ruine !

Bélissard la foudroya du regard.

— De quoi te mêles-tu ? Voilà qu'une pisseuse se permet de me donner des conseils ! Si mes méthodes te conviennent pas, tu peux retourner à Bressieux et te laisser conter fleurette par le fils du châtelain !

Piqué au vif, Mandrin prit la mouche.

— Retire ce que tu viens de dire, Jean, sinon c'est moi qui partirai.

— Je te retiens pas, petit ! Va former ta propre bande si le cœur t'en dit, mais prie Dieu de ne pas te retrouver sur mon chemin.

Court-Toujours se leva et réclama le calme.

— Mes amis, dit-il, faites cesser cette mauvaise querelle ! Nous sommes tous un peu gris et vos propos dépassent votre pensée. Nous avons du pain sur la planche. Serrez-vous la main et remettez cette dispute aux calendes.

— Bien dit ! s'écria Cotillon. Jean Mandrin, régale-nous d'une chanson en attendant la suite de l'omelette. Chante-nous celle qui parle du mois de mai...

L'un des compagnons, le Camus, alla chercher son violon. Jean Mandrin ne se fit pas prier pour entonner le premier couplet :

Véci lou djoli mé di mai
Qui lous galans plantan lou mai
N'en plantaré iun à ma mio
Sara plus iaut qui sa tiolio...

Ils en restèrent là jusqu'à la fin du banquet, mais les humeurs acrimonieuses n'en furent pas dissipées pour autant. Dans les jours et les semaines qui suivirent, consacrés à des expéditions en Savoie pour réapprovisionner les réserves, Bélissard et Mandrin échangèrent des propos sans la moindre fioriture d'amitié. Il devenait évident pour tous, en dépit de quelques réticences, que l'idée de Mandrin faisait son chemin dans l'esprit des margandiers.

Les recettes retirées de la revente, bien qu'importantes, ne pouvaient laisser espérer une vie meilleure. Tous, sans oser le dire, attendaient mieux. On pensait, parlant de Bélissard : « Le bougre se fait vieux ; il est triste comme un bonnet de nuit et bon pour la réforme... » On se disait, en songeant à Mandrin : « Celui-là peut nous mener loin. Il est jeune, énergique, toujours de belle humeur, et il a de l'idée... »

Par chance, les fermiers généraux et leurs employés semblaient observer un consensus implicite vis-à-vis des contrebandiers. Ils avaient conscience de leur faiblesse : une armée et des centaines de postes de garde le long de la frontière auraient été nécessaires pour tenir tête à ces bandes qui s'inflitraient de nuit, comme des anguilles, entre les mailles des filets qu'on leur tendait.

Le profit de la contrebande stimulait l'imagination. On passait de la marchandise, en plein jour, sous le ventre des chiens, les jupes de femmes faussement enceintes, dans des voitures à double fond et, pour les objets précieux : montres et bijoux, dans des cachettes inavouables. La nuit, ce sont des norias de mules qui passaient à gué la rivière du Guiers.

Les autorités réagissaient sans conviction, comme en présence d'un mal fatidique pour lequel il n'était qu'une parade : éviter que la contagion ne s'étendît. Que pouvait-on faire avec un contingent de police dérisoire ? Pour toute la province du Dauphiné, quatorze brigades de cinq hommes contre des milliers de contrevenants, organisés ou non ! Dans les provinces voisines, c'était pire : dix-sept hommes pour la Bresse, trente pour l'Auvergne, loin de la frontière il est vrai... Il eût fallu une armée ou un don d'ubiquité pour faire front à cette peste galopante. La maréchaussée avait assez à faire de son côté à traquer les voleurs de troupeaux et à réprimer les batailles au cours des fêtes de village, les *vogues*.

La bande à Bélissard alla passer les fêtes de Noël dans une auberge de montagne, à Saint-Alban-Leysse, près de Chambéry, en Savoie.

Louis Mandrin profita de cette occasion pour exposer au chef et à ses compagnons un projet qui lui tenait au cœur depuis peu : renoncer au domicile de Bélissard, trop proche du Pont-de-Beauvoisin pour ne pas risquer par surprise un siège en règle. Il proposa d'installer le quartier général en Savoie et de ne garder en France que des lieux de rassemblement et de recel moins exposés. Il reçut l'assentiment quasi général de ses compagnons et, de la part du chef, un accord du bout des lèvres. Bélissard ne pouvait oublier que ces lieux avaient été le théâtre de ses premiers exploits et du début de sa fortune ; il y était attaché comme à une maison d'enfance.

— J'ai entendu parler, ajouta Mandrin, d'un

château proche d'un quart de lieue de la frontière, près du Pont-de-Beauvoisin : Rochefort. Il est la propriété du comte Piolenc de Thoury, fils du premier président du parlement de Grenoble, qui se méfie des fermiers généraux comme de la peste. Son régisseur, Joseph Péretty, passe pour faire de la contrebande l'essentiel de ses revenus. Si le comte en est d'accord, nous pourrions faire de ce lieu un point de rencontre et un entrepôt. Nous y serions plus en sécurité qu'en France.

— L'affaire est à considérer, convint Bélissard. Comme l'idée t'en revient, je te charge de la mener à bien.

Mandrin profita de ce séjour savoyard pour renouveler sa garde-robe, ses vêtements ayant souffert de ses dernières équipées. Il jeta au feu son habit élimé, son linge rapiécé, et se fit tailler par un sastre un costume en drap d'Elbeuf, de couleur grise, avec des manches à quatre boutons. Jeanne l'aida à choisir chez un de leurs fournisseurs de Chambéry une camisole en molleton, des culottes de peau boutonnées au genou et du linge de corps. Il trouva chez un bottier des guêtres de ratine d'aspect moins militaire que les bottes, et, chez un chapelier, un large chapeau de feutre noir à bords rabattus. Il compléta cette vêture par une ceinture de cuir assez large pour y glisser son argent et ses pistolets. Ainsi paré, il ressemblait à une grosse souris grise.

Alors que se préparaient les prochaines campagnes, Mandrin avait acquis, sinon le titre, du moins l'autorité d'un chef. On prenait les ordres de Bélissard mais on n'écoutait que lui.

Son premier soin fut d'acccroître le nombre de ses margandiers.

Il choisit de préférence, parmi les hommes qui se présentaient à lui, des déserteurs de l'armée royale, des officiers réformés et des prisonniers évadés, notamment des hommes du pays, qui avaient une parfaite connaissance de la langue, des us et coutumes, des routes et des chemins de draille. Il récusa les vagabonds et les condamnés de droit commun, qui sentaient la pègre. De ses nouvelles recrues, il exigea, avant toute chose, un esprit de discipline. Il leur confia un fusil, deux pistolets, avec une consigne formelle : ne faire parler la poudre qu'« en cas de dialogue ». Si la bande n'était pas devenue une armée, elle y ressemblait fort lorsque, accompagné de Bélissard, Mandrin en passait la revue à cheval, sans drapeau mais à son de tambour.

De retour en France, on fêta par un banquet la naissance du fils que la Guitte venait de donner à Bélissard. Mandrin tint à offrir le *cros*, un berceau de bois et de vannerie décoré de cœurs et de soleils, beau comme celui d'un prince. Le soir, la Guitte lui chantait la berceuse qu'elle-même avait apprise de sa mère, et qui amusait la compagnie :

Jean de Nivelle avait un chien
Qu'on trayait dans un pot.
On le passait à la faisselle
Pour faire des tommes dans la poëlle...

Louis Mandrin eût aimé avoir des enfants de Jeanne. Elle lui ôta brutalement ses illusions.

— Faudra y renoncer, lui dit-elle : je suis ce qu'on appelle une *mule*. Ça faisait le désespoir de mon mari, mais il ne m'en aimait pas moins pour autant.

Il en eut du regret, mais en prit son parti et son

amour pour Jeanne n'en souffrit pas. Il avait d'ailleurs des occasions d'oublier cette déconvenue.

Lui et Bélissard étaient maintenant à la tête d'une troupe d'une centaine d'hommes qu'il fallut répartir par petits groupes pas trop éloignés les uns des autres, pour faciliter des rassemblements d'urgence. On les cantonna dans des fermes isolées, le plus souvent abandonnées par des familles de paysans jetés en vagabonds sur les chemins de la misère, dans des auberges et des balmes sommairement aménagées. Un corps de courriers fut créé pour garder la liaison entre eux et le poste de commandement.

À deux jours de la Saint-Sylvestre, Mandrin dit à Bélissard :

— Le temps est venu pour moi de prendre contact avec les gens de Rochefort. Je partirai demain avec Jeanne, si tu en es d'accord.

Bélissard haussa les épaules en marmonnant :

— Mon accord est superflu. C'est toi le chef...

3
Un souffle d’aventure

En dépit de la neige qui rendait difficile et périlleux le moindre voyage, la date du départ en campagne fut maintenue en janvier, après la visite de Mandrin au château de Rochefort, où l'on s'accorda sur l'essentiel : faire de ce lieu un havre pour les contrebandiers et un dépôt.

On chargea les mules des marchandises ordinaires, mais sans le sel qui, en Dauphiné, était à un prix raisonnable. Le laisser-aller de Bélissard, qui, pour ses expéditions, armait négligemment son convoi, révoltait Mandrin. Il obtint que chacun de ses hommes eût au moins une espingole ou un fusil venu des magasins de l'armée royale, des bons pistolets d'Allemagne et un fort couteau de chasse à tous usages. Il dota le convoi de deux canons dits *à la biscaïenne* avec une boîte de grenaille bien remplie. Chaque homme reçut en outre un cheval capable d'effectuer de longues randonnées en montagne.

— Tu vas me ruiner ! protestait Bélissard. Et pour quel résultat ? Souhaites-tu que nous écoulions notre marchandise ou pars-tu en guerre contre la Ferme ?

— Nous ne ferons une bonne récolte d'écus, lui répondait Mandrin, que si nous avons des armes capables d'intimider les gâbians. Tu rentreras dans tes fonds sans tarder, je t'en donne l'assurance, et même tu feras des bénéfices.

Mandrin avait passé des jours, penché sur des cartes, pour étudier un itinéraire ambitieux, qui les mènerait hors de la province, dans le Bugey et le Lyonnais. Si les circonstances étaient favorables et si l'on avait des marchandises en suffisance, peut-être passerait-on le Rhône pour aller tâter de la clientèle auvergnate...

Avant de prendre la route, il donna à la poste un mot d'écrit à l'intention de M. Terrier de Cléron, qui lui avait laissé son adresse à Dole. Il y joignit un ballot de plantes séchées que lui avait remis un sorcier de Brion. À mots couverts et anonymement, il lui racontait sa nouvelle situation et l'ampleur qu'il comptait donner au modeste trafic de Bélissard.

Par précaution, accompagné de Jeanne en tenue d'homme, Mandrin fit précéder le convoi d'un détachement de reconnaissance, afin d'éviter une surprise. Il fut bien inspiré.

Le deuxième jour, au passage du pont de l'Herbasse, dans les parages de Curson, les éclaireurs tombèrent par surprise sur un poste de garde tenu par une poignée de gâbians qui les reçurent fraîchement et prétendirent leur interdire le passage. Les margandiers ouvrirent le feu, tuèrent un brigadier et blessèrent quelques hommes dont la plupart prirent la fuite.

Le chef des éclaireurs tendit un chapeau à Mandrin.

— Ce trophée de guerre est pour toi ! dit-il. C'est le tricorne du brigadier. Il n'en aura plus besoin. Avec ça, tu auras vraiment l'allure d'un chef ! On va t'amener sa jument.

Mandrin se coiffa du tricorne à cocarde blanche, orné de médailles, et fit cadeau de son feutre délavé à une jeune recrue qui l'arbora fièrement. Que ce fût le chapeau d'un mort lui importait peu. Pas davantage le fait de chevaucher la monture de la victime : une splendide jument à la robe lustrée d'un feu noir.

À quelques jours de là, le patron d'une auberge dit à Mandrin :

— Capitaine, tu n'es pas passé inaperçu, à ce qu'on dit ! L'affaire du pont de l'Herbasse a mis la panique chez les fermiers. Ils parlent d'une guerre que tu leur aurais déclarée. Un brigadier, Dutriet, proclame partout que, lui présent, vous n'auriez jamais franchi le pont et qu'il aura ta peau.

— Diable ! c'est une provocation. Ce fanfaron, où est-ce qu'il niche ?

— Au Grand-Lemps. Il y est connu comme le loup blanc.

— Eh bien, je vais pas le faire attendre. Le convoi m'attendra ici. J'en ai pour une journée. Deux tout au plus.

Jeanne protesta, disant que cette affaire sentait le piège. Il éclata de rire. Les pièges, il savait les renifler et les éviter. Quant au Grand-Lemps, il le connaissait, dit-il, « comme le jardin de ma mère ». Il ajouta d'un ton faussement sinistre :

— Jeanne, si dans une semaine je suis pas de retour, tu pourras porter le deuil.

— Laisse-moi au moins t'accompagner !

— Ce n'est pas la place d'une femme. Tu vas te rendre dans ma famille et attendre sagement mon retour.

Il partit, accompagné de Court-Toujours, son plus fidèle compagnon et le plus courageux de la bande. Ils arrivèrent au Grand-Lemps, dans la Bièvre, à quelques lieues au nord de Saint-Étienne-de-Saint-Geoirs, au début de la nuit, dans une bourrasque de neige. Mandrin demanda à l'auberge où se trouvait le domicile du brigadier. Il s'y rendit sur-le-champ et frappa à l'huis. Sans réponse, il fit sauter la serrure d'un coup d'espingole et se rua dans le logis.

Dutriet et sa femme étaient des couche-tôt. Ils venaient de souffler la chandelle quand Mandrin, écartant la servante, força la porte de leur chambre. Sous la menace d'un pistolet, il leur ordonna de descendre en chemise dans la rue où, alertés par le coup de feu, des curieux porteurs de lanternes venaient de s'assembler.

— Tu souhaitais me rencontrer, à ce qu'on dit ? lui lança Mandrin. Eh bien, me voici ! Tu voulais te débarrasser de moi ? Prends ce pistolet et vise le cœur. Tu en auras plus tôt fini, mais, je te préviens, tu jouiras pas longtemps de ta victoire. Mon lieutenant te privera de ce plaisir.

Grelottant sous sa chemise dans une bordée de neige, sa femme accrochée à lui, gémissante, Dutriet repoussa le pistolet que lui tendait Mandrin. Le brigadier de la Ferme qu'il était demeurait, dit-il, fidèle à sa mission de faire respecter la loi et de maintenir l'ordre.

— La loi... l'ordre... s'écria Mandrin. Toi et ceux qui t'emploient n'en ont pas la même idée que moi. Puisque tu te prétends homme de devoir, je vais épargner ta vie, mais tu ne t'en tireras pas à si bon compte. Tu trembles de froid ? Je vais te réchauffer !

Il ordonna à Court-Toujours d'ôter sa chemise à Dutriet et, saisissant la cravache qui pendait à sa ceinture, en cingla le corps de sa victime, sans oublier le fondement. Dutriet, les dents serrées, n'émit pas une plainte, mais son épouse, perdant conscience, s'écroula. Dans l'assistance, personne ne broncha lorsque Mandrin, s'adressant à elle, s'écria :

— Je suis chef de margandiers. Mon nom est Louis Mandrin ! Gravez-le dans votre mémoire et dites-vous qu'on ne me provoque pas impunément. Si vous avez besoin de mes services pour une bonne cause, ils vous sont acquis. Je mène la guerre contre la corruption et l'injustice. Qu'on se le dise !

Il ordonna à son lieutenant de rafler dans la demeure ce qu'il trouverait en fait d'armes et de chevaux. Puis il disparut dans la nuit sur sa jument noire.

Mandrin retrouva Jeanne et son convoi à Saint-Étienne-de-Saint-Geoirs, après une absence de deux jours. La bourgade semblait agitée par la fièvre. Le Grand-Lemps n'étant qu'à quelques lieues, l'affaire du brigadier Dutriet n'avait pas tardé à transpirer.

Jeanne lui dit en se jetant dans ses bras :

— J'étais morte de crainte, Louis ! Moi qui ne crois ni en Dieu ni au diable, je suis allée prier à l'église.

Elle lui raconta que l'annonce de son passage avait fait le vide dans le village, parmi les notables et les bourgeois favorables à la Ferme. Il ne trouverait pas un gâbian à qui secouer les puces. Quant aux gendarmes, ils resteraient derrière leurs fenêtres.

Pour éviter toute surprise venant de l'extérieur, il installa des postes de garde aux entrées et fit effectuer des patrouilles dans les parages. Redoutant des incidents, on avait fermé la boutique avant l'heure.

Mandrin s'informa auprès de sa sœur, Marianne, de la marche des affaires. On n'avait pas à se plaindre : le magasin comme le commerce des chevaux et du bétail donnaient de bons résultats, chacun y mettant du sien. Vieillie avant l'âge, Mme Mandrin sombrait dans une lente consomption et avait passé la main. C'est Marianne qui menait la barque et s'en tirait au mieux. Elle dit à Louis, d'un ton plein de rancœur :

— Si notre mère est dans cet état, c'est beaucoup par ta faute. Ton départ et le choix que tu as fait de vivre parmi ces brigands lui ont causé tant de peine qu'elle a perdu la raison et que sa santé s'est détériorée. Privée de nouvelles, elle a cru que tu nous avais abandonnés à jamais ou que tu étais mort. Dieu merci, il n'en est rien !

— Vos inquiétudes sont superflues, répondit Mandrin. Tu connais les raisons qui m'ont écarté de ma famille et tu sais mieux que quiconque que je n'entreprends rien à la légère. La vie de boutiquier et de vendeur de chevaux n'avait aucun attrait pour moi. En choisissant de me faire contrebandier, outre que la fortune semble décidée à me sourire, j'assume une mission de justicier. Ce sont peut-être un langage et des idées qui te dépassent, mais dorénavant ce sont les miens. Rien ne pourrait me faire revenir parmi vous.

Il lui annonça qu'il allait décider Claude, un de ses frères cadets, à imiter Jean et à le suivre. Il venait d'accompagner un convoi de chevaux à Romans. C'était un bon connaisseur en matière d'animaux de monte ou de trait. Il lui serait utile. Claude céda.

Mandrin apprit de son frère que, si les créatures de la Ferme et leurs affidés avaient vidé des lieux à son approche, leur oncle, Louis Veyron-Churlet, persuadé sans doute que des liens de famille le protégeraient, s'en était abstenu. Il portait des titres avantageux : consul, recouvreur des deniers royaux et entreposeur des tabacs. Envers Louis, il entretenait des rapports distants, voire hostiles. Homme de principe, il avait mal toléré les frasques de jeunesse de son neveu. Son départ, à la suite de la fusillade avec les frères Roux, avait creusé le fossé.

— Je vais lui rendre visite, dit Louis. Il a des comptes à nous rendre.

La maison étant proche de la boutique, il s'y rendit à pied et seul. Déception : contrairement à ce qu'on lui avait annoncé, l'oncle était absent. Restait la cousine, une fille montée en graine et qui l'accueillit en tremblotant.

— Que ton père soit absent, dit Louis, importe peu. Je viens lui réclamer ce qu'il doit : le montant des impôts et des taxes prélevés indûment sur les habitants, et que je compte leur restituer. Je l'estime à environ huit mille livres.

— J'ignorais cette dette, répondit la cousine. Huit mille livres, c'est une somme ! Où veux-tu que je la trouve ? Mon père est parti avec sa cassette.

— Tu sais où il se trouve. Sûrement dans sa propriété du Plan. Tu vas aller le trouver. Il te faudra guère plus d'une heure. Tu reviendras avec la somme. À défaut d'argent, je me contenterai d'un billet à ordre, dûment signé. S'il refuse, dis-lui que je me paierai en nature. Vous avez de beaux meubles, des tableaux et des objets d'art, le tout facile à négocier dans une vente publique qui pourrait se faire sur la place.

La cousine sella son cheval et partit. Elle était de retour avant la nuit, avec le billet à ordre.

— Mon père, dit-elle, m'a chargé de te dire que tu ne l'emporteras pas en paradis.

— Je te répète que cet argent n'est pas pour moi. Quant au paradis, on y entre gratis et les poches vides...

Durant ces mois d'hiver, chevauchant de ville en village, de foire en marché, par monts et par vaux, Mandrin, Bélissard et la troupe firent leur beurre sans avoir à affronter l'hostilité des employés de la Ferme et des forces de l'ordre. Afin de pallier toute surprise, ils campaient sur des hauteurs, à proximité des bourgades où, le lendemain, devait se dérouler la revente.

À l'aube la bande décampait pour prendre position. Des sentinelles une fois postées à peu de distance des portes, les margandiers, sous les ordres de Jeanne, déballaient leur marchandise sur les places et dans les rues principales. Son autorité faisait merveille. Mandrin lui avait enseigné à apprécier la qualité du tabac qu'elle aurait à vendre. En fumant, comme un homme sa petite pipe italienne, elle avait appris à faire la différence entre le genève, puissant mais odorant, le saint-vincent ou le clairac, plus doux, le chambéry, gros et noir mais de bonne sève... Ses préférés étaient ceux du Brésil et de Hollande. Elle s'était même initiée au tabac à chiquer mais avait vite renoncé à s'en garnir les joues. La poudre que l'on destinait à la prise la laissait indifférente. Outre le tabac, elle proposait aux chalands des râpes et des cordons d'amadou pour leur briquet.

Rude concurrence pour la Ferme ! Les contrebandiers proposaient, à trente sous la livre, du tabac que les négociants patentés vendaient trois francs et quatre sous. Ils tiraient de leur négoce un bénéfice modeste, mais qui permettait de vivre sans se soucier des lendemains.

On avait affaire à une clientèle composite : paysans, bourgeois, petits nobles en sabots. Accompagné de Bélissard, Louis passait d'un éventaire à un autre en plaisantant, comme s'il cherchait à justifier le sobriquet de Belle-Humeur qu'on lui avait donné dans sa jeunesse. Sous le regard courroucé de Jeanne, il ôtait son tricorne et s'inclinait pour une révérence de marquis devant les belles bourgeoises et les servantes d'auberge. On lui répondait avec des rougeurs aux joues et des sourires. Il avait de l'allure, le capitaine Belle-Humeur, avec son chapeau à cocarde et à médailles, son habit gris souris et sa large ceinture d'où dépassaient les crosses de ses pistolets.

Il prenait des garces par la taille et leur glissait à l'oreille :

— Fillette, contemple cette indienne. C'est celle dans laquelle la maîtresse du roi, la marquise de Pompadour, fait tailler ses robes. Tu en prends un coupon et ce joli bracelet est à toi...

Lorsque, pénétrant dans une localité, il découvrait, affichés aux arbres, des placards interdisant l'achat de marchandises de contrebande, il les arrachait et en faisait une torche qu'il allumait à son briquet. Certaines portaient des paraphes prestigieux : M. Hue, receveur des gabelles de Romans, M. Adine, directeur des traites, gabelles et tabac de Lyon, M. Cazes, contrôleur des fermes... Ils se plaignaient, en termes savamment tournés, de ce que ces brigands de contrebandiers leur ôtassent le pain de la bouche et ils les menaçaient d'une intervention des troupes royales.

Il arrivait que des gâbians, ayant eu vent de son arrivée, occupassent les marchés. Plutôt que de les affronter et de faire couler le sang, les margandiers préféraient passer leur chemin.

Au printemps, l'idée vint à Mandrin, pour accroître son profit, de proposer sa marchandise aux voyageurs des coches d'eau et des diligences, qui voyageaient d'ordinaire sans escorte armée.

Ces opérations se déroulèrent sans violences inutiles, sauf si des réticences se traduisaient par des menaces ou des propos insolents. On expliquait aux passagers, auxquels on faisait mettre pied à terre, qu'il n'était pas question de les dévaliser, mais d'en faire des clients. Passés la surprise et le mouvement de panique qui s'ensuivait, la plupart d'entre eux consentaient à faire leur marché sans avoir à bouger. Certains, tentés de faire usage de leur pistolet, étaient rossés, jetés à l'eau ou abandonnés nus sur le bord d'un ravin.

Il eût été imprudent et présomptueux de la part de Mandrin de supposer que de tels exploits se dérouleraient sans qu'on eût à faire usage des armes.

Sur la fin de l'été, alors que le convoi se trouvait aux alentours de Grenoble et que les éclaireurs arrivaient en vue du Pont-de-Claix, qui enjambe la rivière du Drac, ils trouvèrent les lieux occupés par une brigade de gâbians auxquels s'étaient joints quelques soldats.

Bélissard était d'avis de rebrousser chemin. Mandrin préféra tenter de passer en force pour éviter un long détour. Il rassembla les meilleurs combattants de sa troupe et les mena, lui en tête, à l'assaut du pont. Il chargea avec des cris sauvages et une telle vélocité qu'il emporta la place d'un seul élan, l'effet de surprise ayant joué en sa faveur. Un soldat fut tué, d'autres lâchèrent leurs armes et le plus gros de la troupe s'enfuit. On abandonna les blessés en leur laissant seulement leur chemise.

— Elle vous sera utile ! leur lança Mandrin. Vous pourrez en faire des pansements...

Un matin, alors qu'il sortait d'un défilé, entre Montélimar et Taulignan, accompagné tout au long par un grondement de torrent en crue, le convoi déboucha sur une éminence d'où la vue embrassait les crêtes saupoudrées d'une première neige, éblouissantes sur un azur profond.

En parcourant la vallée avec sa lunette d'approche, Mandrin jura trois fois par le diable. Il avait décelé, sur une routelette, un mouvement insolite à travers les branches. Il crut d'abord à un troupeau mais ne tarda pas à comprendre qu'il s'agissait d'une troupe. Il rejoignit le groupe d'éclaireurs qui, dissimulés dans des buissons de genêts, lui faisaient des signes.

— Regarde ! lui dit l'un d'eux. Ce sont des soldats... Et nombreux. Au jugé, entre trente et quarante. Ils marchent au tambour et traînent un canon.

— Fichtre... soupira Mandrin. Voilà qui n'arrange pas nos affaires. Rebrousser chemin par le défilé nous retarderait d'une demi-journée.

Il reprit sa lunette et convint que c'était sérieux. Il ne s'agissait plus d'amateurs, comme les gâbians, mais d'un corps d'infanterie, avec du canon. Les attaquer de front eût été une folie. Mandrin décida d'un subterfuge.

Il rejoignit Bélissard et lui dit :

— Cette troupe marche par petites escouades,

avec entre elles une cinquantaine de pas. Ça n'arrange pas nos affaires. Il faut que nous les fassions se regrouper.

— Nous risquons d'avoir de lourdes pertes, dit Bélissard. Ces gens, apparemment, sont armés en guerre.

— Nous le sommes aussi. L'avantage est qu'ils ne soupçonnent pas notre présence. Je sais comment les regrouper...

Il envoya au-devant de la troupe des hommes qu'il chargea, en évitant de se montrer, de disperser sur le chemin des oripeaux et une gourde vide, afin de faire croire à une récente attaque de brigands contre des voyageurs.

Lorsque l'avant-garde arriva sur les lieux, l'ordre fut donné de rassembler les escouades éparses afin de riposter massivement à une nouvelle attaque. De son côté, Mandrin rassembla ses meilleurs tireurs et les posta à la lisière d'une forêt dominant la route, à l'abri des buissons.

À son signal, une fusillade nourrie éclata sur une longueur de trente pieds. Dans la troupe, la panique succéda à l'inquiétude. Ce n'étaient qu'agitation désordonnée, hurlements, hennissements de chevaux affolés ou blessés, ordres et contrordres jetés au milieu du tumulte et d'une fumée de poudre mêlée à la dernière brume. Des soldats tentèrent de répliquer en tirant au jugé sur les éclats de foudre partant du talus. D'autres qui tentaient de franchir le torrent en jouant à la marelle sur les rochers furent tirés comme des pigeons de foire. Les moins téméraires rebroussèrent chemin pour trouver un abri derrière des clapiers d'éboulis.

La troupe disloquée ayant cessé toute résistance,

Mandrin fit signe à ses hommes de s'avancer sur le chemin. Il ordonna à Claude :

— Fais achever les chevaux blessés, et rassembler ceux qui sont indemnes. Jean et Bélissard se chargeront de récupérer les armes et les équipements.

— Les soldats blessés, demanda Claude, qu'en faisons-nous ?

— Ce que nous avons fait de ceux du Pont-de-Claix : nous ne leur laisserons que leur chemise pour en faire de la charpie.

Coquillon lui rapporta triomphalement l'esponton dont le capitaine faisait des moulinets au fort de l'attaque et qu'il avait abandonné dans sa fuite. C'était une belle arme, au fourreau en mirliton, à la poignée et à la garde damasquinées.

— C'est une véritable épée de maréchal, dit Mandrin. Nous en tirerons un bon prix.

Il sursauta en voyant Jeanne venir vers lui, hilare, dents éclatantes dans son visage noir de poudre. Il lui demanda ce qu'elle faisait là alors qu'elle aurait dû se trouver à l'abri sur la pente, avec le gros de la bande.

— Pardonne-moi, dit-elle. Quand je t'ai vu partir, je me suis dit que ma place était à ton côté. Tu ne m'as pas vue mais j'ai fait le coup de feu comme toi et tes hommes, et aussi bien. Je crois même avoir tué un soldat et blessé un autre, mais va savoir ! Ça pétait de partout...

Elle lui raconta qu'elle avait vu un garçon s'abattre près d'elle, la mâchoire arrachée par une balle alors qu'il rechargeait son fusil. Le combat terminé, il avait supplié qu'on l'achevât, mais aucun de ses compagnons n'avait pu s'y résoudre. Elle s'en était chargée, persuadée qu'il ne pouvait survivre.

— Je lui ai tiré une balle dans le cœur, dit-elle.

Avant de mourir j'ai vu dans son regard une petite étincelle qui me disait « merci ». Je le connais. Il s'appelle Antoine Champel. Avant de déserter, il travaillait à faire du charbon de bois dans la forêt de Chambaran. Il vendait parfois des chevreaux sur le marché de Roybon.

— Tu as bien fait de l'achever, dit Mandrin. J'aurais fait de même. En plus de Champel, nous avons un autre mort, et quelques blessés. Va falloir t'occuper d'eux. Une femme, ça rassure. Si tu en trouves qui risquent de passer, tu leur fais un sourire plutôt qu'une prière. Tu trouveras de la charpie et de l'eau-de-vie dans mon coffre à remèdes. S'il faut extraire des balles, demande à Joseph Genève. Il a été barbier et chirurgien en pays de Vaud.

Il la retint par le poignet alors qu'elle s'apprêtait à satisfaire aux ordres. Il lui dit :

— Cette poudre te va bien, ma Jeannette. Tu me rappelles le visage d'une Vierge que j'ai vue dans une église de la Bièvre incendiée par les parpaillots. Tu es belle et je t'aime.

— Tu m'aimeras bien davantage quand je t'aurai livré un secret.

— Un secret ? Tu vas me le dire sur-le-champ, sinon je te fais mettre aux arrêts.

— Après tout, je peux bien te le dire : tu seras bientôt père, capitaine Belle-Humeur...

La bataille marqua le coup d'arrêt d'une campagne plus longue et plus fructueuse que celles qu'avait dirigées Bélissard. On en ramenait un butin considérable.

Avec le bruit que l'événement avait suscité, il eût été imprudent de poursuivre jusqu'à Montélimar où se tenait une foire importante. L'armée, la maréchaussée, les gâbians sur le qui-vive, mieux valait retourner au pays. On risquait d'ailleurs de manquer de marchandise et les hommes, comme les montures, étaient harassés. Il mourait, chaque jour ou presque, une mule ou un cheval à bout de forces.

Sur le chemin du retour, on vendit le reste de la marchandise sur les marchés de Saillans et de Die, et au porte-à-porte, mais avec des précautions, le nom de Mandrin et les nouvelles de ses exploits étant connus de tous. Les autorités avaient décrété sa condamnation à mort et mis sa tête à prix par affichage de placards. Des portes s'entrebâillaient ; d'autres refusaient de s'ouvrir. En arrivant dans un village, on n'apercevait des gâbiers en fuite que leur cul.

Alors qu'on se trouvait dans les parages de Bressieux, Jeanne demanda à se détacher du convoi pour rendre visite à son frère. Mandrin décida de l'accompagner.

La masure où elle avait vécu avait été acquise par un couple de laboureurs qui avait badigeonné les murs à la chaux, planté une treille sur la façade, rebâti la cheminée qui menaçait ruine, et entretenu le jardin et le verger. Une dizaine de vaches broutaient la prairie descendant vers le ruisseau. Des enfants jouaient dans la cour avec un chien.

Ils trouvèrent dans le bureau du châtelain le frère de Jeanne occupé à des écritures. Il faillit ne pas reconnaître sa sœur sous son accoutrement de brigand et la panoplie dont elle était harnachée. Il proposa de les héberger, pour leur permettre de reprendre haleine, en l'absence des maîtres, partis chasser le sanglier dans les forêts de Marnans.

Mandrin n'accepta son hospitalité que pour une journée et une nuit.

Sur le chemin du retour, il dit à Jeanne :

— Il faut que je me rende de nouveau au château de Rochefort. Tu pourras m'accompagner si tu le désires, mais je ne voudrais pas que notre enfant souffre de cette nouvelle chevauchée. Auparavant, j'ai une pénible mission à accomplir dans mon village.

Mandrin ne pouvait oublier qu'il avait, en plus de son oncle, un compte à régler avec un personnage détestable entre tous : Sigismond Moret, brigadier de la Ferme à Saint-Étienne-de-Saint-Geoirs.

L'année précédente, cet homme implacable avait lâché une meute de gâbians aux trousses de son frère Pierre, soupçonné, sur un rapport de l'abbé Biessy, d'avoir fabriqué de la fausse monnaie.

Cette accusation laissait Mandrin perplexe. Il avait des rapports distants avec ce frère qu'il savait capable d'actions douteuses et de maladresse, mais, étant son aîné, il s'était senti investi envers lui d'un devoir de protection qui lui imposait de venger sa mort ignominieuse sur un échafaud de Valence, dont la nouvelle lui était parvenue au cours de l'été. C'était pour lui une mission sacrée.

Il laissa Jeanne à la boutique et seul, la pipe aux lèvres, son fusil en bandoulière comme pour une partie de chasse, il se rendit chez Moret qui occupait une gentilhommière à l'écart du village. Malgré la discrétion qu'il mit à cette démarche, sa venue ne dut pas passer inapercue. Personne ne se risqua à lui ouvrir la porte lorsqu'il la frappa à trois reprises avec la crosse d'un pistolet. Il sourit en constatant que cette insistance était inutile : la porte, sans doute par négligence, n'était pas fermée. Il la poussa.

Par la porte ouverte, au fond du couloir, sur le jardin inondé d'une lumière que balayait l'ombre d'un mûrier, Mandrin aperçut Moret qui jouait avec son enfançon, une fillette de deux ou trois ans posée sur ses genoux, près d'un barcolet d'osier. Il replaça sa pipe dans sa ceinture, fit quelques pas et appela le brigadier. Le gros homme sursauta, se leva lentement et, l'enfant dans ses bras, s'avanca vers le visiteur.

— Toi, Louis ? dit-il. Qu'est-ce que tu me veux ?

— Te faire payer la dette d'honneur que tu dois à mon frère. Comme il n'est plus là, c'est moi qui dois m'en charger. Lâche cette enfant.

— Ton frère avait lui aussi une dette à payer envers la société. Il s'en est acquitté. Nous sommes quittes.

— Ton raisonnement est un peu trop simple. Si Pierre avait échappé à la justice, il t'aurait tué. Comme il ne peut le faire, c'est moi, son frère, qui vais m'en charger. Pose cette enfant. Je le répéterai pas trois fois !

Il braqua le canon de son fusil vers Moret. Plutôt que d'obtempérer, le brigadier se servit de la fillette comme d'un bouclier, au lieu de tenter, en amadouant son agresseur, d'obtenir sa grâce. Il gémit d'une voix rauque :

— Pitié, Louis ! Pitié pour moi, pour elle !

Mandrin visa la tête de Moret et tira. La balle traversa la gorge de l'enfant avant de se loger dans la tête de son père qui s'affaissa avec un hurlement. Indifférent aux cris et aux piétinements qui venaient de l'étage, Mandrin remit son fusil à l'épaule, sa pipe à la bouche et se retira en chancelant. En quittant le domicile de sa victime, pris d'un vertige, il s'appuya au mur et le frappa du poing en se disant que le spectacle de cette fillette, qui gazouillait en lui tendant les bras et qui s'était tue soudain, la gorge ouverte, ne cesserait de le hanter jusqu'à la fin de ses jours. La mort de Moret lui aurait donné l'amère satisfaction du devoir accompli ; celle de l'enfant l'accablait comme le remords d'un crime inexpiable.

Jeanne l'attendait sur le pas de la boutique, mains croisées sur son ventre, l'inquiétude au visage. Elle lui demanda d'où il venait avec son fusil, et ce qu'il avait bien pu en faire. Il lui répondit d'une voix blanche qu'il venait de régler une affaire d'honneur dont elle ne tarderait pas à être informée, de même que tout le village.

— Tu vas préparer ton bagage, dit-il. Il faut que, demain, à l'aube, nous soyons partis. Nous aurons une longue route à faire avant de rejoindre nos compagnons.

4
Bataille sur le Drac

Entre Le Pont-de-Beauvoisin et le château de Rochefort, but de leur voyage, la montagne automnale se prélassait dans un bleu de paradis, avec de discrètes franges de neige sur les sommets. Des sifflements de milans donnaient la mesure du silence. Jeanne avait repris ses vêtements de femme et, l'air sombre, chevauchait botte à botte avec Mandrin.

Elle avait appris, la veille au soir, par la rumeur publique, en quoi avait consisté l'affaire d'honneur dont il lui avait parlé, et les motifs de cet acte. Elle s'était écriée, en lui frappant la poitrine à coups de poing :

— Criminel ! Maudit sois-tu ! Tuer Moret ne te suffisait pas : il te fallait aussi la mort de cette enfant !

Il avait tenté d'apaiser sa colère en lui expliquant que seule la mort du personnage méprisable qu'était Moret lui importait, celle de la fillette n'étant qu'un regrettable accident. Elle avait éclaté en sanglots et avait balbutié :

— Tuer de sang-froid un homme désarmé est une ignominie. Je ne pourrai pas te pardonner.

— Crois-tu que ça n'en est pas une que d'envoyer

à la roue des innocents ? Pierre était une des victimes de ce brigand. Il n'était pas le seul et il y en aurait eu d'autres ! Moret était une créature de la Ferme et le pourvoyeur du bourreau de Valence. Le tuer était pour moi un devoir. Pour ce qui est de la fillette, je regrette. J'en garderai le remords toute ma vie.

De toute la nuit qui avait précédé leur départ elle n'avait cessé de s'agiter, de gémir et de pleurer. Quand il tentait de la prendre dans ses bras, elle le repoussait à coups de coude et de pied, en vomissant des injures. Le matin l'avait trouvée plus calme mais taciturne. Elle n'avait pas desserré les lèvres durant plus d'une lieue, et n'avait répondu aux propos de Mandrin que par des haussements d'épaules et des monosyllabes.

En cours de route, il monologua, pour lui raconter sa première visite aux châtelains de Rochefort, alors qu'il venait tout juste d'obtenir le droit de vêtir les chausses à cul. Son père était venu prendre livraison de chevaux à gros sabots destinés à la guerre des Flandres. Le comte Piolenc de Thoury avait laissé dans sa mémoire l'image d'un homme de haute taille et carré d'épaules, d'un visage sévère et d'un verbe froid et coupant comme une lame.

Le château et le village occupaient deux éminences distinctes, avec, dans le lointain de la vallée, au-dessus des rives du Guiers, marquées par des alignements de peupliers, une dentelle de sommets. La résidence du châtelain n'avait rien de féodal ; elle laissait supposer une noblesse en sabots et le travail de la glèbe, plus que la guerre de siège ; elle n'avait ni fossés, ni pont-levis, ni donjon ; on respirait dans les appartements l'odeur du foin plus que celle du patchouli.

Le village ne se distinguait guère des voisins : masures de guingois aux murs de cailloux roulés, avec à la base des arêtes wisigothes, toits de chaume, de lauze ou de tuiles roussies par le temps et les neiges, avec, sur les seuils, les mêmes vieux fumant leur pipe et, dans la cour ou sur le chemin, entre des tas de fumier, une marmaille batailleuse en guenilles.

Autour du château et du village se déroulaient des bossellements d'alpages, de forêts de pins et de hêtres, de pentes couvertes d'airelles, de bruyères et de genêts, auxquels les falaises de la Chartreuse faisaient une courtine de dentelle d'un blanc de craie.

Escortés par Court-Toujours, Jeanne et Mandrin accédèrent par une longue allée de noyers jonchée de fruits qu'on n'avait pas eu le temps de ramasser, à la cour entourant les communs. Un portail ouvrait sur la deuxième cour, celle du château, où ils mirent pied à terre.

Une jeune servante ramenait deux seaux du puits. Elle posa sa charge et s'approcha pour s'enquérir, dans la langue du pays, du but de leur visite, avant d'aller prévenir sa maîtresse, l'épouse du régisseur Joseph Péretty. Ils virent venir à eux une grande et forte femme d'une beauté de patricienne, au visage sévère, vêtue d'une robe *persienne* en gros de Tours, et coiffée d'une mantille qui lui donnait, avec un air andalou, plus que son âge.

Après avoir salué les visiteurs et complimenté Mandrin pour son allure *martiale*, elle lui dit :

— Si c'est monsieur que tu veux voir, il faudra attendre la fin du jour. Il est parti pour la Novalaise avec mon mari pour acheter un couple de bœufs.

Elle les convia à la suivre, leur fit servir du vin à l'office et, après les avoir confiés à la servante pour les guider vers leur chambre, s'excusa de les abandonner pour s'occuper du souper.

Les visiteurs n'eurent pas à attendre longtemps.

À peine avaient-ils aidé le palefrenier à panser leurs montures, le jeune M. de Thoury, accompagné de Péretty, leur succédait aux écuries, leur visage coloré de soleil et de vent. Le jeune gentilhomme s'inclina devant Jeanne, lui baisa la main et pressa Mandrin contre sa poitrine comme s'il retrouvait un vieux compagnon d'aventures.

— Heureux de te revoir, mon ami ! lui dit-il. J'ai appris par Jean Bélissard que vous avez fait une campagne longue et fructueuse. J'en suis heureux pour vous. Mon père a été informé de ta requête. Il te donne son accord, sans qu'il soit besoin, je suppose, d'un contrat écrit. Notre modeste demeure t'est ouverte. Tu pourras disposer des communs pour y loger tes marchandises et considérer nos appartements comme un havre de grâce. Les autorités françaises franchiront pas la frontière pour vous chercher là, toi et tes compagnons.

Il ajouta :

— Le temps de faire toilette et de changer de tenue, et nous nous retrouverons pour le souper.

Au cours du repas, il révéla à ses convives les démêlés de son père, premier président au parlement de Grenoble, et demeurant sur le versant français de la frontière, avec les gens de la Ferme.

— Ils sont honnis de la population, ce qui fait de toi un héros, mon cher ! Ils multiplient les abus et les exactions, lâchent leurs dogues sur des malheureux qu'ils réduisent à la misère. À les écouter, il faudrait construire de nouvelles prisons et accroître la sévérité des peines. Il ne se passe guère de semaine que des supplices ne soient jetés en pâture aux gens de Valence, lesquels finissent par être dégoûtés de voir des pendus et des têtes coupées à tout bout de champ.

Il rappela les deux hivers précédents, qui, dans le Dauphiné, pays pauvre entre les pauvres, avaient été d'une rigueur exceptionnelle.

— J'en garde des images terribles, mes amis. J'ai vu des paysans ruinés par les impôts et les taxes abandonner leur masure et leurs champs pour chercher asile dans les grandes cités, courir les routes avec femme et enfants, contraints de se transformer en brigands pour survivre. Certains agissent seuls, d'autres en bandes. Et leurs terres retournent à la friche !

Il évoqua le luxe insolent dans lequel se prélassaient les fermiers généraux et leurs agents.

— Ils roulent carrosse, couvrent de bijoux leurs femmes, entretiennent des catins. Lorsqu'ils traversent un village, ils ferment les yeux et se bouchent le nez pour échapper au spectacle de la misère qu'ils ont engendrée et éviter d'en respirer les odeurs nauséabondes. Je connais des paroisses où toute la richesse des habitants tiendrait dans mon chapeau. Ces brigands ! non contents de traire jusqu'au sang la vache à lait qu'on leur a confiée, ils accentuent la ruine du trésor royal.

Mandrin se souvint de ce que M. Terrier de Cléron lui avait dit de ses réactions devant les abus des fermiers. M. de Thoury père agissait-il de même ?

— On pourrait faire un livre des remontrances qu'il adresse, aux ministres et au roi lui-même, pour protester de ce crime organisé contre la population, quitte à se montrer suspect. Tout cela reste lettre morte. La Ferme a encore de beaux jours à vivre... et la contrebande de même, fort heureusement !

— Voilà, dit Mandrin, une chanson que j'ai déjà entendue. J'y ajoute un bémol. Pourquoi la police royale reste-t-elle inactive ?

M. de Thoury éclata d'un rire amer.

— Mon pauvre ami, tu plaisantes, je suppose ? La police, comme la maréchaussée et les gâbians, est à la solde des fermiers. Même engeance, mêmes méthodes... Quant à l'armée, si le roi décide de la vouer massivement à la répression de la contrebande, je crains que vous connaissiez, toi et tes hommes, des heures difficiles.

Il ajouta *mezzo vocce*, avec un sourire amusé :

— Capitaine Mandrin, voulez-vous amasser une fortune rapide, de manière légale ? Rien de plus simple. La contrebande comporte trop de risques et de fatigue pour des résultats aléatoires. Postule plutôt pour une place de fermier général. Tu pourras voler en toute impunité ton prochain et les contribuables, sans avoir à rendre compte à quiconque de tes procédés, et sans risquer les galères et la roue !

Mandrin leva les yeux au plafond et sembla prendre le chandelier à témoin de l'absurdité de cette boutade.

— Je le voudrais, dit-il, que cela me serait impossible. Il me manquerait les quelques millions de livres nécessaires pour me faire agréer.

— Dieu nous en préserve... soupira Jeanne.

M. de Thoury ajouta en se levant :

— Cher capitaine Mandrin, puisque tu sais lire, je vais te confier un livre de La Bruyère : *Les Caractères*. Prends surtout connaissance du chapitre intitulé « L'injustice sociale ». Ce chef-d'œuvre parle de la misère de nos paysans ! J'en ai gardé quelques phrases en mémoire. Écoute : « *L'on voit certains animaux farouches, des mâles et des femelles, répandus dans la campagne, noirs, livides et tout brûlés de soleil, attachés à la terre qu'ils fouillent et qu'ils remuent avec une âpreté invincible...* » Lis donc, je t'en conjure, et tu comprendras que cet ouvrage ait monté toute la noblesse de cour contre son auteur, surtout lorsque La Bruyère écrit qu'à choisir entre *le peuple qui n'a pas d'esprit et la noblesse qui n'a pas d'âme, il veut être peuple !* Quelle audace, tu en conviendras !

Lorsque, de bon matin, ils reprirent la route pour rejoindre leurs compagnons, ils trouvèrent sur la table de la cuisine des provisions pour le voyage et un barillet de vin, préparés par Mme Péretty. Ils la remercièrent et lui confièrent le livre prêté la veille par M. de Thoury. Mandrin avait lu à Jeanne le chapitre concernant la misère des paysans et, doué d'une excellente mémoire, l'avait appris par cœur. Il allait, durant des mois, se le répéter comme une oraison.

Mandrin avait fixé rendez-vous à Bélissard et à ses lieutenants, pour les premiers jours de novembre, dans un lieu proche de Chambéry, La Rochette, à l'auberge du Grand Cerf, sous les crêtes bordant le lac d'Aiguebelette. L'automne avait pris ses taches de rousseur, dans un éblouissement de sanctuaire byzantin. Le vent s'était roulé sur les sommets et sentait la neige. Par les drailles, en longs convois, les troupeaux regagnaient la vallée.

Il raccompagna Jeanne, malgré ses protestations, au domicile de sa famille, de crainte que de nouvelles équipées ne soient fatales à l'enfant qu'elle portait. Puis il reprit son chemin, accompagné seulement de

Court-Toujours, son inséparable lieutenant, un colosse auquel une forte paire de moustaches aux pointes frisées donnait une majesté imposante.

Claude Mandrin, qui l'avait devancé à l'auberge, remit à son frère une longue lettre de M. Terrier de Cléron, confiée à la poste d'Ornans, village proche de ses domaines.

« Je ne puis résister, lui disait son ancien compagnon de route, *au plaisir de vous écrire, aussi ignorant que je sois du sort de cette lettre. À tout hasard, je l'adresse à votre domicile familial, en vous priant de saluer de ma part votre mère et ses enfants.*

« *La rumeur, les gazettes et mon alter ego du Dauphiné m'apportent des nouvelles de vos exploits. J'ai collationné les articles qui vous concernent, en vue d'un projet dont il faudra que je vous entretienne lorsqu'il aura mûri.*

« *Peut-être pourrai-je m'y consacrer plus tôt que prévu, car la sécurité de mes fonctions ne tient qu'à un fil. Mes sempiternelles remontrances à Sa Majesté et à ses ministres concernant l'état de ma province et les excès des fermiers généraux risquent de m'imposer un congé forcé, bien qu'en apparence ces protestations demeurent sans effet. Pour le dire familièrement, la lettre de cachet me pend au nez.*

« *Je n'envisage pas cette mesure de rigueur avec l'angoisse que vous pourriez imaginer. Outre que l'on est bien traité dans les prisons du roi, pour peu qu'on ait de la pécune, ces loisirs forcés me permettraient de travailler à mon essai sur les hémorroïdes, dont je vous ai entretenu. En place de la cautérisation au fer rouge, je préconise un onguent de ma composition.*

« *Je sais ce qu'il m'en coûterait si ce courrier tombait entre les mains des autorités, mais rien ne pourra me dissuader de me considérer comme un homme libre de ses sentiments et de ses idées. Je vous le dis tout net : vous êtes en passe de devenir une sorte de héros populaire, comme Cartouche dont, par ailleurs, je condamne les méfaits et les crimes. Ce qu'il a fait à Paris, vous en donnez la réplique en province, mais avec un sens de l'honneur et de la justice qui lui échappait. Votre exemple sera suivi. Des légions de justiciers se lèveront pour libérer le peuple des vampires qui l'épuisent.* »

M. Terrier avait ajouté un post-scriptum :

« *Je vous en conjure, au nom de notre amitié, détruisez cette lettre après en avoir pris connaissance.* »

Le cœur serré, Mandrin lut et relut la lettre jusqu'à ce qu'elle se fût gravée dans sa mémoire, puis il en fit une torche et en alluma sa pipe.

En pénétrant dans l'auberge du Grand-Cerf, Mandrin et Court-Toujours furent salués par les vivats de leurs compagnons. Mandrin y répondit par un maigre sourire et jeta d'un geste coléreux son chapeau de brigadier sur la table.

Il avait l'impression d'interrompre une bacchanale. Des gars dormaient, les coudes sur la table encombrée de couverts et de victuailles, d'autres sur des bancs, à même le parquet ou dans la cour adossés au mur, leur chapeau sur les yeux, avec des filles aux cottes retroussées. Tous, semblait-il, cuvaient leur vin. Bélissard lui-même avait sa pointe. Il balbutia, alors que s'apaisaient de molles ovations :

— Nous ne t'attendions pas de sitôt, petit. Excuse le relâchement. Nos gars s'ennuyaient sans toi. Faut pas leur laisser trop longtemps la bride longue, mais, après la fatigue et les épreuves qu'ils ont subies, ils avaient besoin de se soulager. Tu comprends ? Moi, j'ai rien pu faire. Quand j'ai voulu leur faire entendre raison, ils ont menacé de me pendre !

— Je vois... soupira Mandrin. J'ai à peine tourné les talons qu'ils reviennent à leurs mauvaises manières. Je croyais que nous commandions une brigade de soldats, ce n'était qu'une horde de brigands et d'ivrognes.

D'un bond de tigre, il sauta sur la table et, balayant à coups de pied les reliefs du festin, les bouteilles et les timbales, il hurla :

— Réveillez-vous, bande de soudards ! Je veux vous voir dans une heure devant l'auberge, en tenue correcte et l'arme au pied. Finies la bombance et les filles. Demain, nous reprenons la route !

— Demain ? protesta mollement Bélissard. Nos gars ont besoin de repos et nos bêtes ne tiennent debout que par miracle. Nous avons dû abattre trois mules qui étaient à bout de forces et j'ai dû changer de cheval. Laisse-nous encore une petite semaine...

Mandrin transigea pour trois jours, à condition que la bande les mît à profit non pour faire la fête mais se reposer. Il demanda à Bélissard de faire le compte des marchandises qui restaient : il était maigre, d'où la nécessité d'aller se réapprovisionner en vue de la prochaine campagne.

Bélissard lui présenta une dizaine de gars venus en renfort en son absence.

— Pas des bandits ou des mouches, Louis ! Des déserteurs pour la plupart, et même un évadé des galères. Je les ai cuisinés un à un. À part trois d'entre eux que j'ai renvoyés, ils sont francs du collier.

Ils occupèrent le restant de la journée à étudier les objectifs de la prochaine campagne de revente, au retour de Genève et de Chambéry. Mandrin déroula sur la table de l'auberge une carte sommaire copiée sur des documents confiés par le jeune comte de Thoury. Il y avait ajouté en marge des commentaires portant sur les distances et les difficultés du chemin.

— Notre principal atout, dit-il, est la rapidité.

C'est la seule manière de faire pièce à nos poursuivants. Cette campagne sera plus longue encore que la précédente, plus dangereuse peut-être. Il faut que nous nous rendions où personne ne nous attend. J'ai prévu de pousser jusque dans le Ségala. Il y aura de bonnes affaires à réaliser à Rodez. C'est ici...

Il écrasa un doigt au milieu de la carte. C'était loin, très loin du Dauphiné, au-delà du Rhône, dans des pays inconnus. Cette province, cette ville, Bélissard avoua n'en avoir jamais eu connaissance.

— Sacrebleu ! jura-t-il, tu as décidé de nous entraîner au bout du monde ? Jamais nous n'arriverons jusque-là.

— Oh, toi, plaisanta Mandrin, dès que tu as quitté ta montagne et ta Guitte, tu crois partir pour la Chine !

— La Chine, j'en ai entendu parler, mais, de ces endroits dont tu me parles, jamais !

— Alors, s'ils te font peur, reste dans les jupons de la Guitte.

Bélissard faillit s'étrangler de fureur.

— Tu m'insultes, petit ! Tu semble oublier que je t'ai mis le pied à l'étrier ?

Mandrin s'approcha de lui, posa ses lourdes mains sur ses épaules et le pressa contre sa poitrine.

— Je n'ai rien oublié, Jean, et je sais que, si je m'opposais à ton départ, tu passerais outre. Je n'en ferai rien, sois tranquille. Tu m'es trop précieux par tes conseils. Je suis fougueux, tu es sage. Nous sommes comme les deux parts d'une même créature.

L'opération de réapprovisionnement en Savoie et en Suisse prit une quinzaine, au cours de laquelle les anciens reprirent des forces et les nouveaux s'initièrent à la pratique de la contrebande et à ses ficelles. Mandrin laissa une partie de sa bande dans divers postes pour la surveillance des réserves auxquelles on ferait appel en cas de manque. Ils étaient une cinquantaine quand ils franchirent la frontière, armés comme pour aller livrer un combat. Une troupe plus importante leur eût été utile en cas de bataille rangée, mais elle eût entraîné des ralentissements de la marche et des problèmes d'intendance.

Alors qu'ils traversaient le Grésivaudan et s'apprêtaient à franchir le Drac non loin de Grenoble, les margandiers eurent la désagréable surprise de voir le pont, un passage qui leur était familier, occupé par une bande de gâbians et quelques soldats.

— Je crains, dit Bélissard, qu'il ne faille remonter la rivière pour la passer à gué.

— Elle est en pleine crue, répliqua Mandrin. Nous perdrions notre temps et quelques mules avec leur chargement. Ce passage, il nous le faut.

Construit au siècle passé par le gouverneur Lesdiguières, pour remplacer celui qu'une crue du Drac avait emportée, le pont n'avait qu'une arche, mais gigantesque. Les parages étaient d'une grande sauvagerie, avec, tout proche, un village tassé sous une croûte de lauzes grisâtres d'où montaient des fumées de tourbe.

Mandrin décida de passer à l'attaque. Il regroupa sa bande au débouché d'un défilé, entre le village et le pont dominé par une tour carrée, massive, sur laquelle flottaient des étendards aux armes de la province et du roi.

Une patrouille conduite par un officier à cheval revenait de Malivert. Sur un espace de lande, des cavaliers caracolaient comme au manège. L'arme à la bretelle, des gâbians arpentaient le pont en fumant leur pipe. Sous un bosquet de houx coiffés de bonnets de neige, des soldats jouaient aux cartes sur le cul d'un tambour.

— À l'estime, dit Mandrin en sortant sa lunette d'approche, ils doivent être une trentaine, à moins qu'il n'y en ait dans la tour, en train de se chauffer les fesses.

— C'est ce que je pense, dit Bélissard. Que comptes-tu faire ?

— Leur tomber dessus par surprise. Ça nous a réussi jusqu'à présent. Puisque la chance nous favorise, autant en profiter. Nous avons décidé de coucher ce soir dans les parages de Romans. Rien ne pourra nous en empêcher.

Il rangea sa lunette dans sa ceinture, demanda à Bélissard et à Claude de regrouper les mules derrière un amas de rochers et, au cas où l'affaire tournerait mal, de remonter le cours de la rivière et de se cacher dans une forêt de pins.

Rassemblée sous une chênaie qui avait gardé ses feuilles rousses, à portée de pistolet du pont dont la barrière était ouverte, les cavaliers groupés autour du chef attendirent son signal. Il mit un doigt en rond dans sa bouche et siffla à trois reprises.

Déclenchée dans une sorte de *furia francesa*, accompagnée de hurlements, la charge balaya les sentinelles avant qu'elles aient pu faire usage de leurs armes, puis se porta vers des groupes épars qu'elle dispersa d'un élan sauvage, poursuivant les fuyards jusqu'au pied de la tour.

Mandrin avait groupé autour de lui sa garde patricienne : une dizaine de cavaliers dont il connaissait le courage et la fiabilité. Il sabra de son briquet le visage d'un petit lieutenant de hussards qui se portait vers lui au galop, pistolet au poing. La perruque à boudins s'envola avec le tricorne, dans une gerbe de sang. Il jura en voyant l'un de ses hommes, dénommé Victoire, tomber de sa monture, une balle dans l'épaule, et s'écria :

— Court-Toujours, arme le biscaïen et tire sur le groupe de gâbians qui tient la barrière ! Le deuxième coup sera pour la patrouille !

Elle s'était regroupée derrière l'officier à cheval qui se démenait comme un beau diable en lançant des ordres. La première salve fit voler la barrière et coucha au sol ceux qui la refermaient précipitamment. La seconde tomba comme la foudre sur la patrouille qui, sous la salve de grenaille, se défit et se dispersa, des hommes escaladant la pente, d'autres plongeant dans le torrent. Le cheval de l'officier, soudain dressé sur ses arrières, s'abattit sur le cavalier.

Parvenu avec ses hommes au pied de la tour, Mandrin trouva porte close. Situation périlleuse : les défenseurs tiraient une salve nourrie sur les assaillants qui se replièrent tant bien que mal, sans cesser de riposter, derrière des rochers. Trois chevaux, touchés à mort, s'abattirent. Effleurée par un projectile à une jambe postérieure, la jument noire de Mandrin donna de telles croupades qu'il préféra libérer sa selle.

Il fallut de nouveau faire donner le biscaïen contre la porte.

À la première volée, elle vola en éclats. Mandrin et ses hommes se ruèrent à l'intérieur. En quelques minutes, la tour retentit d'un tel tonnerre, crachant flammes et fumée comme un volcan en éruption, qu'elle semblait sur le point d'exploser.

Dans les minutes qui suivirent, un silence troublé par les hennissements des chevaux à l'agonie, les plaintes des blessés et le roulement de tambour du torrent, succéda à la mousquetade.

Mandrin et ses cavaliers restaient maîtres de la place, avec une fameuse surprise : ils trouvèrent dans la tour un dépôt d'armes, de munitions et de vivres, de quoi pourvoir un régiment. On roula une futaille dans la cour. Un coup de pistolet la mit en perce et les hommes, noirs de poudre, se lavèrent le visage au vin, s'arrosèrent le gosier et remplirent leur gourde.

Laissés libres et en chemise, soldats et gâbians blessés se débandèrent en direction du village. À ceux que l'on rattrapa, on fit jurer de ne plus prendre les armes contre les contrebandiers, ce qu'ils firent sans hésitation. « Promesse de Gascons... se dit Mandrin. Ils n'auront de cesse de tirer vengeance de cette humiliation. »

On compta une dizaine de morts du côté des *réguliers*, et trois de celui des *brigands*. De part et d'autre, on releva de nombreux blessés. Pour Mandrin, c'était une victoire à la Pyrrhus. S'il devait en livrer quelques autres de même ampleur, sa troupe risquait d'être rapidement décimée et contrainte de rebrousser chemin avant d'avoir atteint Rodez. Il se souvenait de ce que lui avait écrit M. Terrier de Cléron : « *Louis, il n'est pas d'auréole de héros qui ne se teinte de sang et ne risque d'être emportée par une tempête.* »

Sur la route de Valence, nouvelle alerte.

Le détachement d'avant-garde se trouva soudain en présence d'un hussard seul, sans armes, désemparé, qui tournait la tête tantôt vers la bande et tantôt de l'autre côté de la route, d'où montait, sur le sol gelé, un piétinement de cavalerie se déplaçant au trot. Il s'avança vers Mandrin et lui demanda de le sauver.

— Te sauver de quoi ? demanda le capitaine. De la peste ?

— De ceux-là qui courent après moi.

Il pointa un doigt vers l'escouade qui venait de surgir d'un tournant du chemin et de s'immobiliser.

— Si tu viens de déserter, dit Mandrin, sois le bienvenu. S'il s'agit d'un piège, je ne donnerai pas cher de ta peau.

Il ne s'agissait pas d'un piège. Un jeune capitaine se détacha du groupe de hussards et, à pied, courageusement, s'avança vers Mandrin. Il le salua militairement et lui demanda s'il était le chef.

— Cet homme, dit-il, appartient à notre compagnie. Il vient de déserter. Vous devez nous le rendre.

— S'il était volontaire pour servir sous vos armes, répondit Mandrin, je vous le rendrais volontiers, mais j'en doute. Je me suis trouvé il y a peu dans la même situation et j'ai compris que mon devoir d'homme était de déserter. Ce que j'ai fait. La plupart des gens qui me suivent vous assureront qu'ils ont fait de même. Ce sont aujourd'hui des hommes prêts à défendre leur liberté les armes à la main, plutôt que de servir dans l'armée.

— Moi, dit l'officier, je ne fais qu'obéir aux ordres. Ou vous me remettez cet homme et passez votre chemin sans avoir à user de vos armes, ou alors votre bande de brigands apprendra ce qu'il en coûte de s'opposer aux armées du roi.

— Cet homme, répliqua Mandrin, nous le garderons, quoi qu'il doive nous en coûter.

Le visage du capitaine se figea. Il salua de nouveau, fit un demi-tour réglementaire et se retira sans ajouter un mot. Revenu à son escouade, il ordonna à ses hussards de s'apprêter à fondre sur les brigands. Mandrin fit de même de son côté mais, se ravisant, il descendit de cheval, laissa ses armes à Court-Toujours et, bravement, à pas lents, s'avança vers le capitaine. Il lui dit en usant du tutoiement :

— Réfléchis, capitaine. Pour punir ce pauvre bougre, tu vas sacrifier la vie de plusieurs de tes hommes et des miens. La nôtre aussi, peut-être. Tu as tes consignes, et moi des principes. Restons sur nos positions. Te livrer cet homme serait de ma part une lâcheté. Nous attaquer serait de la tienne une imbécillité. Tu te feras engueuler au rapport pour avoir perdu un homme. Et alors ? Tu pourras toujours raconter qu'il s'est égaré ou qu'il s'est noyé dans un torrent. Prends vite ta décision. Si tu donnes le signal de l'attaque, nous serons, toi et moi, les premières victimes. Nous avons, à peu de chose près, le même âge. Avoue que ce serait dommage !

Le capitaine observa la troupe qui lui faisait face : ces hommes à mine de guerriers barbares, bardés d'une panoplie, la mine sombre, leur large chapeau noir au ras des yeux, parurent l'impressionner. Il soupira :

— Vous avez gagné, capitaine. Gardez notre déserteur et enrôlez-le dans votre troupe si ça lui chante. Nous allons vous laisser la voie libre. Puis-je connaître votre nom ?

— Louis Mandrin, capitaine des contrebandiers. Et toi-même ?

— Guillaume, comte de Théus. J'ai souvent entendu parler de vous. Compliments pour votre bon sens et votre courage, capitaine Mandrin. Je souhaite vous rencontrer de nouveau mais, cette fois-ci, pour nous mesurer par les armes.

— J'en serais ravi et flatté, répondit Mandrin en

ôtant son chapeau. À vous revoir, monsieur le comte !

Tandis que les éclaireurs se mettaient en quête d'un bac pour traverser le Rhône, entre Valence et Tournon, l'un d'eux revint au pas de charge vers le gros de la bande. Il avait observé un groupe de gâbians à cheval qui se dirigeaient vers eux en chantant. Il s'agissait d'une brigade de Taulignan, composée d'une dizaine d'hommes. Elle arborait, flottant dans des bouffées de mistral glacé, un étendard aux armes du roi.

Mandrin décida de leur tendre une embuscade le long de la route. En quelques minutes, le groupe fut dispersé et, donnant des éperons, disparut bride abattue en laissant deux hommes sur la route.

Le soir, Bélissard, la mine rogue, dit à Mandrin :

— Cette campagne de revente prend des allures d'expédition militaire. Ça me rappelle la guerre des Flandres, où j'ai failli laisser ma peau.

— Patience, répondit Mandrin, ça va changer. Passé le Rhône, nous connaîtrons, je l'espère, des routes moins dangereuses.

— Une chose m'intrigue, Louis. Je t'observe pendant que tu conduis tes hommes au combat. Tu sembles y prendre un plaisir fou.

— Je m'en cache pas. Voir un de ces traîtres de gâbians crever avec du plomb dans les tripes me cause autant de joie que lorsque je fais l'amour. Du premier jour où j'ai pris les armes j'ai ressenti ce goût pour la violence que je porte dans le sang depuis ma jeunesse, et j'ai compris qu'il fallait qu'elle se libère. J'en suis pas fier, mais c'est ainsi. La traîtrise me fait bouillir de colère, mais l'innocence me désarme. Je regrette pas d'avoir fait justice de Sigismond Moret, mais le remords d'avoir tué son enfant me réveille souvent au milieu de la nuit et me donne des sueurs froides.

Au début du printemps, après une traversée exténuante des montagnes de l'Ardèche et des Cévennes, ils arrivèrent aux portes de Millau où ils pénétrèrent juste avant la fermeture des portes. Malgré l'affluence que la foire avait attirée dans la ville, ils trouvèrent sans trop de mal à se loger dans les auberges, parfois dans des chambres qu'ils partageaient à plusieurs, mais le plus souvent dans le foin des écuries.

Dans la matinée, sous un soleil déjà ardent, Mandrin offrit à la population une parade, suivie d'un concert de fifres et de tambours, qui firent impression. Par coquetterie, il fit effectuer à sa jument noire quelques voltes et pas de danse que Bélissard, qui avait, en son jeune temps, usé ses fesses dans la cavalerie, lui avait enseignés. Il reçut des ovations et des compliments.

La place bourdonnait déjà comme une ruche lorsque les margandiers déployèrent leurs éventaires. Après un moment d'hésitation de la foule, inquiète de voir ces gueux armés de pied en cap se transformer en boutiquiers, ce fut la ruée. La première revente annonçait une campagne fructueuse.

Le surlendemain, ils pénétraient dans la ville de Saint-Rome-de-Tarn, à quelques lieues de Millau, où ils avaient observé une journée de détente.

Alors qu'ils allaient s'attabler à l'auberge, leur

attention fut attirée par le manège d'un individu qui les apostrophait au-dehors, en langue du pays, avec une agressivité singulière.

— Un ivrogne, sans doute... dit Mandrin. Coquillon, toi qui parles l'idiome du pays, demande-lui ce qu'il nous veut.

Coquillon quitta la table et suivit l'homme qui se dirigeait vers une ruelle longeant l'église et se retournait de temps à autre pour lâcher une bordée d'imprécations tonitruantes. Parvenu à ce qui semblait être son domicile, il en ouvrit la porte et s'y engouffra. Coquillon la bloqua du pied et pénétra à son tour dans la masure. À demi aveuglé par une marche au soleil, il aperçut dans l'ombre du corridor une forme qui se ruait sur lui avec une canne. Il esquiva un premier coup, mais, frappé rudement à l'épaule, il sortit son pistolet et fit feu. Ce n'est que lorsqu'il se pencha sur son agresseur qu'il constata qu'il s'agissait d'une jeune femme et qu'elle était grosse.

Il balbutia des excuses et, alors que l'ivrogne qu'il avait suivi se précipitait sur lui et s'accrochait à ses vêtements en hurlant, il parvint à s'en arracher et à prendre honteusement la fuite.

Quand, de retour à l'auberge, il raconta son triste exploit, Mandrin se prit la tête à deux mains. Cette affaire réveillait en lui le souvenir du meurtre de Moret et de sa fille.

— Nom de Dieu ! gémit-il, nous voilà dans de beaux draps !

— Je regrette... bredouilla Coquillon. C'était une méprise. J'ai cru que cette harpie allait m'assommer. Elle était forte comme un homme.

— De telles méprises nous discréditent, imbécile ! Elles risquent de nous faire passer pour des brigands sanguinaires. Tu ne t'en tireras pas avec des regrets et des remords.

Après le repas, il s'entretint de cette affaire avec ses lieutenants et leur demanda leur verdict. Bélissard se fit leur porte-parole : un tel acte, aussi grave fût-il, ne méritait ni l'exclusion ni la mort. Le conseil proposait que Coquillon payât les frais des obsèques et versât une indemnité au veuf. Mandrin exigea de plus une grand-messe, avec les orgues, et fixa l'indemnité à cent livres qu'il avancerait au meurtrier.

— Tu t'en tires bien, lui dit-il. Cette affaire te méritait la corde.

Il ajouta à l'intention de ses lieutenants :

— Nous n'allons pas moisir ici ! Départ immédiat... Nous risquons d'avoir la maréchaussée sur le dos et, ce qui est plus grave, la population. Je ne tiens pas à ce qu'on nous coure après avec des fourches...

De Saint-Rome-de-Tarn à Saint-Affrique, il n'y avait que quatre lieues, à travers de grandes solitudes de causse moutonnant à l'infini dans un printemps de cendre bleue. La bande chemina dans une chaleur d'orage qui faisait chanter les cigales et sortir les couleuvres des tas de pierres. Des nuées de mouches et de taons harcelaient les mules. On fit halte autour d'une mare parfaitement ronde pour leur permettre d'étancher leur soif et de se reposer.

La nouvelle de l'affaire de Saint-Rome-de-Tarn les avait précédés, ils ne savaient par quelles voies. Lorsqu'ils approchaient d'une ferme ou pénétraient dans un hameau, portes et fenêtres se fermaient. Un vieil homme les traita d'assassins et un gamin en guenilles leur lança des pierres.

Quand ils pénétrèrent dans Saint-Affrique, un étrange concert les accueillit : celui des volets et des portes qui claquaient en se refermant. L'annonce de la peste n'eût pas causé plus d'émoi. Dans la première auberge où ils firent halte, le patron les accueillit avec une mine de chien de garde. Lorsque Mandrin lui demanda s'il pouvait loger chez lui, il s'attira cette réponse catégorique :

— Tu tombes mal ! Plus une chambre libre à cause de la foire de demain.

— Alors nous logerons dans les écuries.

— Plus de place nulle part, je te dis ! Va voir à Vabres-l'Abbaye. Si les moines ne sont pas au courant, ils pourront peut-être t'héberger. C'est à une lieue à peine.

— Au courant de quoi ?

— Fais pas le malin ! Tu le sais mieux que moi. C'est le colporteur qui nous a raconté l'affaire de Saint-Rome.

Maîtrisant sa colère, Mandrin jeta une poignée de livres sur la table. L'aubergiste fit le dédaigneux.

— Tu pourrais m'en proposer dix fois plus, ce serait toujours non ! Je veux pas d'ennuis avec la maréchaussée.

Mandrin fit signe à Bélissard d'approcher. Ils encadrèrent l'aubergiste et l'obligèrent à le suivre dans la cour où des servantes étaient en train d'égorger des poulets qui faisaient un vacarme de tous les diables. Ils plaquèrent le bonhomme contre un mur, avec deux pistolets sur le ventre.

— Je vais me montrer bon prince, dit Mandrin. Je te laisse le choix : ou tu acceptes de nous héberger, ou nous foutons le feu à ton auberge.

— Soit... gémit l'aubergiste. Tout ce que je peux faire, c'est vous donner deux chambres et l'écurie.

Pour loger le reste de votre bande, allez voir les concurrents. Si vous leur jouez la même musique, ils ne feront pas la fine bouche. Ils sont faciles à trouver. Vous longez la Sorgue par les platanes, vous la passez par le vieux pont. On peut les reconnaître à la branche de genièvre, au-dessus de l'entrée.

Il était si soulagé qu'il leur paya une chopine.

Ce n'est pas une foire qui avait lieu dans ce village, sous le gigantesque piton du Caylus coiffé d'une antique forteresse, mais une fête votive. Elle se tenait autour de l'église dédiée à saint Affrique, un évêque du temps où les Wisigoths occupaient le pays. Des familles de paysans affluaient en carriole ou à pied, avec leurs domestiques, leurs vieux et leur marmaille, venant des plateaux, des gorges et des vallées du grand causse, cette terre ridée comme un faciès de centenaire.

Accueillis à leur arrivée par des mouvements de méfiance et parfois de panique, les margandiers se livrèrent à leur théâtre coutumier : défilé au son des tambours et des fifres, prise d'armes... Mandrin, droit dans ses étriers, y alla de son discours contre les affameurs de la Ferme, qui sévissaient sur le causse comme en Dauphiné. On l'écouta sans broncher.

Façon de parler, la caverne d'Ali Baba ouvrit ses portes à l'ombre des platanes, devant l'église d'où montaient des cantiques et la musique aigrelette d'un orgue. À la sortie de la messe, après un moment d'expectative, ce fut la ruée.

Pour clore la revente et témoigner sa reconnaissance à la population et aux aubergistes, Mandrin déclencha une salve de poudre de salut. Après avoir fait bombance dans la dernière lumière du soir qui faisait de la forteresse haut perchée une image d'enluminure, on dansa sur la place, autour d'un feu de joie, au son du violon, de la flûte et de tambourins en peau de chèvre. Pour que la fête fût favorable, on sacrifia aux mauvais génies quelques chats maigres enfermés dans un sac, que l'on jeta dans le brasier.

Ivre comme tous ses commensaux, la tête lourde de vin et de tabac, Mandrin fit danser une bourrée cévenole à une gamine délurée, fille d'un notable de l'endroit, qui ne lui refusa pas un baiser et même l'y encouragea.

Lasse de rôtir le fond de ses jupons en sautant le feu, elle accepta la promenade le long de la Sorgue, que son cavalier lui proposa. Ils franchirent la rivière par le vieux pont illuminé de pots à feu et de torches de résine pour gagner une masure abandonnée au milieu des ronciers. La fille avait, comme on dit, déjà vu le loup et se montrait même aussi experte qu'à la bourrée.

L'angélus du matin les trouva nus, enlacés et transis comme au premier matin du monde.

Les margandiers se demandèrent au matin si leur chef n'avait pas passé la nuit avec une sorcière qui lui avait ravi la raison. Il annonça en déjeunant qu'il allait faire une *petite visite* au brigadier du corps de gendarmerie installé à Vabres-l'Abbaye. Il irait avec Court-Toujours et trois hommes pour le couvrir en cas de grabuge.

— Si c'est une plaisanterie... dit Bélissard.

— Je plaisante pas. Je tiens à le remercier de ne pas être intervenu au cours du marché, en lui offrant un peu de tabac. Je serai pas long. J'oublie pas que nous devons être à Rodez dans une semaine.

Lorsque les plantons virent le chef des brigands surgir avec quatre hommes et une mule chargée, ils durent se dire qu'il s'agissait d'une avant-garde et, après le qui-vive, épaulèrent. Mandrin descendit de cheval et, en s'avançant vers eux, montra qu'il n'avait pas d'armes et voulait seulement s'entretenir avec le chef. On le conduisit au poste, le canon des fusils dans les reins. Il ôta son chapeau, s'inclina et présenta ses respects au brigadier qui sursauta en s'écriant :

— Mandrin ! On peut dire que vous ne manquez pas de toupet, après ce qui s'est passé à Saint-Rome. Vous savez que votre tête est mise à prix en Dauphiné et que, si je donnais l'ordre de vous arrêter et d'abattre vos quatre compagnons j'aurais la prime, la médaille et l'avancement.

— Je le sais, mais je sais aussi que vous n'en ferez rien. Il y a cinquante hommes à Saint-Affrique, prêts à voler à mon secours. Ma visite vous surprend ? Elle est téméraire, j'en conviens, mais je tenais à vous remercier de n'avoir pas troublé la fête d'hier. Si vous nous aviez envoyé un détachement il y aurait eu du sang. Je vous ai appporté de modestes cadeaux...

Il déposa sur la table un sachet de tabac et dit au chef que, s'il voulait en acquérir d'autres pour lui et ses hommes, il était tout disposé à lui en fournir *autant qu'il voudrait*. Le brigadier se frotta les moustaches, ouvrit le sachet, en flaira le contenu entre ses doigts et parut le trouver à son goût. Mandrin sortit de sa poche une écharpe de soie qu'il joignit à son présent.

— Pour madame la *brigadière*... dit-il. J'espère que la couleur lui conviendra.

Le brigadier étouffa un *merci* sous ses moustaches.

— Si je t'en prends trois ballots pour moi et mes hommes, dit-il, tu me fais un tarif de faveur ?

Mandrin lâcha un chiffre. Le brigadier sortit une

bourse du tiroir, lui compta la somme recta, se leva et lui dit :

— File à présent, et tâche de ne pas trop faire parler de toi. Tu ne trouveras pas partout des gens aussi accommodants que moi. Bonne route, mon garçon !

Mandrin n'avait pas tardé à se lier d'amitié avec le hussard déserteur, Antoine Chalençon qui, étant donné sa jeunesse et sa récente incorporation dans un régiment de Valence, avait été prénommé le Bleu. Ce garçon, timide et réservé de nature sans pour autant manquer de courage, s'était trouvé, au sortir d'une famille bourgeoise de lainiers grenoblois, jeté dans un corps de hussards après être tombé dans le piège du tirage au sort. Artiste dans l'âme, indifférent à l'industrie de son père, il n'avait trouvé personne dans sa famille pour lui payer un remplaçant. On se réjouissait même que l'armée pût lui apprendre l'obéissance et la discipline. Elle ne lui avait appris que le prix de la liberté et ne lui avait inspiré que mépris.

Il respirait une autre ambiance au milieu des margandiers, ces rudes hommes dont il ne connaissait que les sobriquets destinés à tromper les autorités en cas de capture. Ils se nommaient entre eux Belle-Humeur (Louis Mandrin), Court-Toujours, le Frisé, le Piémontais, le Blondin, Mi-Carême, Biscaillon, le Major... Antoine Chalençon était un aimable compagnon. Comme il avait des dons artistiques et dessinait avec talent, ils lui demandèrent de faire leur portrait et l'adoptèrent.

Il dit un soir à Mandrin, en quittant une bourgade des plateaux caussenards :

— Capitaine, j'aimerais faire ton portrait, pas au charbon sur une écorce de bouleau comme pour tes hommes, mais une vraie toile, comme celles qu'on voit dans les offices de Grenoble. Dès que je pourrai me procurer des pinceaux et de la peinture je me mettrai au travail.

— Tu as mieux à faire, répondit Mandrin. J'ai pas besoin d'un artiste mais d'un margandier. Pourtant, rien ne t'empêche de faire quelques croquis, à temps perdu, et même, à la première occasion, je te procurerai des feuilles et des mines. Tu tâcheras de me faire ressemblant !

Le Bleu avait jeté aux orties son uniforme de hussard pour prendre le costume prélevé sur un mort : un sarrau de paysan serré à la taille d'une ceinture de cuir, un chapeau large comme une tourte de six livres et d'un vert pisseux, des culottes frangées d'une dentelle de misère. Avec sa barbe négligée et les airs méfiants et farouches qu'il se donnait en traversant les villages, il avait l'allure d'un rebelle.

Sur la route de Rodez, à Villefranche-de-Panat, Mandrin lui fit une surprise : un fagot de mines, une planchette à dessin, une liasse de papier d'Ambert d'un blanc crémeux, souple comme une peau de fille, et un coffret pour enfermer ces trésors. Au comble du bonheur, le Bleu s'absorba dans ses gribouillages. Aux étapes du soir, il passait son temps à croquer des scènes de bivouac, comme Callot et Watteau avant lui. Ils avaient du génie, et lui une promesse de talent. Il portait son fusil à une épaule et son coffret à l'autre, comme un colporteur.

Alors que le convoi atteignait le sommet d'une haute colline, entre La Primaube et Rodez et que le campement s'organisait pour la nuit dans une hêtraie aux feuilles rissolées par la canicule, Mandrin rassembla ses lieutenants, leur distribua du vin et leur dit :

— Les foires de Rodez sont les plus importantes du Ségala et des Cévennes. Nous allons y faire une ample moisson de picaillons, mais gare ! On n'entre pas dans cette ville comme dans un moulin. Elle est entourée de remparts, avec des postes de garde tous les cent pas, trois brigades de gendarmerie montée, une milice bourgeoise et un corps de gâbians. Mieux vaut ne pas leur chatouiller les moustaches ! La moindre provocation risquerait de tourner au drame. Pour la revente, nous placerons des hommes tous les vingt pas, sourire aux lèvres et fusil à l'épaule.

Le convoi profita de l'affluence qui, après une rude montée, se pressait à la porte principale encadrée de deux grosses tours rondes fleuries d'étendards, pour s'introduire dans la cité et gagner le marché éparpillé autour de la majestueuse cathédrale de pierre rose. La maréchaussée montée n'avait pas lésiné sur le service d'ordre.

Aidé de Bélissard, de Claude et de Court-Toujours, Mandrin veilla à l'organisation du marché, avant de se rendre à l'auberge des Trois-Mulets, hors les murs, pour y loger, lui et ses hommes. Il dut, une nouvelle fois, se montrer persuasif pour que le patron consentît à lui donner des galetas sous les toits, payés à prix d'or, et de la place aux écuries pour ses hommes et ses bêtes.

Après la parade publique, à laquelle il se refusait à déroger, en dépit de la présence des gendarmes et d'une horde de gâbians qui faisaient grand bruit dans les cabarets à ciel ouvert, Mandrin fut abordé par un gentilhomme proche de la cinquantaine, à perruque et tricorne richement brodé, qui s'aidait d'une canne, moins par coquetterie que pour cacher sa pesante démarche d'infirme.

Le gentilhomme se présenta :

— Marquis de Bournazel, pour vous servir... Je suis heureux de vous rencontrer, capitaine Mandrin. Le bruit de vos exploits est venu à mes oreilles et m'a bouleversé. Lorsqu'on m'a annoncé votre présence par chez nous, je me suis dit que vous ne manqueriez pas d'être présent à cette foire. Permettez-moi de vous donner la main.

— Tout l'honneur est pour moi, répondit poliment Mandrin. Que puis-je pour vous être agréable ? Vous faut-il du tabac, des indiennes pour votre épouse ?

— L'usage du tabac m'est interdit, mon ami, quoi qu'il m'en coûte. Quant à mon épouse, là où elle est, les plus riches indiennes du monde ne sauraient la tenter.

Il ajouta à voix basse :

— J'aimerais, si vous pouvez disposer de votre soirée, que vous la passiez en ma compagnie et celle de quelques amis, dans ma demeure, proche de cette ville. Je me ferai un devoir et un plaisir de mettre mon carrosse à votre disposition. Je vous attendrai à sept heures de relevée. Si vous prenez la précaution de vous faire escorter de quelques hommes, je n'en prendrai pas ombrage.

— Cette invitation m'honore, monsieur le marquis. Je viendrai donc à l'heure dite.

Il passa le temps qui le séparait de ce rendez-vous à surveiller le marché et à se procurer les vivres et le vin nécessaires à ses hommes pour la journée. Au début de l'après-midi, alors que la revente marquait une pause, il dit à Bélissard :

— Je vais me rendre chez l'entrepreneur des tabacs de la Ferme, un nommé Raynal. L'aubergiste m'a révélé qu'il ne serait pas opposé à une livraison de notre tabac. Voilà un homme habile et qui sait s'adapter aux circonstances...

— Trop beau pour être vrai ! maugréa Bélissard. Il peut s'agir d'une boutade comme d'un piège.

— S'il s'agit d'un piège, il ne tardera pas à le regretter.

Mandrin avait appris de la même source que la maréchaussée avait confié aux autorités municipales les armes prises quelques mois plus tôt à des contrebandiers du sel, au cours d'un affrontement qui avait mal tourné pour ces derniers.

— Ces armes, dit-il, je tiens à en prendre possession. Ça ne sera pas facile, sûrement dangereux, mais je me ferai accompagner de dix hommes.

— Des armes, Louis... Nous en avons en suffisance. Cette provocation n'a aucun sens !

— Elles ne sont pas à leur place à l'hôtel de ville ! Les récupérer est pour moi une question de principe.

Bélissard leva les yeux au ciel.

— Des principes... soupira-t-il. S'il y avait un saint patron des margandiers, j'irais sur-le-champ faire brûler un cierge sur son autel. Tu nous as prêché la prudence, mais tu ne donnes guère l'exemple...

Mandrin se présenta en premier lieu à l'entrepôt du sieur Raynal avec trois mules chargées de tabac de diverses essences. Il comprit, dès l'abord, qu'il ne s'agissait ni d'une boutade ni d'un piège. Raynal, le visage encore bouffi de sieste, l'accueillit avec un sourire obligeant. Il lui demanda de faire entrer ses mules dans le hangar pour ne pas attirer l'attention et, après lui avoir ouvert la porte de son cabinet, se laissa tomber dans son fauteuil en essuyant la sueur de son visage.

— Eh bien ! dit-il, je constate que vous êtes conforme à votre réputation et que vous ne manquez pas d'audace. J'ai lancé cette idée comme une plaisanterie aux Trois Mulets, alors que j'étais, comme on dit, sous l'empire de la boisson, et sans y croire un instant. Et vous voilà !

Mandrin sentit la colère monter en lui.

— Ce tabac, dit-il, acceptez-vous de me l'acheter ou dois-je le remporter ? Dans ce dernier cas, je ne vous en voudrai pas.

— Ben... bredouilla l'entreposeur, vous me prenez de court. Si ce marché incongru s'ébruite, je risque, outre ma place, un châtiment sévère, mais, d'un autre côté, votre offre est séduisante. À quel prix me laissez-vous votre tabac ?

— Le tarif est de quarante sous la livre, pour un produit d'une sève exceptionnelle. En le revendant au prix fixé par la Ferme, vous pourrez offrir des bijoux à votre épouse.

— Eh bien, que Dieu me damne ! j'accepte, mais il me faudra une quittance pour montrer, en cas de contrôle, que vous m'avez contraint sous la menace à accepter ce marché.

Mandrin rédigea la quittance et la signa d'un large paraphe.

— Si vous ne gardez pas ce tabac par-devers vous, dit-il, les fermiers vous rembourseront votre débours rubis sur l'ongle, du fait que vous avez été contraint d'en faire l'acquisition. Ainsi, vous n'aurez pas à redouter la foudre. À votre place, je n'hésiterais pas : je profiterais de cette occasion pour faire un joli bénéfice. Mais libre à vous...

De retour sur le marché, fier comme Artaban de ce coup d'éclat, Mandrin envoya son frère Claude porter à M. de Séguret, subdélégué chargé des dépôts d'armes à l'hôtel de ville, un message lui demandant la restitution des armes que lui avait remises la maréchaussée et qu'il détenait *illégalement*. Il exigeait qu'elles fussent nettoyées et graissées.

Réponse immédiate : M. de Séguret capitulait. Mandrin vint lui-même prendre possession de ce dépôt. Il remercia le subdélégué pour ses bonnes dispositions et repartit avec une panoplie composée d'un fusil à la biscaïenne, de cinq fusils ordinaires, de pistolets, de poires à poudre et de quelques couteaux de chasse. Il garda l'un d'eux, à poignée finement ciselée, pour son usage personnel.

À l'heure fixée par le marquis de Bournazel, Mandrin, malgré les remontrances de Bélissard, laissa ses comparses faire bombance et courir la gueuse, à condition qu'ils s'abstinssent du moindre désordre.

— Ce gentilhomme, dit-il, m'inspire une totale confiance, mais sait-on jamais ? Si je ne suis pas de retour demain, à l'aube, il faudra galoper jusqu'à Rignac pour prendre de mes nouvelles.

Il se mit sur son trente-et-un : habit gris souris épousseté et repassé par une servante, gilet couleur moutarde, chemise brodée et jabot de dentelle bouffant jusqu'au menton. Il garda son chapeau de brigadier, qui était du plus bel effet.

On dégusta, sur la terrasse surplombant un parc où biches et daims se promenaient en liberté dans la dernière lueur du jour, le champagne que l'on avait mis au frais. Pour le souper, Mandrin prit place entre le marquis et sa fille, une matrone fardée comme une histrionne, vêtue avec des fantaisies qui sentaient la provinciale. L'assistance présentait une galerie de nobliaux un peu fats mais aimables et diserts.

Composé de mets plus roboratifs que délicats, le repas fut bref. Les vins de Gascogne étaient de bonne qualité, le marquis étant un fin connaisseur. On évoqua en termes voilés la situation économique, la sécheresse qui sévissait, les ravages que les loups causaient dans les troupeaux, et les menaces de guerre que l'Angleterre faisait peser sur le royaume.

La soirée prit un autre intérêt lorsque M. de Bournazel invita ses convives à passer au salon. Mandrin offrit aux messieurs des pochons de tabac de Hollande et de Genève, et aux dames des sachets de poudre à priser noués d'une faveur rose. On lui fit compliment de cette délicatesse.

Laissant les dames à leurs papotages, les messieurs se regroupèrent dans le cercle de fauteuils d'une rotonde d'où la vue portait, fenêtres ouvertes, sur les immensités de collines arasées où traînaient les derniers feux du jour. À peine eut-on allumé les chandelles du lustre de cristal, des nuées de moustiques et de papillons de nuit vinrent s'y brûler les ailes.

À des expressions à peine voilées, Mandrin n'avait pas tardé à comprendre que cette noblesse de province, si elle ne nourrissait pas des idées de complot, était fort montée contre le roi, son gouvernement et les créatures de la Ferme. Il en fut rassuré.

La conversation, à l'initiative de M. de Bournazel, qui tenait un mouchoir sous son nez pour se protéger des miasmes de la tabagie, roula librement sur les méfaits des gâbians.

On parla d'une famille de bûcherons du Lévézou auxquels les fermiers avaient tout enlevé et qu'on avait retrouvée, mourant de faim et de désespoir. On évoqua l'histoire de ce père de famille des environs de Millau, qui, réduit à la misère, avait égorgé sa femme et ses enfants avant de se pendre. Mandrin apprit que des groupes de paysans avaient pris les armes, comme jadis les croquants au temps du roi Henri IV, pour attaquer les diligences, capturer des notables et exiger une rançon...

— Si le roi n'y met pas bon ordre, s'indigna M. de Bournazel, nous allons sombrer dans l'anarchie ! Que pourrions-nous attendre de la maréchaussée ? Elle est sous la coupe des fermiers généraux !

M. de Vézins, beau vieillard bagué de diamants et le verbe haut, ajouta :

— L'anarchie a commencé à poser ses jalons. Les faux sauniers proposent à leurs nouvelles recrues de chevaux, d'armes et d'un pécule pour les enrôler. Il est vrai que la Ferme vend son sel à un prix prohibitif et fait la vente forcée auprès des familles.

M. de La Rouverette, aimable et jeune baron à perruque blonde, qui jouait d'un air désinvolte avec le cordon de sa montre, prit le relais.

— J'ai fait un rêve étrange la nuit passée, dit-il d'une voix de fausset. Le trône de notre roi était à ce point rongé des termites que, lorsque Sa Majesté a voulu s'y asseoir, il est tombé en poussière.

— Pensez-vous qu'il puisse s'agir d'un rêve prémonitoire ? demanda M. de Boussac, un gros homme portant des bésicles qu'il chaussait et retirait à tout bout de champ.

— Holà, mes amis ! s'écria M. de Bournazel, n'êtes-vous pas en train d'imaginer une révolution à nos portes ? Si cela devait se produire, nous serions les premiers à en faire les frais, et je ne tiens pas à voir ma modeste demeure livrée aux flammes par de nouveaux croquants ! Je ne puis nier que le désordre règne dans notre société, mais, de là à voir le peuple se lever à l'appel de prophètes des temps nouveaux et renverser le trône...

Il se tourna pesamment vers Mandrin qui fumait sa pipe, davantage absorbé par un échange de regards avec Philippine, la fille de la maison, qui servait les liqueurs, qu'avec cet étalage de récriminations :

— Qu'en pense le capitaine Mandrin ?

L'interpellé sursauta, remercia Philippine d'un sourire, avala d'un trait le verre d'eau-de-vie de prune et s'éclaircit la voix.

— Je suis révolté autant que vous, sinon davantage, des agissements de la Ferme, mais j'ai pris le pas sur vous en défendant mes opinions par les armes. Protester est bien mais agir est mieux.

— Il semble, dit d'un ton acerbe M. de La Rouverette, que, s'il vous arrive de risquer votre vie, les opinions que vous prétendez défendre sont pour vous et vos complices une source de profit. Je présume que vous aurez tiré de la revente de vos produits, en cette seule journée, autant que moi de mes domaines en un mois.

— C'est fort possible, répliqua Mandrin, mais vous ne voyez qu'un seul côté des choses : le profit. L'autre est moins apparent mais plus honorable : c'est la lutte que moi et mes hommes menons contre cette injustice que vous dénoncez du fond de votre fauteuil, monsieur de La Rouverette, sans lever le petit doigt pour la combattre. La contrebande m'enrichit, certes, mais l'essentiel est qu'elle appauvrisse la Ferme, cette hydre qui se nourrit du sang des Français, comme cet autre monstre, la guerre, l'a fait, et mieux encore !

— Et que ferez-vous, capitaine Mandrin, poursuivit M. de La Rouverette, lorsque vous trouverez en face de vous, outre les employés de la Ferme, les troupes royales ? Cela ne saurait tarder, à ce qu'on dit à Versailles. Vous comporterez-vous comme un ennemi du roi et prendrez-vous les armes contre lui ? Ferez-vous litière de la loyauté que vous lui devez ?

— Le moment venu, je ferai ce que me dictera ma conscience. Si Sa Majesté s'engage à juguler la tyrannie, je mettrai bas les armes et redeviendrai un citoyen fidèle. Si aucune entente n'est possible, je combattrai jusqu'à ce que mort s'ensuive.

M. de Boussac applaudit discrètement, sous l'œil méprisant du jeune baron.

— Voilà un langage nouveau et roboratif ! dit-il. J'ai plaisir à l'entendre. Cela me change des jérémiades dont on nous rebat les oreilles.

Il avait eu vent de l'action de Mandrin au cours de cette même journée.

— Être parvenu, dit-il, à en imposer à l'entreposeur des tabacs et au subdélégué de l'hôtel de ville, est un exploit peu banal et qui va contribuer à vous tresser une couronne de légende. Mais n'est-ce pas téméraire de votre part et, pour le moins, imprudent ? Vous risquiez gros, mon ami !

Mandrin fronça les sourcils : il avait été convenu avec ses interlocuteurs que l'on garderait secrets cette transaction et ce prélèvement. Comment les nouvelles avaient-elles transpiré ? À qui faire confiance ?

Il dit d'un air sombre, en rallumant sa pipe :

— J'ai fait de l'audace la condition de ma réussite et de ce que vous appelez mes *exploits*. Elle donne à mes activités de contrebandier une dimension... philosophique.

Le baron à perruque blonde s'esclaffa. Les autres convives se concertèrent du regard.

— Le capitaine Louis Mandrin, chef des margandiers du Dauphiné, lança M. de La Rouverette, nous parle en philosophe ! Voilà qui surprendrait et ravirait messieurs les Encyclopédistes. Peut-être feront-ils un jour appel à vos lumières, capitaine !

— Je connais, monsieur le baron, dit Mandrin, des gens du commun qui ont plus de sens que vous et qui, s'ils n'ont pas votre éducation, pourraient vous en remontrer sur la philosophie. Je ne suis pas un utopiste, même si mon comportement et mes propos peuvent inciter à le croire. Mon action en ce bas monde peut se résumer en quelques mots : soigner les blessures et combattre le mal !

— Vous voilà chirurgien-barbier, à présent ! glapit le baron.

— C'est une fière devise, dit M. de Bournazel. Vous pourriez l'inscrire dans le cartouche de vos futurs portraits, avec votre sobriquet : *Belle-Humeur*...

Il se leva, alla fouiller dans une commode, revint en brandissant un journal.

— Capitaine, dit-il en se rasseyant, ce document vous concerne. Il s'agit d'un article de la *Gazette d'Amsterdam*. Mon emphysème m'interdit de vous en donner lecture. M. de Vézins le fera à ma place. N'est-ce pas, mon ami ?

Le comte de Vézins déplia la gazette dans un crépitement de bagues, ajusta ses bésicles et, bombant le torse, commença la lecture.

— « *Monsieur le Procureur du Parlement de Grenoble s'est mis officiellement en rapport avec les autorités savoyardes pour demander l'extradition de Louis Mandrin, au cas où celui-ci rentrerait en Savoie. Il semble que ces poursuites n'inquiètent guère le capitaine général des contrebandiers de France...* »

Il pointa un doigt en l'air et répéta :

— « ... *des contrebandiers de France !* » Tudieu ! mes amis, quel titre... Je poursuis : « ... *lequel s'est rapidement acquis la faveur...* ». Je ne puis lire les mots qui suivent.

— Une tache de tisane, s'excusa M. de Bournazel. Il faut lire « *des populations* ».

— « ... *la faveur des populations*, poursuivit M. de Vézins, *ce qu'il doit non seulement à sa prestance et à sa belle humeur, mais surtout à son extrême courage, qui fait l'admiration de tous* (eh oui, mon cher baron !), *y compris de certaines hautes autorités du Parlement... Il est fort à craindre que, si le roi ne s'en fait pas un allié, une autre puissance ne se l'attache. Mandrin sait fort bien qu'il n'a rien à craindre de la Savoie, comme de la Suisse. Il y est attendu à bras ouverts...* »

— Eh bien, mon cher Mandrin, dit M. de Bournazel, voici un dithyrambe des plus flatteurs, mais dangereux. Vous êtes devenu le point de mire, sinon du roi, qui a assez à faire avec la marquise de Pompadour, mais de ses ministres et des fermiers généraux.

M. de Boussac rectifia ce jugement : la Pompadour avait dû renoncer aux amours du roi. Si elle n'était pas renvoyée de la cour, cela ne tarderait guère. Sa Majesté voguait à l'aventure sur la carte du Tendre, passant de conquête en conquête, de vérole en vérole...

On disserta sur les rapports du roi avec les parlements de Paris et des provinces. Ils viraient à l'aigre. Le roi tenait à ménager ces institutions chargées de l'enregistrement des impôts. De leur côté, elles rechignaient à promulguer celui dit du *vingtième*, visant à mettre à contribution la noblesse et le clergé. Certains de ces futurs contribuables voyaient dans ce projet une mesure de justice ; les autres une insupportable atteinte à leurs privilèges.

M. de Bournazel demanda au capitaine ce qu'il pensait de cette innovation qui faisait grand bruit dans le royaume.

— J'estime, dit Mandrin, que tous les Français doivent être traités à la même enseigne, chacun selon ses mérites, plutôt qu'en vertu de sa naissance. Au train où vont les choses, les privilèges sont appelés à disparaître et la justice à triompher.

— Raisonnement inepte ! glapit le petit baron. Cette mesure fait fi de traditions qui remontent aux origines de la royauté ! Ces privilèges, monsieur, sont les garants de la gratitude que le roi témoigne à notre fidélité.

— Ils sont surtout, rétorqua Mandrin, l'expression d'un égoïsme aveugle et d'une pratique désuète. Ils mènent la royauté à son discrédit et à sa chute.

— Monsieur le devin-philosophe, ricana M. de La Rouverette, la royauté que vous semblez dénigrer durera mille ans et plus ! À supposer que l'Histoire vous donne raison, quel régime pourrait-on substituer à la royauté ?

Mandrin tapa sa pipe sur une soucoupe pour en faire tomber la cendre.

— Une république, monsieur, dit-il, comme en Suisse...

Il était près de minuit lorsque M. de Vézins, outré de ces impertinences, donna en se levant le signal du départ. M. de Bournazel raccompagna Mandrin jusqu'aux écuries où l'attendait son escorte.

La nuit sentait les fenaisons. Des chiens aboyaient dans le village. Au-dessus du plateau, des collines lointaines émergeaient d'un bain de lune.

— J'espère, dit M. de Bournazel, que vous avez pris quelque intérêt à cette confrontation, et que les propos de certains de nos convives ne vous ont pas heurté au point de vous faire regretter d'avoir répondu à mon invitation. Je ne voulais pas faire de vous une bête curieuse, mais vous proposer un débat avec mes amis. Le vieil homme que je suis, revenu de toutes les ingratitudes, est conscient que vous êtes habité par une certaine forme de vérité qui m'échappait et que vous avez défendue avec conviction. Vous vous êtes heurté à des gens enfermés dans leur cocon, portes et fenêtres closes, et qui nient tout ce qu'ils ne voient pas. Seule une tempête pourrait ébranler leurs certitudes. Cette vérité, avez-vous conscience de lui donner son élan ?

— Je l'ignore, dit Mandrin. Ma philosophie est des plus sommaires et ne me porte pas à ces sommets. Seule l'action me dirige et me pousse. Tant mieux si c'est dans le sens de la justice.

En arrivant à l'auberge, Mandrin eut la surprise de trouver dans sa poche un billet signé *Ph*. Il se dit qu'il ne pouvait s'agir que de cette femme qui, durant tout le repas, ne lui avait pas ménagé ses œillades : Philippine, fille de M. de Bournazel. Elle lui disait :

« *J'ai pris beaucoup de plaisir à votre compagnie, monsieur Mandrin, et j'aurais aimé la prolonger. Puisque cela n'a pu se faire, trouverez-vous inconvenant que je vous suggère de susciter une autre occasion ? Le temps de votre séjour à Rodez, nous pourrions nous retrouver, à quelque heure de la nuit que ce soit. Je laisserai une chandelle allumée à la fenêtre de ma chambre.* » Elle lui indiquait l'itinéraire à suivre pour trouver cette issue et signait : « *Celle qui vous admire... Ph.* »

« La sotte... se dit-il. Comment a-t-elle pu supposer que j'allais séjourner à Rodez pour ses beaux yeux, au risque de compromettre ma sécurité et celle de mes hommes ? » L'aventure, d'ailleurs, ne le tentait guère. Il y eût fallu un brin de passion, mais cette perruche, malgré des formes dignes de damner saint Antoine dans son désert, ne l'incitait qu'à une banale coucherie.

Le lendemain, avant de remonter en selle, il chercha le moyen de témoigner ses remerciements à son hôte. Il lui fit remettre par l'aubergiste des Trois-Mulets, avec un mot d'amitié, le couteau de chasse qu'il avait prélevé dans la panoplie enlevée à l'hôtel de ville.

5
Passage du Rhône

Mandrin et son convoi ne quittèrent pas Rodez sans remercier la population par une dernière parade en fanfare. Ils reprenaient la route avec un chargement de marchandise allégé mais une cassette de billons alourdie. À une lieue de là, en passant devant le château de M. de Bournazel, le capitaine fit effectuer une halte au convoi pour un dernier signe d'amitié à son hôte. Il fit un salut militaire devant le portail, à l'intention du marquis, mais il devait dormir encore. C'est Philippine qui agita de sa fenêtre le mouchoir des adieux. Mandrin abandonnait cette promesse avortée d'aventure amoureuse avec un pincement au cœur mais sans véritable regret. Il songeait que Jeanne devait avoir déposé son fardeau et l'idée du retour commençait à l'obséder.

L'étape suivante était Mende. Ils atteignirent cette ville à la tombée du jour, après une chevauchée dans des pays de haute solitude, accablés par une canicule qui les priva de deux mules et d'un homme qui, ayant perdu la raison dans cette fournaise, sauta de cheval, et, battant des ailes comme un oiseau, sauta dans un ravin. On l'en remonta sans vie, le crâne éclaté, sur le bord d'un ruisseau sec comme une peau de couleuvre.

Les margandiers ne trouvèrent quelque fraîcheur qu'en pénétrant dans la ville par une allée de platanes longeant le Lot d'où montaient des odeurs nauséabondes. Malgré l'heure tardive, Mandrin et ses lieutenants trouvèrent à se loger à l'auberge du Griffon-Haut, en face d'une fontaine d'où ne s'échappait qu'un filet d'eau. Le reste de la troupe s'installa au mieux sous la halle, au pire sur la place, sous des nuées de moustiques.

Première visite de Mandrin : le dépôt de tabac de la Ferme, en apparence déserté par ses occupants. Des voisins lui annoncèrent qu'ils avaient pris la fuite au petit jour. Un volet entrebâillé puis vivement refermé lui apprit qu'il n'en était rien. Il fit forcer la porte par Court-Toujours et trouva l'épouse de l'entreposeur à l'étage. Comme cette mégère sortait ses griffes en menaçant de se plaindre aux autorités et d'écrire au roi, il lui arracha le trousseau de clés qu'elle portait à sa ceinture et lui demanda où se trouvait le coffre.

— Rassurez-vous, madame, dit-il, nous ne sommes pas des brigands, et moins encore des assassins. Nous venons simplement vous proposer un marché. Vous ne serez pas lésée. Vous nous achèterez pour quelques milliers de livres de tabac et, avec la quittance que je vous laisserai, vous serez remboursée par ces messieurs de la Ferme. Ce procédé leur est familier.

Là, comme ailleurs, aucune intervention des forces de l'ordre n'inquiéta les margandiers. On fit bombance dans les auberges et les cabarets et, le soir venu, on organisa une petite sauterie sous les platanes, sur le vaste parvis de la cathédrale, en ne lésinant pas sur le vin. Ce fut, pour les Mendois, l'un des événements les plus notables de leur histoire, après le sac et l'incendie de leur ville par le capitaine Merle et sa horde de huguenots.

Au moment de remonter en selle, Mandrin dit à ses lieutenants :

— Notre campagne se termine, et j'avoue que c'est un soulagement. Nous avons tout lieu d'en être satisfaits. Ce que nous avons dans notre cassette pourrait nous permettre de vivre comme des princes durant quelques mois, en veillant à ne pas attirer l'attention. Nous allons gagner le Rhône puis nous disperser. Nous consacrerons quelques semaines à nous réapprovisionner avant d'entreprendre une nouvelle campagne dont vous serez prévenus, dans vos cantonnements, par des courriers. En cas d'urgence, vous me trouverez à Saint-Étienne-de-Saint-Geoirs ou au château de Rochefort.

Le passage de la caravane, à Rodez et à Mende notamment, avait provoqué chez les autorités stupeur et panique. Une ordonnance de la cour des Aides de Montauban, datée du 31 juillet, faisait défense à ceux qui avaient acheté du tabac et d'autres marchandises de contrebande de les revendre, de les débiter, et les obligeait à les remettre au greffe de la cour.

À cette date, Mandrin se trouvait en Savoie et reprenait le chemin de la France avec des mules lourdement chargées. Pour égarer ses poursuivants, il fit prendre au convoi, pour franchir la frontière, non la voie ordinaire, mais, plus au nord, celle de la Franche-Comté, dans les parages de Mouthe. Ils n'eurent pas à essuyer la moindre alerte, à croire que les gâbians avaient mis l'arme au pied.

Illusion. Ils portaient le fusil à la bretelle et se tenaient sur le pied de guerre.

Alors qu'ils cheminaient entre les forêts de Prince et de Noirmont, dans une cendre d'orage, Mandrin dit à ses hommes :

— Ce calme est trompeur. Mon idée est que l'ennemi est aux aguets, qu'il est plus nombreux que nous, et qu'il nous attend à l'endroit qu'il aura choisi. Restons vigilants.

Après avoir observé, dans la brume du matin, des mouvements suspects à travers la forêt, il fit arrêter le convoi entre Chaux-Neuve et Castelblanc, dans une cluse morte, sur la première pente d'une colline. L'endroit était propice pour résister à une attaque. Un marécage les séparait du fond de la vallée par où, à l'évidence, surgirait l'ennemi. Le convoi de mules trouverait refuge, sous la garde de quelques bons fusils, dans une vaste grange abandonnée, située à mi-pente.

Sur le coup de midi, alors que la chaleur orageuse faisait se lever du marécage des nuées de moustiques, le Bleu, posté en sentinelle sur la route de Mouthe, donna l'alerte en soufflant dans sa corne. Un corps de gâbians était en vue. Ils pouvaient être une cinquantaine avec, en fin de colonne, comme pour un siège, une horse traînant un canon de campagne de douze livres, système Gribeauval, et son caisson à munitions.

Les premières détonations ne vinrent pas de la route mais du haut de la cluse, autour de la grange où le convoi de mules s'était installé. Comme Mandrin y avait posté un solide détachement de margandiers, il ne prit pas cette attaque au tragique.

Alertés par cette arquebusade, les gâbians, prenant le pas de charge, se rangèrent en ordre de bataille sur le bord opposé du marécage. Un feu nourri leur souhaita la bienvenue. Ce fut un jeu que de cueillir les quelques braves qui se hasardèrent sur la chaussée en se dissimulant derrière une oseraie. Aucun n'en réchappa. Ils tentèrent une manœuvre d'approche en contournant la position ennemie, mais les décharges qui pleuvaient sur eux les en dissuadèrent. On aurait pu craindre les méfaits du canon, mais il refusa de cracher son boulet.

— Le brigadier, cria Mandrin, laissez-le-moi !

Il s'était amusé du manège de cet officier à cheval, qui prenait des postures de général face aux armées anglaises, brandissait son sabre en donnant à ses hommes récalcitrants l'ordre de franchir le marécage. Il visa le cheval. La balle l'atteignit au garrot. L'animal se cabra puis se mit à tourner sur lui-même comme un toton avant de s'abattre dans un hennissement pathétique, jetant au sol son cavalier qui, une jambe brisée, se traîna dans la boue en réclamant de l'aide. On lui présenta un nouveau cheval qu'on l'aida à enfourcher. Il se démena encore, frénétiquement, non pour commander une nouvelle attaque mais pour donner le signal de la retraite.

De cinquante qu'elle était à l'arrivée, la troupe des gâbians rétrograda dans une grande confusion au nombre d'une vingtaine, en laissant sur la place ses morts et ses blessés. Après qu'on eut désarmé ces derniers, Mandrin s'avança vers eux et leur tint un petit discours, dans le style de celui que Léonidas Ier, le général athénien, dut, avant de succomber à ses blessures, tenir aux soldats de Xerxès, le tyran de la Perse, après sa victoire aux Thermopyles :

— Je vous laisse enterrer vos morts. Si vous avez l'audace de reprendre les armes contre moi, vous savez ce qui vous attend ! Sachez que je suis insaisissable. Vous êtes des foutriquets et vos officiers de la crotte. Si je vous laisse la vie sauve, c'est pour que vous alliez proclamer à la fois ma clémence et mon invincibilité.

Avertie par un détachement de la venue de Mandrin, Jeanne ne fut pas surprise de le voir mettre pied à terre devant la boutique, avec une troupe de cinquante margandiers, arme à la bretelle, allure farouche, visage mal rasé, couvert de sueur et de poussière.

Elle lui dit simplement, comme une femme à son mari qui arrive tard pour la soupe :

— Tu as été bien long, capitaine Mandrin ! À croire que tu t'es arrêté en chemin pour effeuiller la marguerite et faire la tournée des cabarets...

Il ôta son chapeau de brigadier, la pressa contre sa poitrine.

— Cette campagne, dit-il, a été longue et épuisante. Nous avons couvert des centaines de lieues, mais pas pour ce que tu dis. Nous en avons ramené un pactole. Nous sommes riches, Jeanne, riches...

Il glissa dans sa main une broche de diamants achetée à un joaillier de Chambéry. Il trouva Jeanne plus belle qu'avant son départ : soignée dans sa tenue, la coiffure sage, un joli devantier bordé de dentelle sur le ventre, épanouie.

— Notre enfant, dit-il. Mène-moi près de lui.

Elle lui prit la main pour le guider vers le gynécée, une pièce éclairée par une grande fenêtre donnant sur un tilleul, et qui sentait le lait, le linge propre et l'herbe sèche. Trois enfants y jacassaient, se disputaient des jouets de bois peint et des poupées de chiffon, sous la surveillance d'une matrone assise à son rouet qui ronronnait comme un chat.

— C'est un garçon, dit-elle. Je l'ai prénommé Mathieu, comme tu le souhaitais. Il ne lui manque rien, sinon que son père soit plus présent.

Mandrin dépouilla le nourrisson de sa chemisette pour le contempler dans sa nudité de lait et de rose. Il le prit dans ses bras, le tendit vers la lumière et, dans un bourdon de tendresse, baisa ses menottes, ses pieds, son ventre, ses joues, comme s'il en savourait l'odeur avant de le dévorer...

— Ton lait doit être bon, dit-il à Jeanne. Laisse-moi le goûter, comme mon père le faisait avec sa femme.

Elle fit jaillir un sein de son corsage et le tendit vers ses lèvres. Il trouva au lait maternel un goût de thym et de miel.

— Le petit gros aux cheveux roux que tu vois en train de torturer sa poupée, dit Jeanne, est le fils de la Guitte et de Bélissard. Il nous a fait une grosse rougeole. Depuis qu'il est guéri, il fait la loi. L'autre est une fille que nous a donnée une servante enceinte d'on ne sait qui, peut-être bien de ton ami, Terrier de Cléron, qui lui faisait les yeux doux.

Mandrin se tourna vers Bélissard qui venait d'entrer au bras de la Guitte, radieuse. Il lui entoura l'épaule de son bras et lui dit d'une voix qui laissait percer une autre grosse émotion :

— Mon ami, nous voilà pères tous les deux. Sabrebleu ! je me sens fondre de bonheur. Regarde ton fils, cette petite brute ! Regarde comme il te ressemble !

Bélissard, les larmes aux yeux, pressa sa compagne contre lui.

— Tu m'as fait, dit-il, le plus beau cadeau dont je puisse rêver. J'en éprouve plus de plaisir que si j'avais trucidé le fermier général.

— Eh bien, dit la Guitte, tu vas m'en faire un autre dès ce soir !

Elle était toute rose sous son bonnet, gonflée à pleine peau d'une sève de sang et de lait, avec des joues en ballon, qui semblaient près d'éclater. Elle n'avait pas la rude sveltesse de Jeanne, son allure majestueuse de patricienne, mais la beauté pulpeuse des Flamandes de Rubens.

On célébra ce soir-là sous le tilleul, dans le jardin situé derrière la boutique, le retour des enfants prodigues. Jean y alla de ses chansons, et le Bleu fit quelques croquis de cette fête familiale.

Une lettre de M. Terrier de Cléron attendait Mandrin. À croire que ce personnage vouât à son correspondant une affection quasi paternelle que de longues absences pouvaient dissiper. Il lui disait :

« *Cher grand ami, on parle de vous dans tout le royaume, jusqu'à Versailles. Vous faites figure de brigand pour les uns, de héros pour d'autres, mais vous ne laissez personne indifférent. Si vous ambitionnez de marquer notre histoire par des exploits dignes de Cartouche, gardez le cap ! Si vous cherchez à entrer dans la légende, méfiez-vous ! La première est bâtie sur le roc et l'autre sur le sable. Un conseil : restez entre les deux. L'avenir décidera...* »

Il lui parlait de l'affaire de Rodez, qui, dit-il, l'avait comblé d'aise.

« *J'en riais encore, hier, au coucher. Cette audace,*

cette impertinence, voilà bien votre marque. Restez cantonné dans ce registre, en évitant d'ajouter une octave au concert dont vous nous régalez.

« On dit à Versailles que notre ministre de la Guerre, M. d'Argenson, songe à envoyer de la troupe pour votre capture. J'espère que cette intention restera lettre morte.

« Pardonnez-moi de ne pas signer de mon nom. La plupart des lettres sont ouvertes. Brûlez celle-ci, je vous prie. Je ne puis que signer " Votre ami". »

Mandrin et ses compagnons restèrent moins d'une semaine à Saint-Étienne-de-Saint-Geoirs. Le souvenir du meurtre de Sigismond Moret et de sa fille semblait se dissiper. Jeanne elle-même, qui lui en avait tenu rigueur, ne lui en dit rien.

Il mit à profit ce séjour pour compléter ses effectifs, une dizaine de ses hommes, leur part du pécule en poche, ayant manifesté leur intention de rompre avec l'aventure. Il accueillit, interrogea, récusa ou enrôla, des évadés des prisons, des déserteurs, des paysans ruinés par la Ferme... Du *gibier de potence*, comme on dit, mais de rudes hommes et des victimes armées d'un esprit de vengeance.

Aussi peu exigeants qu'ils fussent, il fallait veiller à leur subsistance et à leur logement, les doter d'un cheval et d'armes, en évitant de les traiter comme de la piétaille. Il ne fut pas facile de leur faire comprendre qu'ils n'étaient pas des hommes de troupe ordinaires, mais qu'ils avaient à remplir une mission sacrée : venger l'honneur d'une population pressurée et bafouée par les satrapes de la Ferme.

Arrivé sans encombre en vue de la vieille cité de Pérouges, à quelques lieues de Lyon, pour le vrai début de cette nouvelle campagne en direction de l'Auvergne, Mandrin envoya un détachement sous les ordres de ses deux frères, Jean et Claude, reconnaître les lieux. La ville était calme, sans l'ombre d'un gâbian ou d'un gendarme.

Malgré leur allure patibulaire de bandits de grands chemins, leur visage creusé par la fatigue, leur menton mal rasé et leurs défroques grises de poussière, ils furent accueillis avec curiosité, après un mouvement d'inquiétude, comme une troupe de baladins.

Par mesure de précaution, les gens qui prenaient le frais sous les tilleuls, au bord du Longevent, rentrèrent dans leur logis et assistèrent au défilé par les volets entrebâillés. Lorsque le convoi, sans manifester la moindre hostilité, fit halte devant l'hostellerie du Vieux-Pérouges, ils sortirent de leur tanière et s'avancèrent en tapinois vers ces visiteurs insolites.

Mandrin apostropha le premier groupe qui se présenta.

— Mes amis, leur dit-il, nous ne sommes pas venus dans l'intention de vous nuire, bien au contraire. Si vous êtes tentés par de bonnes affaires, vous nous trouverez sur la place demain, de bon matin.

On laissa sortir les femmes, les enfants et les vieux. Tous voulaient voir ces brigands, dont la rumeur avait répandu les exploits. Le patron de l'hostellerie fit à Mandrin et à ses lieutenants l'honneur de sa table en veillant à ce que rien n'y manquât.

Enserrée dans ses remparts comme dans une cuirasse, Pérouges ne semblait guère offrir de danger, à condition que l'on veillât au grain. Mandrin distribua des postes de garde aux remparts et organisa des patrouilles pour la nuit. Il était comme un seigneur de retour dans son fief, après une croisade.

Alors qu'il restait une heure de jour, Mandrin, accompagné du fidèle Court-Toujours et du Major, décida de se rendre, fusil à la bretelle, au poste de la maréchaussée, qui n'avait ni l'allure ni les dimensions d'un casernement. Il y découvrit, blêmes et tremblants, trois gendarmes et un chefaillon qui, en le voyant paraître, levèrent les bras comme pour se rendre. Il éclata de rire et leur dit :

— Repos, mes amis ! Vous n'avez rien à craindre. Nous ne faisons que passer. Je tenais simplement à m'assurer que nous pourrions dormir sur nos deux oreilles. Confiez-nous vos armes. Nous vous les rendrons demain.

Avant de repartir, il leur laissa quelques sachets de tabac et quelques babioles pour leurs épouses ou leurs compagnes.

— Voilà, dit-il à Court-Toujours, une ville selon mon cœur. Elle est faite comme un nid, à l'abri, à ce qu'il semble, de toutes les misères du monde. Des remparts solides, une petite rivière, d'aimables collines, des campagnes plantureuses et une auberge accueillante... J'aimerais y finir mes jours.

Il oublia dans les bras d'une accorte servante les fatigues du jour et les inquiétudes de l'avenir. Lorsqu'il s'éveilla, Bélissard avait déjà ouvert la revente. Il vit de sa fenêtre la place grouillante de monde et écouta avec ravissement les bruits de querelles que faisaient des clients en s'arrachant ses produits.

Sa seconde visite fut pour le premier magistrat qu'il trouva dans son fauteuil, un chat sur les genoux, le visage figé. Il lui fit un bref discours pour s'excuser de cette intrusion inopinée et le remercier de l'accueil qu'on lui avait fait.

— J'aimerais, dit-il, que chaque ville ou village fasse de même.

— Vous êtes les bienvenus, répondit le maire. J'avoue avoir manifesté quelque inquiétude, mais vous n'êtes pas de ces brigands qui sortent des bois pour piller nos fermes ou attaquer les voyageurs, et dont nos remparts, Dieu merci, nous protègent.

— Les brigands dont vous parlez, monsieur, nous les considérons comme nos ennemis. Si nous les trouvons un jour sur notre chemin, nous les combattrons et leur donnerons une leçon qu'ils n'oublieront pas.

Le convoi passa le Rhône au sud de Lyon au début d'août. Le 8 de ce même mois, il pénétrait sans coup férir dans Saint-Chamond, à l'est de la puissante cité manufacturière de Saint-Étienne, à laquelle, comme pour Lyon, Mandrin jugea prudent de ne pas se frotter. En revanche, alors que la vente battait son plein sous les marronniers ombrageant les rives du Gier, ils eurent à faire front à l'hostilité déclarée des agents du bureau des soieries, sous-fermiers arrogants et vindicatifs. Sommés, sous la menace des armes, de remballer leur marchandise et d'aller au diable, ils abattirent l'officier qui s'apprêtait à commander le feu et se placèrent en position de tir, ce qui mit fin à l'algarade.

En fin de matinée, le convoi reprit la route en direction de la basse Auvergne. Le 19, sous une pluie d'orage qui noyait les lourds lointains du Livradois et ralentissait leur marche, ils abordaient Ambert, bourgade grise et laborieuse, où se tenait une foire.

Mauvaise journée. En noyant les rues, le déluge avait compromis la revente. Toutes les places étant prises sous la halle, les margandiers durent déballer leur marchandise sous l'avancée d'une grande maison à colombages proche de l'église Saint-Jean, devant une maigre clientèle. La belle humeur de Mandrin vira au vinaigre, d'autant que des groupes de gâbians faisaient la bravade, sans trop oser s'exposer. À la sortie de la messe, les fidèles n'eurent rien de plus pressé que d'ouvrir leur parapluie et de regagner leur domicile. Pour comble il n'y avait plus la moindre place dans les auberges, ce qui obligea Mandrin et ses hommes à dîner sur le pouce en regardant le déluge venir lécher leurs bottes.

Le convoi, d'humeur morose, reprit la route au milieu de l'après-midi et ne trouva refuge, au soir tombant, que dans un buron dont il fallut forcer la porte en laissant au-dehors mules et chevaux.

À peine entrés dans la lourde bâtisse de schiste, battue des vents, des margadiers se disputèrent à grands cris les bonnes places. Des couteaux jaillirent des ceintures. Un homme, le Frisé, blessé au ventre, agonisa sans soins toute la nuit. On l'enfouit le matin dans le tuf, avec une dalle sur la fosse pour le protéger des loups.

Au moment de monter en selle, Mandrin tança ses lieutenants.

— Je ne veux plus de dissensions dans ma troupe. Vous avez manqué de vigilance, hier au soir. Faites en sorte que de tels incidents ne se reproduisent pas, sinon je devrai sévir.

La réalité est que les dissensions dont il faisait état étaient plus fréquentes qu'il faisait mine de le penser. Une cohabitation permanente, dans des conditions toujours pénibles, souvent sordides, engendrait des conflits que ses lieutenants s'efforçaient de travestir en querelles de joueurs de dés, mais qui ne faisaient pas illusion. On avait vu des margandiers, pris de boisson, se battre comme des chiens pour une fille d'auberge. Le mort qu'on avait laissé derrière le buron n'était pas le premier. Les estafilades toutes fraîches que portaient certains hommes ne trompaient personne. Mandrin faisait semblant de les ignorer, l'essentiel étant, quoi qu'il en eût dit, la réussite de la campagne. Il songea à interdire l'usage de l'eau-de-vie, mais c'eût été les priver d'un réconfort dont lui-même usait et abusait.

La chaleur revenue, la progression quotidienne, à travers les immenses solitudes de l'Auvergne, tourna au supplice, si bien qu'on enregistra quelques désertions, celle, notamment de Louis Manot, dit la Liberté, et du Piémontais. Le premier disparut, mais on retrouva le second quelques lieues plus loin, repentant et suppliant qu'on le reprît.

On avançait suivis par des nuées d'insectes que les pluies d'orage et la chaleur avaient fait sourdre de terre comme des miasmes, et qui excitaient les hommes et les bêtes. Il fallut vendre deux mules épuisées à un maquignon d'Arlanc.

On arrivait en vue d'une grosse localité du Brivadois, Brioude, au cœur d'une contrée austère, aux horizons d'une sauvage grandeur. Campée sur une éminence dominant la vallée de l'Allier, au centre d'un immense cirque cerné par les lointains sommets du Livradois, du Velay et de la Margeride, la ville était entourée de campagnes généreuses, de vastes pâturages et de massifs forestiers, sillonnés par des rivières indolentes que les pluies abondantes de l'automne proche transformaient en torrents.

Le convoi se présenta devant Brioude, le jour à peine levé, après une nuit passée dans les communs du château de Domeyrat, à la suite d'un accord avec le propriétaire, contre un ballot de tabac. Il fallut attendre, dans un bois proche des fossés, l'ouverture des portes. Envoyé en reconnaissance, un détachement conduit par Claude revint avec des nouvelles rassurantes : il n'avait pas rencontré les moindres gâbians en patrouille. Claude avait retenu des chambres dans une auberge.

On trouva un emplacement favorable au négoce dans les parages de l'église Saint-Julien.

En visite à l'entrepôt de tabac de la Ferme, rue de la Vieille-Carterie, Mandrin ne trouva pour lui ouvrir la porte qu'une servante en tenue de nuit, ébouriffée, le visage bouffi de sommeil. Elle demanda ce qu'on voulait à ses maîtres.

— Faire une petite visite à ton patron, M. Hamel, répondit Mandrin.

— C'est impossible. Il est mort la semaine passée.

— Alors préviens sa veuve.

— Elle est souffrante et vous recevra pas. Si c'est pour le tabac...

— C'est pour le tabac. Ouvre cette porte. Je te le répéterai pas.

Mme Hamel était réellement souffrante. Elle reçut le visiteur allongée dans son lit, adossée à des oreillers, un pistolet à la main. Elle lança d'une voix altérée par l'emphysème :

— Que me voulez-vous ? Si c'est de l'argent, je n'ai pas un sou vaillant. Si c'est pour la livraison, il faudra attendre le commis. En attendant, foutez le camp !

Elle se redressa soudain et, pointant le canon de son pistolet sur Mandrin, d'une main qui ne tremblait pas, elle s'écria d'une voix qui avait retrouvé de l'amplitude :

— Tu es le bandit Mandrin ! J'ai entendu parler de tes méfaits et je sais ce que tu viens chercher.

Alors, je te le répète, j'ai du tabac à revendre et je n'ai pas d'argent ! Alors, dehors, et vite, sinon...

Mandrin fit un pas. Le coup partit, mais la balle alla se loger dans un portrait d'ancêtre. Jugeant à l'estime que l'arme n'était qu'à un coup, Mandrin la lui arracha des mains en protestant.

— En voilà des façons ! Je viens vous proposer un honnête marché et vous m'accueillez comme si j'étais le démon Belzébuth en personne ! Je devrais vous jeter par la fenêtre.

— Mais tu es le démon, Mandrin ! S'attaquer à une pauvre veuve sans défense est une lâcheté ! Si tu veux me défenestrer, fais-le ! Pour les agréments que je trouve à la vie...

Il lui intima l'ordre de se lever, de se vêtir d'une robe de chambre et de l'accompagner dans le cabinet. Il ne venait pas pour la voler mais lui proposer un marché, et elle le prenait de haut ! Elle sauta du lit et se précipita vers la fenêtre pour appeler à l'aide. Comme la rue était déserte, elle ne reçut pas d'écho.

— Huguette, s'écria-t-elle, va prévenir les gendarmes ! Dis-leur que...

— Votre servante ne sortira pas d'ici, madame Hamel. La porte est bien gardée. Puisque vous rechignez à m'aider, c'est elle qui le fera. N'est-ce pas, ma belle ?

Ils laissèrent Mme Hamel cuver sa rage. Huguette ferma la porte à clé, dans la crainte que sa patronne usât de l'autre pistolet qu'elle cachait dans le tiroir de sa table de nuit.

— Elle hésiterait pas à faire feu une fois de plus, cette peste !

— Il semble que tu l'aimes guère, ta patronne.

— Je lui rends la monnaie de sa pièce ! Elle aime personne, à part son chat.

— Tu sais où je peux trouver la cassette ?

— Je le sais, et même où elle cache les clés, mais je vous préviens : vous attendez pas à trouver un trésor. Tout l'argent de la vieille passe dans la poche des charlatans qui font semblant de la soigner, et moi j'ai du mal à me faire payer mes gages.

Mandrin se fit ouvrir la cassette. Elle contenait à peine de quoi acheter un ballot de tabac.

— Voilà qui ne fait pas mon affaire, dit-il. Connais-tu, en ville, une personne qui pourrait prêter à ta patronne quelques milliers de livres... mettons une dizaine.

— Il y a bien Magueleine Leguérai, c'est sa belle-sœur et la femme d'un consul, avec qui elle fait un bézigue une fois par semaine. Elle est riche comme Crésus.

— Alors tu vas aller la trouver et lui expliquer qu'il s'agit pas d'un vol mais d'un marché. Je te nomme mon grand argentier. Tu seras discrètement accompagnée par un de mes hommes. Dix mille livres, pour cette bourgeoise, c'est une bagatelle. Si elle a pas cette somme, dis-lui de l'emprunter à des parents ou à des connaissances. Fais vite. Il y aura un cadeau pour toi. Va, ma belle !

Il fit claquer sa main sur sa croupe. Elle répliqua par un baiser.

Huguette était de retour une heure plus tard, en sueur et le feu aux joues, avec la somme convenue. Ça n'avait pas été une sinécure.

On attendait le commis. Il arriva sans se presser, sur les dix heures, et ne manifesta aucune inquiétude lorsque Mandrin lui eut exposé le motif de sa visite, et même il ne fit qu'en rire.

— J'ai entendu parler de vous, dit-il, pas plus tard qu'hier, à l'auberge. On dit que vous êtes la bête noire de la Ferme. Moi je trouve que vous faites une bonne action, mais ne le répétez pas.

On entendait, depuis le hangar où l'on pesait le tabac, les vociférations et les coups de canne de Mme Hamel contre la porte de sa cage.

— Je crains, dit Mandrin, que ta patronne, à force de hurler, perde sa voix.

— J'en doute, répondit Huguette. Il lui en restera toujours assez pour me chanter pouilles. Je ris à la pensée du tour que vous venez de jouer à cette vieille guenipe. Vous me vengez de sa tyrannie et, de plus, ma foi, je vous trouve bel homme.

— Si tu es sincère, que dirais-tu si, à la tombée de la nuit, j'allais te proposer de me faire une place dans ton lit ?

— Je me dirais qu'on a rien à refuser à un homme comme vous.

Il sortit un bracelet d'argent de sa poche et le fit glisser jusqu'à son poignet.

À quelques jours de là, sur la route de Craponne, dans les parages de La Chaise-Dieu, il apprit d'un châtelain qui avait accepté de l'héberger que Mme Hamel avait succombé à ses émotions.

— Soyez plus vigilant que jamais, mon jeune ami, lui dit le gentilhomme. Les autorités sont sur les charbons. On vous tient pour responsable de cette mort, et on va vous tendre des traquenards. L'homme à tous crins que vous êtes a une réputation d'audace. Ajoutez-y la prudence.

Se montrer prudent ? Mandrin, depuis sa première campagne, avait fait de la prudence une vertu cardinale. Il avait appris à apprécier la loyauté d'un homme après un premier examen, parfois même au premier regard. Au cours de ses expéditions, il montrait un flair de grand félin pour repérer la présence de l'ennemi et éventer ses pièges. Il avait de même appris à se méfier des aubergistes. Chaque fois qu'il leur demandait asile, il prenait soin de faire poster des sentinelles de nuit devant les portes de l'établissement et de sa chambre.

Sur les conseils de Bélissard, il scinda son convoi en deux pour dérouter l'ennemi et limiter les risques en cas d'attaque. Une colonne prendrait, sous la conduite de Bélissard, la route de Massiac, localité située à l'ouest de Brioude. L'autre, sous son commandement, se dirigerait vers Montbrisson. Peu à peu, l'hostilité qui l'opposait aux fermiers généraux prenait l'allure d'une guerre ouverte.

De passage à Craponne, Mandrin fit le siège de l'entrepôt du tabac, dirigé par un nommé Boule. Comme il ne possédait pas la somme nécessaire pour solder la livraison de contrebande, son épouse dut, en pleine nuit, sous escorte, aller quêter à travers la ville. La somme recueillie étant insuffisante, Mme Boule dut aller réveiller le maire, M. Calemard de Montjoly, auquel il ne manquait que la corde au cou pour inspirer de la pitié. Il gémissait en comptant les livres :

— Vous faites un bien vilain métier, capitaine Mandrin ! Voleur, pillard, assassin, traître à son roi...

Affaire réglée, le convoi prit la route de Montbrisson, à quatre lieues au nord de Saint-Étienne. On y parvint à la fin du mois d'août, après une folle chevauchée, sous un déchaînement de pluies et de vent, comme si le pays se vengeait de cette intrusion.

À peine arrivé, Mandrin, d'une humeur de dogue, se rendit chez l'entreposeur. Il trouva en M. Faure un homme de bonne compagnie et qui paraissait attendre sa visite. Il paya rubis sur l'ongle le montant de dix ballots de tabac, et poussa la générosité jusqu'à offrir du vin à Mandrin et à son escorte.

Au retour à l'auberge, le capitaine dit à ses lieutenants :

— Nous avons fait de l'argent, va falloir trouver des hommes. Nous avons perdu sept déserteurs en une semaine. C'est beaucoup. Nous devrons combler les vides.

— Où les trouveras-tu, dit le Bleu ? En frappant du pied sur le sol, comme le faisait César pour trouver des légions ?

— À la prison, en faisant un tri.

Il s'en fit ouvrir les portes à la pointe du fusil et demanda qu'on lui amenât le registre et les prisonniers. Il récusa les droit commun et fixa son choix sur des délinquants occasionnels : déserteurs, faux sauniers et autres contrebandiers. Il n'en retint que six, mais c'était mieux que rien. Il ne s'en trouva aucun, au moment de faire leur choix entre la prison et la liberté, pour refuser de le suivre. Ils sautèrent de joie et s'étreignirent.

La caravane reprit la route en pressant l'allure. On ferait un long détour pour remonter vers la Bresse et aller se réapprovisionner en Savoie où l'on prendrait un peu de bon temps.

Manœuvre judicieuse. Le commandant de la maréchaussée du Dauphiné, M. de Rochebaron, avait disposé ses troupes sur les passages du Rhône que Mandrin était susceptible d'emprunter. Précaution élémentaire mais aléatoire. Cet officier ne se faisait guère d'illusions. Avec les faibles moyens dont il disposait, il doutait de parvenir à affronter des brigands qui connaissaient le pays, marchaient en nombre et mieux armés que ses propres hommes. Il pouvait tomber sur un détachement, le vaincre ou le disperser, mais c'eût été comme trancher la tête de l'hydre de Lerne : il en repousserait une autre illico.

Restait ce recours suprême : l'intervention de l'armée royale. M. de Rochebaron en avait informé M. d'Argenson, le ministre de la Guerre. Il attendait sa réponse.

6
La vitesse de la lumière

Remplir les caisses de la communauté margandière était une chose ; déterminer l'usage de ce pactole en était une autre. De plus, on ne pouvait, sans risque de le perdre au cours d'un affrontement, transporter à dos de mulet ce trésor de guerre. Il convenait d'en faire le dépôt dans des endroits sûrs.

Mandrin décida Jeanne à prendre l'affaire en main. Elle en fut ravie, indisposée qu'elle était par l'ambiance lénifiante de la boutique et des travaux ménagers pour lesquels cette créature fougueuse ne manifestait guère de dispositions naturelles.

Jeanne suivit à la lettre les prescriptions de Mandrin. Elle eut à gérer et à placer des sommes importantes, malgré les ponctions effectuées pour la solde des hommes, leur entretien, celui du troupeau de mules et les dépenses d'auberge. Elle trouva un accueil amical auprès des membres de la petite noblesse du pays, exaspérés par les excès de la Ferme et qui trouvaient dans cette complicité un moyen d'exprimer leur vindicte. Le marquis de Chaumont, seigneur de Montbel, le marquis de Saint-Séverin, le comte Piolenc de Thoury acceptèrent sans barguigner de devenir des receleurs de la contrebande...

Après sa campagne à la tête de son détachement, à travers l'Auvergne, Bélissard avait retrouvé Mandrin. Ces retrouvailles donnèrent lieu à des embrassades et à une beuverie mémorable.

Après avoir reconstitué leur réserve de marchandises à Chambéry, ils prirent de concert le chemin de la Bresse, province limitrophe du Dauphiné, où ils étaient connus comme le loup blanc, et appréciés.

La caravane marcha avec entrain et se présenta aux portes de Bourg au début d'octobre, par un radieux soleil d'automne qui ruisselait sur les vignes mordorées. Il semblait qu'on eût fait la toilette des remparts en leur honneur : les hautes et lourdes portes de chêne, bardées de fer, sentaient encore le bois frais ; on avait remplacé les merlons manquants, qui donnaient aux remparts une allure de brèche-dent.

Faire dans cette cité de six mille habitants une entrée en fanfare eût passé pour de la provocation et de la présomption. Comme le poste de garde faisait des difficultés pour leur laisser le passage, ils durent le maîtriser. On attendait, mais pas sitôt, la visite des margandiers, annoncée par la rumeur publique. Les gens de la milice urbaine étaient encore à leur comptoir ou à leur établi lorsque les premiers éléments de la colonne franchirent la porte principale, l'arme au poing, l'air conquérant. Il fallut courir aux postes de garde, les désarmer, occuper les halles et en chasser les marchands de volailles et de légumes.

Ce n'est qu'au milieu de la matinée, alors que le marché battait son plein et annonçait de bonnes affaires, qu'un groupe de miliciens du quartier de Brou surgit en brandissant des arquebuses, des estramaçons et des hallebardes du temps de la Ligue, avec trop d'imprécations tonitruantes et de gestes menaçants pour qu'on les prît au sérieux. Couchés en joue par trente fusils, ils se dispersèrent comme une volée de grives.

Après ce qu'on pouvait considérer comme un acte de guerre, Bourg-en-Bresse était aux margandiers. Ils avaient conquis la ville sans coup férir et en étaient les maîtres. Impuissants à s'opposer à cette horde, les miliciens et les gendarmes restaient sur le flanc : ces gueux venaient de leur donner une leçon de stratégie militaire. Le gouverneur, M. de Chouin, qui recevait ce jour-là M. Joly de Fleury, intendant des provinces de Bourgogne, dut se dire que cette humiliation avait brisé sa carrière.

Le directeur des Fermes pour la province, M. de La Roche, chargé notamment du commerce du tabac, était absent lorsque Mandrin lui rendit visite. Rien de surprenant. Il semblait que lui et ses collègues se fussent donné le mot pour laisser leur femme, plutôt que leurs commis, satisfaire aux exigences du chef des brigands et limiter les dégâts en faisant usage de leur séduction.

Douée de ce pouvoir, Mme de La Roche l'était sans conteste. Elle y ajoutait la rouerie. Lorsque, encore en tenue de toilette, elle vit surgir cet homme de haute stature, hirsute et noir de peau et qui se disait capitaine, cette pimpante brunette fit mine de tomber en pâmoison. On n'eut pas à user des sels ; une gifle énergique lui fit retrouver sa conscience.

— Madame, dit Mandrin en ôtant son chapeau de brigadier, ne vous méprenez pas sur ma mine. Je ne suis ni Barbe-Bleue ni l'ogre du Petit Poucet, mais un voyageur-marchand qui ne vous veut que du bien. Mon nom est Louis Mandrin. Pardonnez-moi pour la gifle.

— Celle-ci, monsieur, aurait pu réveiller un mort !

Quand il lui eut expliqué le but de sa visite, elle se répandit en gémissements : les temps étaient durs, les gens fumaient moins et la caisse était vide.

— Il me faut six mille livres comptant, dit Mandrin.

Elle mit les mains sur son visage en s'écriant :

— Mais où voulez-vous que je trouve une telle somme ?

— En faisant appel à vos parents et à vos amis.

— Laissez-moi, au moins, finir ma toilette et m'habiller.

— Je suis pressé, madame. Venez comme vous êtes. Ce peignoir suffira à vous protéger des regards indiscrets. Nous serons en bonne compagnie. M. de Bohan, lieutenant du roi, nous accompagnera. Il a fait quelque difficulté, vous vous en doutez, mais il a fini par céder à mes instances.

Penaud sous son tricorne ruisselant de pluie, l'officier les attendait, encadré de deux margandiers, la main sur la crosse de leur pistolet.

Mandrin et Mme de La Roche parcoururent la ville bras dessus, bras dessous, à l'abri d'un parapluie. Il l'aidait à sauter, en lui prenant la taille, au-dessus des flaques pour ne pas mouiller ses escarpins.

— Souriez, madame, lui dit Mandrin. On nous regarde. Ne dirait-on pas un couple se rendant au thé de la marquise ?

La dernière étape de leur périple les porta au domicile du gouverneur.

— Nous allons y rencontrer, dit Mandrin, M. Joly de Fleury, de qui j'attends le complément aux six mille livres que j'escomptais. Il ne vous refusera pas ce menu service.

— Me présenter au gouverneur et à l'intendant pas fardée et en tenue de toilette, vous plaisantez, capitaine ?

— À la guerre comme à la guerre, madame !

Lorsqu'on annonça à M. de Chouin la venue du chef des brigands, accompagné d'une forte escorte et d'une femme prise en otage, ce fut la débandade dans le palais. Les invités de la réception s'enfuirent pour se réfugier par le parc au couvent des capucins.

M. Joly de Fleury, homme de forte stature, poudré et fardé comme une catin, avec un diamant sur son jabot, prit de haut la prétention du visiteur.

— Vous vous trompez d'adresse, Mandrin, dit-il. Je n'ai d'argent que celui que vous pourriez trouver dans ma bourse, soit quelques louis. Seul M. de Varenne, notre receveur des tailles, pourrait vous compter la somme que vous exigez.

— Eh bien, dit Mandrin, qu'à cela ne tienne. Vous allez nous faire l'honneur de nous accompagner à son cabinet. Pour épargner à Mme de La Roche une autre promenade sous l'averse, veuillez faire avancer votre carrosse, je vous prie.

On trouva M. de Varenne dans son cabinet, moite de peur à la vue de ce trio insolite et de l'escorte postée devant sa grille. Il s'entretenait avec un capitaine d'infanterie du régiment de Nice-Chossat qui se retira dans le fond de la pièce avec une mine de chien battu.

La transaction se fit sans hausser le ton, avec une morgue glacée de part et d'autre. Mandrin rédigea la quittance et la signa.

— Messieurs, dit-il, je vous sais gré de votre obligeance. Sachez que mon intention n'était pas de vous dépouiller. Vous n'êtes pas pour moi des ennemis.

En revanche, si je trouvais sur mon chemin l'adjudicataire général des Fermes, Bocquillon, je n'aurais aucun scrupule à lui régler son compte.

Mandrin emprunta le carrosse de l'intendant pour reconduire Mme de La Roche à son domicile et veiller à ce que la livraison de tabac de contrebande se fît dans les bonnes règles. Alors qu'il lui baisait la main pour prendre congé, elle lui dit :

— J'aurais aimé vous présenter à mon mari, mais il est dans notre maison des champs et n'en reviendra que demain. S'il vous plaît d'accepter mon invitation, j'aimerais vous garder à déjeuner. Il me déplairait de déguster seule la poularde rôtie que m'a préparée ma cuisinière.

— Le temps pour vous d'achever votre toilette et pour moi de voir comment se comporte le marché, répondit Mandrin, et je suis à vous. Ce sera pour moi un honneur et un plaisir.

Ils bavardèrent d'abondance autour de la poularde bardée de lard et de truffes du Périgord, dont Mandrin tint à faire compliment à la cuisinière.

— Capitaine, dit Mme de La Roche, puis-je vous faire un aveu ? Je suis encore ébahie de l'aisance et de l'autorité dont vous avez fait preuve lors de ces transactions. Vous, que l'on dit... hum...

— ... un roturier ? Mais j'en suis un, madame, et je m'en flatte. Pourquoi l'homme de basse extraction que je suis serait-il privé des qualités dont votre confidence m'a honoré ? Souvenez-vous de Guillaume Dubois, ce fils d'apothicaire de province, qui devint cardinal et Premier ministre du Régent. Pouvait-on lui refuser le droit de faire éclater ses dons alors que le bien du pays était en jeu ?

— Ne me faites pas un procès d'intention. Je

partage votre avis. Si j'étais le roi, je ferais de vous un diplomate ou un général.

— Si Sa Majesté s'intéresse à mon humble personne, ce ne sera pas pour me confier un poste dans sa chancellerie ou son armée, mais pour me faire pendre. C'est ce qui m'arrivera un jour prochain, je le crains, et c'est ce que m'a laissé entendre un de mes amis. Il me disait qu'à vouloir monter trop haut on provoque la foudre. La notoriété est mon pire ennemi.

Ils bavardèrent jusqu'à six heures de relevée, interrompus de temps à autre par une estafette venue rendre compte de la situation. La ville avait retrouvé son calme. Autorisée à sortir dans la rue, la population se pressait avec curiosité autour des margandiers figés sous leur manteau de pluie, s'entretenait familièrement avec eux, leur offrait à boire dans les cabarets. Malgré la pluie, l'ambiance était à la fête.

Lorsque Mandrin annonça qu'il allait prendre congé, elle le retint par la main en minaudant :

— Capitaine, ne pouvons-nous prolonger notre entretien ? Votre compagnie m'est trop agréable pour que vous m'en priviez. Seule, dans cette grande bicoque, je m'ennuie. Nous souperons avec ce qui reste de la poule.

Elle ajouta d'une voix âpre :

— Si vous connaissiez mon époux... C'est un vieil homme, pingre comme l'Harpagon de Molière, et qui s'intéresse à sa femme moins qu'à ses affaires. Puis-je vous le confier : nous faisons chambre à part depuis des lustres. Il me vient en m'endormant dans un lit trop grand pour moi, des idées... des idées qui vous feraient rougir.

— Il en faudrait beaucoup, madame, pour me causer une telle émotion. Je n'ai rien contre les grands lits quand on les partage à deux, surtout si l'on a comme partenaire une femme telle que vous.

— Eh bien, mon ami, je vous mets au défi de me le prouver...

Il aurait fallu avoir un cœur insensible pour résister à une telle invite. Face à cette créature qui avait la grâce d'une statue sans la dureté et la froideur de la pierre ou du bronze, et qui paraissait couver en elle le feu d'une passion inassouvie, Mandrin se dit qu'il eût été absurde et discourtois de s'abstenir. Il pria l'estafette qui vint lui annoncer la fin du marché de lui laisser encore deux heures de répit. Il les mit à profit non pour consommer les restes de la poule grasse, mais pour se délecter d'une chair souple et odorante qui ne lui ménageait pas ses ardeurs. Le lit était vaste mais ne laissa guère de marge à leurs ébats.

C'est cette fin de journée délectable que Mandrin se remémorait le lendemain, lorsque la caravane eut pris la route de Nantua. Il chevauchait comme sur un nuage, botte à botte avec Court-Toujours.

L'ambiance, parmi ses lieutenants, était tendue. Il y avait eu de la brouille entre eux. Alors que Mandrin se prélassait dans le lit de Mme de La Roche, Coquillon et un groupe de margandiers pris de vin avaient fait irruption dans le couvent des capucins où les invités du gouverneur avaient trouvé refuge, pour leur soutirer de l'argent.

En l'apprenant, de retour à l'auberge, Mandrin avait dit à Coquillon :

— C'est un acte d'indiscipline et de piraterie impardonnable dont tu devras supporter les conséquences. Je te relève de tes fonctions ! Cet argent que vous avez volé, il va falloir le restituer dès ce soir !

— Je n'ai rien à me reprocher, avait bougonné Coquillon ! J'ai tenté de te prévenir de cette intention, mais les gars que tu avais postés devant le domicile de Mme de La Roche m'ont interdit sa porte. Alors j'ai agi de ma propre initiative. Ceux qui t'ont dit que nous avions volé ces gens ont menti ! Nous nous sommes contentés de leur vendre du tabac et des indiennes. Nous en avons tiré trois mille livres sans la moindre violence de notre part. Qu'y a-t-il de répréhensible ?

— Sans mon avis, tu aurais dû t'abstenir. Le mal est fait. Je passe l'éponge pour cette fois, mais, à la moindre récidive, tu auras des comptes à me rendre.

L'indulgence dont Mandrin fit preuve envers Coquillon, il eut du mal à l'exercer pour lui. Un souvenir émergeait brusquement, dans le bercement de la chevauchée. Un peu ivre après le festin que lui avait offert Mme de La Roche, sur le chemin qui le conduisait en carrosse avec elle au domicile de l'intendant Varenne, il avait bavardé avec M. Joly de Fleury. Qu'avait-il bien pu lui dire ? Il gratta dans sa mémoire comme dans un fond de tiroir et, peu à peu, les termes de cet entretien lui revinrent.

L'intendant lui avait demandé comment il parvenait à concilier sa conception de l'honneur avec la condition de... contrebandier.

— Vous voulez dire de brigand ? avait répondu Mandrin. Eh bien, dites-le ! N'allez pas croire que j'exerce ce métier uniquement pour m'enrichir. Combattre la tyrannie et l'injustice est pour moi un devoir sacré. Si je parviens à faire rendre gorge aux vautours de la Ferme et à interrompre leur activité, j'aurai rempli ma mission. Je ne le pourrai que par la contrebande qui m'enrichit et qui les ruine.

Il regrettait les quelques mots qu'il avait ajoutés :

— Si je peux éclairer le roi sur la nocivité des fermiers généraux, je renoncerai à la contrebande et me mettrai au service de Sa Majesté, en espérant qu'elle se montrera sensible à mes modestes qualités de meneur d'hommes, pour le service de ses armées.

« Sacrebleu ! se dit-il, comment ai-je pu raconter de telles sornettes ? Il fallait bien que je sois ivre ! » Mandrin dans l'armée, Mandrin marchant au pas, soumis à une discipline de fer, contraint à exécuter des ordres absurdes, quelle dérision ! Privé de son libre arbitre, il eût dépéri comme une plante privée de soleil. Bélissard lui reprochait de trop s'intéresser aux femmes et au vin. Que ne l'écoutait-il ?

M. Joly de Fleury s'était hâté d'informer M. Moreau de Séchelles, contrôleur général des Finances et conseiller du roi, de l'affaire de Bourg-en-Bresse et de l'attitude insolente de Mandrin. On avait, en haut lieu, poussé de hauts cris. Comment pourrait-on faire supporter aux fermiers généraux, qui s'étaient ruinés pour acquérir leur charge, les débours importants consécutifs à ces opérations scélérates ? La réponse était tombée, catégorique : c'était aux contribuables à supporter ces prélèvements. Cette mesure les inciterait à accorder moins de crédit et de soutien à ces brigands !

M. Joly de Fleury avait de même transmis au ministre de la Guerre les propos de Mandrin concernant son éventuel renoncement à ses activités et sa soumission au roi. La réponse de M. d'Argenson avait été aussi catégorique que la précédente : condamné à mort par contumace pour fabrique de fausse monnaie (le ministre confondait Pierre avec Louis), Mandrin ne pouvait rien attendre de la clémence du roi. Il avait ajouté : « *Traiter avec des gens de cette espèce serait donner un mauvais exemple...* »

Au cours de cet automne, à travers Bourgogne et Beaujolais qui sentaient les vendanges, Mandrin s'attarda à goûter le vin nouveau et à se goberger dans les meilleures auberges, entre deux opérations de revente.

À la mi-octobre, alors qu'ils attendaient le bac pour franchir la Saône, entre Mâcon et Villefranche, ils virent se dessiner sur le lointain du fleuve, derrière l'écran d'une peupleraie qui commençait à perdre ses feuilles, la silhouette massive d'un robuste coche d'eau halé par des chevaux. Pris par une de ces intuitions qui se révélaient souvent justifiées, Mandrin dit à Bélissard :

— Ce coche me paraît pas des plus francs.

— Qu'est-ce qui te fait croire ça ?

— J'en sais fichtre rien, mais j'aimerais en avoir le cœur net. Simple précaution. Fais arrêter les chevaux de halage. Nous allons faire une inspection à bord.

À la première sommation, le conducteur juché sur le cheval de tête jura comme un damné et refusa d'obtempérer. À la seconde, il leva les bras en demandant les raisons de cet attentat.

— Nous voulons simplement, lui dit Bélissard, inspecter ta cargaison.

— Allez vous faire foutre ! On n'arrête pas un coche d'eau comme une vulgaire charrette. Écartez-vous !

Comme il persistait dans son refus, une balle, après la troisième sommation, se logea dans le garrot du cheval de tête qui se cabra lourdement et s'abattit. Bélissard fit signe au patron de l'embarcation de manœuvrer pour se rapprocher de la berge. Le coup de feu ayant produit son effet, il obéit.

Conduits par Mandrin, une dizaine de margandiers sautèrent sur le pont, firent se rassembler les voyageurs et ne trouvèrent rien qui pût confirmer les craintes du capitaine. En revanche, en fouillant la cale, ils découvrirent, derrière des futailles, un jeune homme vêtu comme un clerc de tabellion, qui demandait grâce en pressant une sacoche contre sa poitrine. Mandrin lui demanda ce qu'il protégeait si bien.

— Des documents de mon maître, le receveur des tailles de Mâcon. Un courrier important et urgent...

— Tu vas monter avec nous sur le pont, dit Mandrin.

— Vous allez me jeter à l'eau ?

— Peut-être que oui et peut-être que non. Montre ce que tu portes.

Mandrin ouvrit la sacoche et, feuille à feuille, jeta les documents dans le fleuve en marmonnant :

— *Mise en demeure... Minutes du procès fait à... Liste des réfractaires à la taille de la ville de... Dernier avis aux contribuables de...* Tout ça arrivera au destinataire d'ici à quelques heures, plus vite que toi. Mon garçon, tu es libre !

Ils retrouvèrent le conducteur du train de halage occupé à soigner la blessure de son cheval en protestant qu'il allait devoir faire abattre cet animal, que le coche aurait du retard et qu'il risquait de se faire engueuler. Mandrin lui présenta ses excuses, lui fit compter cent livres, puis il salua le groupe des voyageurs, d'où montaient des protestations indignées.

— Tu devrais, lui dit Bélissard, te méfier de tes intuitions. Elles risquent de nous jouer de mauvais tours...

La Saône franchie, ils campèrent, le soir venu, dans les parages de Beaujeu.

L'attaque du coche d'eau et la dispersion des documents officiels avaient fait grand bruit entre Lyon et Mâcon, si bien qu'en prévision d'un siège les autorités de Beaujeu avaient fait creuser des tranchées, mobilisé tout ce qui portait une arme et posté des guetteurs aux remparts.

Pour éviter de mettre les défenseurs en alerte, ils pénétrèrent dans la ville par petits groupes dispersés, en cachant leurs armes et en se faisant passer pour des voyageurs-marchands.

Ce jour-là, dans la ville de Beaujeu, au moment de mettre à contribution l'entreposeur, Mandrin tomba sur un bec. Lorsqu'il lui proposa de faire une bonne affaire en consentant à lui acheter son tabac, le bonhomme lui répondit d'un ton aigre :

— Capitaine Mandrin, va te faire foutre, toi et tes brigands ! Les affaires, c'est moi qui en décide. Ton *faux tabac*, tu peux le garder ! Je sais ce qui m'attend, mais, à mon âge, la mort m'importe peu.

— Qui parle de vous tuer ?

— Ta réputation t'a précédé.

— Sachez que mes victimes étaient des traîtres et

que vous n'entrez pas dans la catégorie. Je me contenterai de vous prendre comme otage. Je vais me diriger vers l'Auvergne. Vous me ferez un brin de conduite. Ça durera seulement trois ou quatre mois.

L'entreposeur vomit encore quelques insultes, mais finit par céder : un hiver sur les routes d'Auvergne n'avait rien pour le séduire. Son coffre ne contenait que cinq mille livres. Une misère.

— Il faudra t'en contenter ! Ne compte pas que j'imite cette pauvre Mme de La Roche que tu as forcée à faire le tour de Bourg-en-Bresse en chemise de nuit et sous la pluie. Je ne suis pas un mendiant, moi ! J'ai ma dignité.

Concert de protestations de ses lieutenants lorsque Mandrin leur annonça le résultat de l'opération.

— Cet homme, leur répondit-il, a été le premier à me tenir tête avec une assurance telle qu'il m'a désarmé. Il m'a parlé de *dignité*. Ce mot a suffi pour que je l'épargne.

Le convoi fit à Roanne une entrée en fanfare. L'entreposeur, M. Forest, avait laissé à sa fille, Angélique, la garde de la boutique. Mandrin, au mépris de sa jeunesse et de son charme, usa des moyens de coercition habituels et, pour l'impressionner, lui mit son pistolet sur la tempe. Elle s'évanouit pour de bon. Une fois ranimée par la gorgée d'alcool qu'il lui fit avaler à même le goulot de sa gourde, elle lui dit d'un ton ferme :

— Vous ne tirerez rien de moi, monsieur. Je suis mineure.

— Alors tu vas me conduire chez le receveur des tailles. Il te refusera pas un emprunt.

Étant donné l'incapacité d'Angélique à mener ce

genre de transaction, il fallut faire appel aux services d'un juge et d'un greffier qui durent attester de la validité de l'opération. Et Mandrin se retira avec les dix mille livres prévues.

Le lendemain, lorsqu'une compagnie de la maréchaussée en patrouille dans les parages de Charlieu, et alertée durant la nuit, arriva pour prêter main-forte à celle de Roanne, les margandiers avaient repris la route, avec deux bonnes heures d'avance.

On avait longé la Loire par des chemins de montagne en faisant, ici ou là, le coup de feu contre des groupes de gâbians et en écumant la trésorerie des entrepôts, lorsque le convoi pénétra dans la province du Velay. Il fallait s'attendre, désormais, à être traqués comme des loups. Avant de quitter une ville ou un village où l'on avait fait la revente, Mandrin prenait soin d'afficher un placard pour prévenir les habitants de ses intentions et dire qu'il n'avait pour ennemis que les fermiers généraux et leurs sbires. Le message était accueilli généralement avec faveur, d'autant qu'on avait fait, en achetant des produits de contrebande à bas prix, de bonnes affaires.

Aux approches du Puy, Mandrin crut bien que son périple allait se terminer dans un bain de sang.

Près de Saint-Paulien, alors que l'on s'apprêtait à lever le camp, une sentinelle juchée dans un arbre donna de la corne : elle venait d'apercevoir, dans la brume du petit matin, une compagnie de hussards qui venait vers eux en bon ordre et en chantant. Au jugé, ils étaient une centaine.

Mandrin réunit en hâte ses lieutenants et leur demanda leur avis sur ce qu'il convenait de faire.

— Foutre le camp dare-dare ! dit Bélissard.

— Faire face ! dit Claude.

C'est ce dernier avis qui prévalut. C'était, pour Mandrin, partisan de cette solution, une première occasion de se mesurer à la soldatesque.

— Vous savez ce que nous risquons, dit-il. Ces soldats ne sont pas des gâbians. Il y a sûrement parmi eux des hommes qui ont fait la guerre en Flandre ou en Piémont, mais nous ne sommes pas non plus une confrérie de tir aux pigeons. Les attaquer de front serait signer notre perte. Faudra les prendre par surprise. Ça, nous savons le faire.

Il fit avancer son convoi en direction de la troupe, et, avant de signaler leur présence, il indiqua à ses fusiliers des postes dominant la route des deux côtés, sur des pentes broussailleuses. Les mules furent dissimulées sous le couvert d'un bois de sapins couvrant le sommet d'une colline.

Au signal de la trompe, des salves saluèrent l'arrivée des premiers rangs, et la danse de mort commença dans un concert de hennissements de chevaux et de lamentos pathétiques de soldats blessés. Pris de panique, des hommes jetaient leurs armes et s'enfuyaient. D'autres, agenouillés, faisaient le coup de feu contre le nuage de fumée d'où jaillissaient des éclairs. Tirés à bout portant, les groupes qui tentaient de charger sur la pente durent se replier. Sur les arrières, un mouvement de panique dispersa piétons et cavaliers, malgré les ordres de tenir lancés par les officiers.

Mandrin n'ordonna de cesser le feu que lorsque le dernier hussard valide eut disparu derrière la corne d'un boqueteau de hêtres.

L'engagement avait duré moins d'un quart d'heure. On dénombra chez les margandiers deux morts : le dénommé Champion, tué d'une balle en plein front, un prisonnier récemment libéré, et quelques blessés, la plupart sans gravité. L'ennemi, en revanche, avait subi de lourdes pertes.

Le temps de faire une moisson d'armes et d'équipements, le convoi reprit sa route en direction du Puy, dont il n'était qu'à quelques lieues. On pressa l'allure de manière à y arriver avant que la nouvelle du combat n'eût transpiré et que l'on ne trouvât porte close.

Les margandiers pénétrèrent sans encombre dans une ville paisible, adonnée à ses activités ordinaires, sous les pyramides de ses pitons couronnés de sanctuaires.

Sur la place centrale, autour d'une fontaine, des femmes papotaient, leur cruche sur l'épaule. Des enfants jouaient au palet sous un gros chêne encore vert. Un manège de chalands tournait autour des boutiques. Alignés sur des murettes, des vieux au visage parcheminé fumaient leur pipe, leur canne entre les genoux. Une colonne de pèlerins fit son entrée en chantant des psaumes à la Vierge. On avait passé la mi-octobre, mais le temps était doux.

Il fut aisé à Mandrin de trouver la maison des Fermes qu'il comptait mettre en coupe réglée. Elle se situait au cœur de la vieille ville, dans une ruelle où deux cavaliers auraient eu du mal à se croiser sans heurter leurs étriers. La demeure s'incrustait dans une suite de maisons à deux étages, mais auxquelles l'étroitesse de la ruelle donnait une ampleur de falaises.

Suivi de quelques compagnons, Mandrin descendit de cheval et, surpris de ne voir que volets clos, frappa à l'huis sans obtenir de réponse. Quelques instants plus tard, elle lui vint sous la forme d'un coup de feu parti du premier étage, qui toucha Coquillon à l'épaule. Il fallut se replier pour échapper aux salves qui partaient de toutes les fenêtres aux volets entrebâillés.

— Renonçons, dit Bélissard. Faire le siège de cette bicoque serait une folie.

C'était mal connaître Mandrin. Il envoya Claude dans la maison d'en face, avec un petit canon à la biscaïenne. Quelques instants plus tard, la porte interdite volait en éclats.

— Suivez-moi ! s'écria Mandrin.

Une douzaine de margandiers s'engouffrèrent à sa suite dans la demeure du fermier. Il fallut déloger les gâbians des escaliers et des pièces, progresser pied à pied, marche à marche dans la fumée de la poudre, le bruit assourdissant des détonations et les hurlements partant des deux bords. Mandrin voyait avec angoisse ses compagnons tomber autour de lui, lorsqu'une balle se logea dans le muscle d'un bras, le forçant à lâcher son arme. Il s'adossa à une cloison et se laissa tomber sur les genoux.

Il parvint non sans mal à se relever et à rejoindre les assaillants qui avaient envahi les étages où tonnaient des salves et où l'on se battait à l'arme blanche. La bâtisse tout entière, du rez-de-chaussée au grenier, avait été tranformée en champ de bataille. Le visage noir de poudre, on toussait dans l'odeur âcre de la fumée qui transformait le logis en solfatare.

Il semblait que les locaux de la Ferme fussent devenus une ruche de gâbians. Il en sortait de partout. On croyait en avoir fini avec eux ; il en venait de tous bords, certains l'arme au poing, d'autres jetant leur fusil et levant les bras, quelques-uns, enfin, s'enfuyant pour trouver refuge sur les toits et, de là, passer dans le jardin du couvent Saint-Charles, où ils étaient recueillis par les nonnes.

Mandrin se mit en titubant à la recherche du fermier général, à travers ses appartements dévastés. Il interrogea un prisonnier blessé qui lui répondit :

— Tu le trouveras pas. En apprenant ton approche, il nous a convoqués, pour nous donner consigne de défendre sa bicoque, et il s'est esbigné, ce grand lâche ! Si c'est le magot que tu cherches, vaut mieux en faire ton deuil. Tout ce que tu pourras emporter, c'est les meubles, du moins ceux que la fusillade a épargnés, quelques bibelots, un tableau du peintre Lancret et du linge. Le tableau à lui seul vaut une fortune, à ce qu'on dit.

— C'est bien ce que je compte faire, répondit Mandrin, mais ça compensera pas mes pertes en hommes.

Il ajouta :

— J'ai une balle dans l'épaule. Il faut me l'extraire. Sais-tu qui pourrait s'en charger ?

— Les nonnes, pardi ! Je vais te conduire auprès d'elles, si tu permets. C'est la porte d'à côté.

Les religieuses de Saint-Charles, lorsqu'ils poussèrent la porte du couvent, semblaient affolées. Elles couraient en tous sens, du réfectoire au jardin, des dortoirs à l'infirmerie, comme un ballet d'ombres, avec de petits cris d'oiseaux, en portant des seaux d'eau, des coffrets à médicaments et des monceaux de charpie. Certaines avaient du sang jusqu'aux joues.

La mère supérieure dit à Mandrin, après que le gâbian lui eut glissé quelques mots à l'oreille :

— Allonge-toi dans l'herbe ! Il n'y a plus de place ailleurs. Je vais m'occuper de toi.

Elle alla chercher des instruments de chirurgie et

se mit à manier la lancette et les pinces pour extraire la balle en marmonnant :

— Ainsi, c'est toi, l'illustre Mandrin ? Te voilà bien avancé, pauvre grolle ! Tous ces morts sans sacrement, tous ces blessés, pourquoi ? Qu'est-ce que tu voulais ? Le magot de ce grippe-sou de receveur ? Il l'a emporté avec lui. Alors, tout ce tintouin, à quoi ça rime ? Eh ! tu vas pas tomber dans les pommes, mon garçon ? La voilà, ta balle ! Elle a fait un beau trou, mais l'os n'est pas touché.

Elle ajouta en lui enveloppant le bras d'un linge qui sentait la lavande :

— Je suis trop bonne. J'aurais dû te laisser crever comme un rat. On dit que tu es athée, et des plus coriaces. Eh bien, moi, je te dis que, si tu en as réchappé aujourd'hui, c'est que le Seigneur pardonne tes fautes et tes crimes, mais gare ! La prochaine fois, il ne sera peut-être pas dans les mêmes dispositions. Si j'ai un conseil à te donner, c'est d'aller faire brûler un cierge à la cathédrale.

— Je vais tâcher d'en trouver le temps, mais c'est ce qui me manque le plus. Finissez ce pansement. Il faut que je m'occupe de mes hommes. Aujourd'hui, j'ai perdu beaucoup de monde.

— Ne te presse pas, mon gars. Tu les retrouveras bientôt en enfer. Bois un coup à ta gourde pour te requinquer. Tu es blanc comme mon rabat. Tâche de te souvenir de moi, brigand, et de mon nom : Louise du Cœur de Jésus. Et, maintenant, fous le camp. J'ai des clients qui m'attendent...

Pour éviter des surprises, Bélissard avait posté aux deux extrémités de la ruelle des groupes de fusiliers abrités derrière des barricades hâtivement dressées. Il avait eu la même idée que Mandrin : déménager le logement du receveur et en vendre les meubles à l'encan. Ils s'entassaient sur le pavé rouge de sang, malgré les protestations des nonnes qui transportaient au couvent, pour les soigner, des blessés allongés dans des brouettes.

Mandrin fit chercher Claude et lui demanda de prendre un tambour pour annoncer à la population que la vente du mobilier sur la place n'allait pas tarder.

— Ce bourgeois avait des goûts de prince, dit-il. Si tu sais y faire, tu tireras facilement quelques milliers de livres de ses biens. Ce que tu ne vendras pas, tu en feras du feu. Moi, j'ai une promesse à honorer : me rendre à la cathédrale pour faire brûler un cierge. Ne fais pas cette tête. Je t'expliquerai...

Le mobilier d'un côté, les marchandises de contrebande de l'autre... Annoncé au tambour, le marché fonctionna des deux côtés, du feu de Dieu. On se disputait pour acquérir un meuble, un objet ou du tabac et des étoffes. Il fallut toute l'autorité de Claude et de ses compagnons pour empêcher des rixes. Il y avait eu assez de blessés et de tués pour ne pas en rajouter.

La vente dura moins d'une heure, sous l'œil de quelques gendarmes qui n'étaient pas les derniers à marchander les dépouilles du receveur, comme des corbeaux déchiquetant un cadavre. Un officier emporta le pastel de Lancret pour une dizaine de livres, afin, dit-il, de l'offrir, à son épouse, sous l'œil humide d'émotion et de regret du Bleu qui avait rêvé de se l'approprier.

De retour au couvent pour s'informer de l'état de ses blessés, Mandrin annonça à la mère supérieure qu'il avait honoré sa promesse et fait brûler un cierge.

— C'est bien, dit-elle. Tu as peut-être trouvé ton chemin de Damas.

Elle s'accrocha à lui en disant d'une voix brisée :

— Je n'en peux plus. La fatigue, l'émotion... J'ai l'impression d'être sur un champ de bataille. Un de mes clients est mort entre mes bras. Il avait la mâchoire qui pendait et la cervelle qui lui coulait par les oreilles. J'ai fait appeler un prêtre, mais va savoir quand il arrivera. Moi, toutes ces âmes qui passent la frontière sans être purifiées de leurs péchés, ça me navre...

Elle ajouta :

— Et toi, capitaine, comment te sens-tu ? Tu as repris un peu de couleurs, on dirait.

— Bien... balbutia Mandrin. Mieux, en tout cas. Pourtant, je...

Il n'acheva pas sa phrase, se laissa tomber sur un banc souillé de sang puis roula dans l'herbe. Quand il reprit conscience, son premier regard fut pour la mère Louise du Cœur de Jésus. Elle lui souriait.

— Auras-tu bientôt fini de me faire des émotions ? plaisanta-t-elle. Bois un coup, comme je viens de le faire. Fameux, cet élixir. C'est quoi ?

— De la liqueur de La Côte-Saint-André, un patelin proche de chez moi, en Dauphiné. J'en ai toujours dans ma gourde, et un barillet en réserve. Ça remonte le moral, et j'en ai souvent besoin.

— Regarde ! dit-elle. Tes amis sont venus prendre de tes nouvelles. On dirait une mise au tombeau, sauf qu'il y manque la Vierge Marie et Joseph d'Arimathie, et que tu t'en tireras, chenapan ! Tu pourras te lever ?

Il but quelques gorgées d'eau-de-vie et parvint à se lever s'accrochant à Jean et à Bélissard qui l'aidèrent à faire quelques pas.

— Le marché ? dit-il.

— Un succès, dit Jean. Tout le mobilier est parti. On en a tiré quatre mille livres, grâce à Claude.

— Faut partir. Nous sommes restés trop longtemps.

Il fallut les efforts combinés de Jean et de Bélissard pour le mettre en selle. Il descendit jusqu'au fond de la ruelle où restaient encore des cadavres de gâbians évacués par les fenêtres, ceux des margandiers ayant été confiés aux nonnes pour les enterrer.

Soudain, il fit demi-tour, demanda à ses compagnons de lui confier tout l'argent qu'ils portaient dans leur ceinture et revint au couvent.

— Pour vous, dit-il à la mère supérieure. C'est peu de chose en regard de la peine que vous vous êtes donnée, vous et vos moniales. Je ne vous oublierai jamais.

— Moi non plus, dit-elle. Et souviens-toi qu'un cierge ne suffit pas à faire pardonner ses péchés. Dieu te garde, capitaine Mandrin !

Le jour déclinait lorsque le convoi reprit la route. Rester dans cette ville, comme Mandrin et ses compagnons l'eussent souhaité, eût été dangereux. On alla camper près de Saint-Étienne-de-Chapdeuil, un hameau que la misère avait dépossédé de la moitié de ses paysans. Le lendemain, on repartit en direction du sud en grappillant ici et là, à Tence, Pradelles, Langogne, quelques milliers de livres sur les marchés et chez les dépositaires de tabac. On reprit ensuite la direction du nord par une route passant par Yssingeaux et Saint-Bonnet-le-Château.

Dans cette dernière bourgade juchée sur une colline avec un appareil défensif impressionnant, deux choses surprirent les margandiers : la neige et l'accueil des habitants. Ils décidèrent d'y faire halte, alors que le ciel déversait sur eux des bourrasques glacées.

Profitant d'une heure avant la nuit, Mandrin rendit visite au receveur des tailles et gabelles, M. Gaudin. Ce gros homme au visage rougeaud, qui portait une perruque filandreuse et une serviette de table autour du cou, lui ouvrit la porte et s'écria d'un air jovial :

— Tiens ! le capitaine Mandrin... Je commençais à croire que vous m'aviez oublié. Entrez donc ! Nous étions à table, moi et quelques amis. Nous nous serrerons un peu. Dites à votre escorte qu'il y a de la place à l'office.

— Je suis navré, bredouilla Mandrin, d'interrompre vos agapes. Je puis repasser demain.

— Allons, mon ami, pas de façons. Nous en sommes au rôti. On en sent l'odeur jusqu'ici. Entrez ! C'est un honneur pour moi que de recevoir un personnage aussi célèbre que vous.

Mandrin se dit que ce qui pouvait passer pour du persiflage cachait peut-être un piège, mais l'odeur bouleversante du rôti vint à bout de ses réticences. M. Gaudin le fit dévêtir de son manteau et de son chapeau, avant de faire les présentations aux convives, des gens de la meilleure société.

Tous se levèrent lorsque M. Gaudin s'écria :

— Mes amis, j'ai l'honneur et le plaisir de vous présenter l'homme dont parle tout le royaume : Louis Mandrin, capitaine général des contrebandiers de France, des margandiers, comme on dit en Dauphiné, sa terre natale. Capitaine, je vous présente de vieux amis : M. de Chazelle, capitaine au régiment de la Couronne, chevalier de Saint-Louis, M. de Chambarrant, ancien capitaine d'infanterie, détenteur de la même distinction, M. de Saint-Hilaire et l'abbé Boyer, mon confesseur...

Le visiteur observa avec inquiétude la mine des convives : sourires pincés, échange de regards interloqués, mains crispées sur les serviettes... M. Gaudin lui fit prendre place le dos au feu, face à une grande copie d'un portrait de Richelieu par Philippe de Champeigne et à une toile flamande représentant une fête villageoise.

Le maître de maison ajouta en reprenant sa place :

— Messieurs, reprenons et ne laissons pas refroidir le rôt. Capitaine, vous allez me dire ce que vous pensez de ce vin de mon vignoble de Marcilly, qu'un poète a célébré en vers immortels.

Il remplit les verres, et lança :

Montbrisson, Marcilly, toujours si pleins d'attraits,
Que n'êtes-vous peuplés d'Hylas et de Sylvandres !
Ô rives du Lignon ! Ô plaines du Forez !
Ô lieux consacrés aux amours les plus tendres...

Il avala une gorgée qu'il fit barboter dans sa bouche, avant d'ajouter :

— Capitaine Mandrin, je suis persuadé que vous ne vous attendiez pas à cet accueil.

— Ma foi, répondit Mandrin, je dois avouer qu'il me surprend et me ravit. Cela me change de l'ordinaire.

— Il paraît, dit M. de Chazelle, que l'on vous a surnommé Belle-Humeur.

— Il m'arrive souvent, monsieur, d'avoir l'humeur

belle, mais sombre parfois, hélas. Mon métier n'a rien d'une sinécure.

M. de Chambarrant, visage maussade sous la perruque à boudins, dit, en attaquant la côte de bœuf aux herbes :

— Mandrin, je suis de près les nouvelles de vos exploits, dont nous informent les gazettes. J'avoue que cela me confond. Comment pouvez-vous, avec votre bande – je veux dire votre troupe – et votre convoi de mules, parcourir en un temps record des distances aussi considérables ? On dit que vous allez aussi vite que la lumière. Et par quel tour de magie parvenez-vous à échapper à vos poursuivants ?

— Il suffit, monsieur, de s'entourer de solides gaillards, rodés à toutes les épreuves et qui ont un idéal à défendre. Si les employés des fermes, que nous appelons des gâbians, faisaient preuve d'autant de conviction, de courage et de jugeotte, ils ne se contenteraient pas de me suivre à la trace mais me précéderaient.

— Le mot *idéal* suscita des sourires narquois.

— Fort bien... marmonna M. de Saint-Hilaire, jeune officier au visage froid, doté d'une moustache de mousquetaire noir, mais vous avez affaire à des auxiliaires aux manœuvres faciles à déjouer et sans aucune formation militaire. Des amateurs, en quelque sorte.

— Il en est de même pour nous ! protesta Mandrin. Mes compagnons sont des roturiers. La différence avec les gâbians, c'est qu'ils ont la conviction de se battre pour une noble cause.

— Mais vous-même, capitaine, dit M. Gaudin, qu'est-ce qui vous pousse ?

— À l'origine, le souci de venger une injustice. Mon frère, Pierre, fut livré au bourreau de Valence pour trafic de fausse monnaie, alors qu'il était innocent. Il y a aussi cette histoire de livraison de chevaux...

Il raconta son équipée pour le compte de l'armée d'Italie et les déboires qui en étaient résultés.

— Il faut convenir, dit M. de Chazelle, que ces événements aient pu vous pousser à réagir. Mais de là à prendre les armes... Je crois à la justice, moi. Avec un peu moins de vindicte et un peu plus de patience, vous auriez pu obtenir réparation.

— C'eût été, monsieur, se bercer d'illusions.

M. de Chazelle ajouta, en pétrissant une boule de mie grosse comme une balle :

— Vous devez bien imaginer, Mandrin, que Sa Majesté ne restera pas longtemps indifférente à vos méfaits et vous enverra de la troupe. Lorsqu'elle apprendra que vous avez livré bataille et dispersé un détachement de hussards, ce qui constitue un acte de guerre, elle réagira vigoureusement. Et alors, que ferez-vous ?

— Nous nous battrons, aussi longtemps que le roi protégera les fermiers généraux.

— Et si le roi vous proposait une amnistie ?

— Je m'en méfierais. Il me faudrait des garanties sérieuses, mais j'en doute.

Après les fromages, la tarte aux myrtilles fit diversion. Chacun se plut à en savourer le goût et le moelleux. M. Gaudin accompagna ce désert de vin de Beaune, sans y ajouter de couplet poétique. On apprécia les liqueurs en fumant la pipe. Mandrin fit goûter son tabac de Hollande, que chacun s'accorda à trouver onctueux et léger. Il se fit un plaisir de répondre à la curiosité des convives concernant la manière dont il se procurait la marchandise, et les difficultés qu'il avait à faire franchir la frontière à ses convois.

Mandrin s'excusa de devoir renoncer à poursuivre cet entretien. Sa blessure, ajoutée à la fatigue de la chevauchée, le faisait souffrir. Une servante avait dû lui couper sa viande, incapable qu'il était de se servir de son bras blessé.

— Monsieur Gaudin, dit-il en prenant congé, je vous sais gré de votre accueil, mais nous avons à parler affaires.

M. Gaudin changea de mine. Il avala d'un trait son verre de liqueur et pria son hôte de le suivre dans son cabinet.

— Monsieur, dit Mandrin, il n'est pas dans mes habitudes de quitter une ville sans taxer les entreposeurs ou les receveurs. Malgré toute la gratitude que je vous témoigne, je ne puis y déroger. J'ai décidé d'arrondir le montant que vous me devez pour mon tabac à dix mille livres. Avez-vous cette somme ?

— Vous me mettez le couteau sur la gorge, capitaine !

— Allons donc ! Je suis persuadé que le receveur que vous êtes a suffisamment d'espèces pour couvrir cette modeste exigence.

M. Gaudin ouvrit son coffre d'une main tremblante.

— Voyez vous-même ! dit-il. Tout ce que je puis vous offrir, c'est cinq mille livres et de la blanchaille.

— Eh bien, soupira Mandrin, je m'en contenterai, afin de vous témoigner ma gratitude pour votre accueil. Vous avez de la chance : il est trop tard pour aller quêter le complément. Vous aurez demain votre tabac. Il n'en manquera pas un gramme. J'y ajouterai un coupon de soierie pour votre épouse.

— Hélas, capitaine, elle n'est plus de ce monde...

Le convoi quitta Saint-Bonnet sans avoir été inquiété le moins du monde, aux premières heures de la matinée, après la livraison du tabac et la remise de la quittance. Un doux soleil de début novembre faisait étinceler la neige tombée de la nuit.

Mandrin se dit qu'il était temps de retourner au pays. Il avait couvert, en dix mois, une distance approximative de trois cents lieues. Sa blessure lui donnait du souci, de même que celles de ses compagnons touchés lors de la bataille du Puy. Deux d'entre eux étaient morts en cours de route et avaient été ensevelis en pleine solitude, avec simplement une croix de branches sur leur fosse.

Alors qu'il faisait halte dans une auberge de Gondrieu, Mandrin reçut la visite d'une délégation de réformés des Cévennes, qui n'étaient pas restés l'arme au pied face aux dragonnades, et maintenaient dans leur désert un esprit de résistance aux conversions qu'on leur imposait.

Leur porte-parole, homme rude et sec sous sa défroque de berger, lui dit :

— Capitaine, malgré nos divergences, nous poursuivons le même but : nous pour la tolérance religieuse et toi pour la justice. Nous avons de bonnes raisons pour nous entendre.

— C'est bien mon idée, répondit Mandrin. Que proposes-tu ?

— De mener des opérations communes. Nous avons des meneurs, des hommes et des armes. Notre chef vénéré, Jean Cavalier, est mort en exil à Jersey, après avoir mis en échec des généraux du roi comme de Broglie et l'illustre Villars. Nous avons cru un moment que c'en était fait de notre rébellion, mais d'autres chefs ont pris la direction de nos troupes. Je suis l'un d'eux. Mon oncle, Abraham Mazel, a été victime des troupes royales, il y a une trentaine d'années. Je porte son nom et j'ai sous mes ordres un millier de *chemises blanches* et l'appui de la population. Si nous nous donnions la main nous pourrions constituer une force invincible.

Ils s'entretinrent de leurs exploits et de leurs projets jusqu'à une heure tardive de la nuit. Mandrin but jusqu'à rouler sous la table tandis que Mazel se contenta d'une cruche d'eau.

Mandrin confia à Bélissard que la confiance du chef huguenot l'avait flatté, mais qu'il considérait sa proposition d'alliance comme une utopie.

— Plus d'un millier d'hommes, Jean ! Je ne me sens pas de taille à commander une troupe de cette importance. D'ailleurs Mazel se bat pour défendre sa religion. Je ne pourrais pas le suivre sur ce terrain. Dieu et moi, on fait pas très bon ménage, ou du moins on s'ignore. Si les rebelles des Cévennes ont besoin de notre secours, nous ne pourrons pas le leur refuser, puisque nous avons deux ennemis communs : la Ferme et, bientôt, le roi, mais notre alliance ne pourrait aller au-delà.

C'est un avis dont Bélissard reconnut la pertinence.

— Il faut remettre cette affaire aux calendes, dit-il. Il y a plus pressé. Le roi vient d'envoyer ses troupes contre nous...

7
La brigade Mandrin

Durant son séjour en Suisse, après les grandes équipées en Auvergne et en Velay, Mandrin fut informé par Gauthier, le patron de l'auberge du Lion d'Argent, à Garouge, à l'extrémité sud du lac Léman, d'un événement dont parlaient toutes les gazettes du royaume.

— Le roi, dit-il, vient de demander ton extradition et celle de ton lieutenant, Bélissard. Les *mandrinots* deviennent célèbres ! Quelle réponse va lui donner notre roi à nous, Charles-Emmanuel ? Céder à cette exigence serait dangereux : il aurait des ennuis avec les Savoyards qui vous portent aux nues et les financiers qui ont trouvé en vous une vache à lait qu'ils refuseraient de sacrifier au roi de France.

Il avait employé une expression que Mandrin avait entendue pour la première fois durant ce dernier séjour : *mandrinots*... Elle lui convenait.

— Cette demande d'extradition, plaisanta Bélissard, est un coup d'épée dans l'eau, puisque nous nous extradons de nous-mêmes deux ou trois fois l'an !

— Elle prouve au moins, dit Gauthier, que votre roi s'intéresse à vous.

Il ajouta :

— J'ai appris qu'une autre personne s'intéresse à vous. Un nommé Georget ou Georgy, je ne sais plus. Je ne connais ce citoyen ni d'Ève ni d'Adam, mais, à ce que j'ai cru comprendre, c'est un ancien officier de hussards. Il est passé ce matin avant d'aller chasser le bouquetin sur le mont Salève. Vous le verrez ce soir. Il compte rester quelques jours dans mon auberge.

Aidés de quelques compagnons, Mandrin et Bélissard passèrent la journée à entreposer, dans d'anciens communs du Lion d'Argent, la marchandise qui leur arrivait par caravanes, avec une lenteur et des retards imposés par la neige. Une fois de plus, on ne manquerait ni de tabac ni d'autres produits manufacturés. Bélissard avait obtenu d'un maître horloger de Nyon un lot de montres et de pendules à un prix avantageux. Un imprimeur de Genève lui avait livré une centaine d'exemplaires d'un portrait de Mandrin, gravé d'après une œuvre du Bleu, où il était représenté cousu de brocarts et arborant une panoplie digne des bandits du Monténégro.

Ils passèrent le temps qui leur restait avant la nuit à boire du vin du pays de Vaud et à fumer leur pipe en regardant des voiles de neige flotter sur la queue du lac.

L'officier qui avait souhaité rencontrer Mandrin arriva à la nuit tombée en ramenant un bouquetin et quelques perdrix des neiges. Il lança à Mandrin, en mettant ses bottes sous la table, devant une grosse soupe de pois :

— Capitaine, ça fait longtemps que j'ai envie de vous connaître. Vous plairait-il que nous parlions en soupant ? Je me nomme Tibor Georgy. Si ce prénom et ce nom vous paraissent étranges, c'est que je suis originaire de la Hongrie et que j'ai servi dans ma jeunesse dans la garde de l'impératrice Marie-Thérèse. Je vous souhaite bon appétit, capitaine !

Mandrin s'assit en face de lui. Georgy, homme de haute stature, au visage massif et légèrement coloré sous une chevelure abondante, aux lèvres lourdement dessinées et à l'accent martelé, ne lui inspirait guère confiance. Le fait qu'il eût combattu sous les drapeaux impériaux, contre le roi de France, n'y changeait rien.

— Savez-vous, poursuivit Georgy en raclant son assiette, qu'à Vienne comme à Budapest on parle de vous ? Pas toujours dans les meilleurs termes, d'ailleurs. Certains font de vous une sorte de Dracula dont l'évocation fait peur aux enfants. Cela vous fait rire ? C'est pourtant la vérité. D'autres, en revanche, vous imaginent comme un nouveau Guillaume Tell ou Robin des Bois. Je suppose que la vérité se trouve entre ces extrêmes.

— Sans doute, dit Mandrin, mais j'avoue que ça ne m'avait pas effleuré l'esprit. Si je ne suis pas indiscret, quelle mission ou quelle convenance personnelle vous ont conduit en Suisse ?

— Peut-être vais-je vous surprendre, mon ami. Je suis ici en mission secrète, à la requête du ministre des Armées de l'impératrice, dans le but d'entrer en relation avec vous.

— Vous me flattez ! puis-je savoir ce qui me vaut cet honneur ?

— J'y viens tout droit. Seriez-vous intéressé par un grade dans notre armée ? Comme nous ne sommes plus en guerre avec la France, vos scrupules seraient indemnes. Si j'en juge par l'autorité et la compétence avec lesquelles vous menez vos hommes, vous prendriez vite *du galon*, comme on dit chez vous. Ce qui me surprend, c'est que votre roi n'y ait pas pensé avant notre ministre. Il a sans doute appris que vous avez mis en déroute, avec une cinquantaine de vos hommes, un détachement de hussards. Cela aurait dû lui mettre la puce à l'oreille.

— Je n'ai rien contre le roi. C'est à la Ferme que j'en ai, mais il se trouve qu'ils ont partie liée. Que le roi fasse les premiers pas, me propose une amnistie pour moi et mes hommes, certaines garanties, et nous verrons. Il m'en coûterait d'abandonner la mission que je me suis fixée, alors que la fortune me sourit, que je suis père et que je songe à épouser la mère de notre enfant. Me retrouver sous la férule de généraux plus fiers de leurs titres de noblesse que de leurs exploits ne me tente guère, mais je garde ma porte entrebâillée.

— Alors, permettez que je la pousse du pied.

Georgy avala une gorgée de vin, le jugea plein d'une sève généreuse, avant de donner corps à une autre proposition :

— Je tiens d'un ami haut placé à Versailles que le ministre de la Guerre, M. d'Argenson, serait prêt à quelques concessions, par exemple en vous laissant le choix de votre régiment, avec un grade et une solde de colonel.

Mandrin s'écria d'un ton faussement jovial :

— Si cette nouvelle se confirme, elle mérite réflexion ! Monsieur Georgy, c'est la Providence qui vous a placé sur mon chemin. Si ce projet réussit, vous n'aurez pas affaire à un ingrat.

— Votre satisfaction sera ma récompense, mon cher. Je regrette pourtant que vous n'ayez pas accepté de servir l'impératrice plutôt que ce roi libertin.

Alors qu'ils s'attaquaient au salmis de canard généreusement arrosé, Mandrin, très en verve, se laissa aller à quelques confidences d'ivrogne, donnant l'itinéraire de sa prochaine campagne, la date du départ, les passages de la frontière...

— Votre confiance m'honore, dit l'officier. Je garde l'espoir de voir notre projet se réaliser promptement, car la moindre indiscrétion me coûterait la protection de Marie-Thérèse et jetterait le trouble dans les ambassades. Que Dieu vous garde et vous conseille, mon ami !

Lorsque Mandrin retrouva Bélissard il arborait un de ces sourires qui lui avaient valu le surnom de Belle-Humeur.

— Je sors, dit-il, d'un entretien très édifiant. Il m'a pas fallu une heure pour comprendre que cet homme, s'il n'est pas un espion, en a toute l'allure. J'ai fait semblant d'entrer dans son jeu, d'envisager favorablement de m'enrôler dans l'armée de l'impératrice ou dans celle de notre roi. En faisant mine d'être ivre, je lui ai raconté des sornettes qu'il semble avoir gobées comme des œufs frais pondus et dont il va régaler ceux qui me l'ont envoyé. J'ignore qui, mais je lui ferai cracher le morceau. Nous sommes appelés à nous revoir.

Le lendemain, l'oiseau s'était envolé en laissant un mot à son nouvel *ami*, disant qu'il devait se rendre à Versailles pour l'affaire dont ils s'étaient entretenus. Ce départ confirma Mandrin dans son idée que cet homme était venu dans l'intention de lui tirer les vers du nez. Mandrin lui avait servi des couleuvres.

La carrière du lieutenant-colonel Jean-Christian Fischer avait débuté dans le crottin, comme palefrenier du comte d'Armentières, près de Lille, et s'était poursuivie dans le corps des laquais, dans l'intendance de la maison, puis sous l'uniforme, avec une série de promotions rapides, justifiées par ses talents. On ne savait pour ainsi dire rien de ses origines, mais son accent sentait le Teutshe.

Alors que la guerre dite de Succession d'Autriche grondait sur l'Europe, M. d'Armentières s'était trouvé enfermé dans la capitale de la Bohême, Prague, avec les troupes de Chavert. Le jeune Fischer, devenu l'ordonnance de son maître, avait supporté courageusement les épreuves d'un siège terrible et gagné ses premiers galons lorsque les Français durent, après des combats homériques au cours desquels il se distingua, évacuer la place avec les honneurs.

Doté du grade de lieutenant-colonel, cantonné dans une morne ville de garnison, il se vit bientôt confier une mission délicate qui ne consistait pas à combattre mais à traquer. Pas du gibier mais un brigand : le capitaine Louis Mandrin. Il rechigna un peu devant cette opération qui relevait de la police plus que de l'armée, mais, quand on lui fit comprendre que sa mission serait de première importance et que le roi avait un œil sur lui, il décida d'accepter et d'y vouer ses qualités cardinales : esprit d'initiative et bravoure.

On lui avait affecté une compagnie de chasseurs qui avait pris son nom : quatre cents hommes de pied et deux cents cavaliers, pour la plupart des reîtres d'Allemagne, réputés pour leur courage et leur endurance.

M. d'Argenson lui avait dit avant qu'il se mît en campagne :

— Fischer, n'allez pas vous imaginer que vous partez pour une chasse à courre. Vous aurez affaire à des adversaires redoutables. Mandrin, outre des qualités militaires qui m'avaient donné l'idée de l'attacher à notre armée, est subtil comme un renard. Il se dit insaisissable ; soyez imprévisible. Il me le faut, mort ou vif. Vous aurez le concours de la maréchaussée et d'un corps de mercenaires aux ordres des fermiers généraux, qu'on appelle, en Dauphiné, des gâbians. Ce sont gens de sac et de corde. Tâchez d'en faire des soldats.

L'idée de faire du chef des contrebandiers un officier n'était pas tombée dans l'oreille d'un sourd.

Fischer s'était lié, à Versailles, avec un officier hongrois, attaché d'ambassade et fin diplomate : Tibor Georgy. Il le rencontra peu avant de partir en campagne et parvint à lui faire confier la mission de rencontrer Mandrin en Savoie, de lui faire miroiter un grade dans l'armée et de le capturer.

Fischer avait pénétré sur les terres bourguignonnes à la tête de ses troupes et s'apprêtait à les disperser le long de la frontière, quand Georgy vint à ses devants.

— J'ai rencontré Mandrin, dit-il, et nous avons parlé. Vous auriez tort de le sous-estimer. Il est plus fin et plus redoutable que je ne l'imaginais. Il a feint de croire à mes promesses et m'a raconté des sornettes sur sa prochaine campagne, en feignant d'être ivre. Lui tendre un piège serait absurde et dangereux.

— Vous aurait-il parlé de sa prochaine campagne ?

— Pendant près d'une heure, mais avec un tel

luxe de détails que je n'en ai pas cru un mot. Nous avons joué, l'un et l'autre, au plus malin, mais j'ignore qui a remporté la palme. Il va nous donner du fil à retordre.

Fischer, en attendant sa dispersion, fit cantonner sa petite armée dans les parages de Cuisseaux, en Bourgogne, à une vingtaine de lieues au sud de Lons-le-Saunier. Il fondait sa stratégie sur la quasi-certitude que les contrebandiers franchiraient la frontière par le col de Gex, au nord de Genève, en passant à trois lieues du lac du Bourget.

Il organisa des colonnes mobiles placées sous l'autorité d'un officier d'origine basque, d'Iturbide de Larre, commandant d'un corps de volontaires des Flandres et d'argoulets albanais : des argousins à cheval.

Afin de donner plus de sérieux à cette campagne de répression, le ministre n'avait pas lésiné sur les moyens. Il avait adjoint aux troupes de Fischer et d'Iturbide les dragons de Beaufremont, les cavaliers d'Harvourt, de Fumel et de Moutiers, et les grenadiers de Courten. On parla à la cour, avec une pointe d'ironie, du pavé de l'ours...

Mandrin, après un bref séjour dans sa maison de famille, dit à Bélissard, sans la belle humeur qui lui était coutumière :

— Il faut en convenir, nous sommes en guerre. Si nous parvenons à passer à travers les mailles du filet, c'est que le saint patron des contrebandiers veille sur nous.

— Personne n'oserait parier sur la réussite de cette campagne, répondit Bélissard, alors que nous sommes une centaine contre des milliers, mais nous passerons ! Pourtant, si combattre des gâbians ne trouble pas ma conscience, en revanche, affronter des troupes royales... Massacrer des gâbians est un acte de justice. Tuer des soldats du roi est un crime.

Avant même d'être déclenchée, la campagne de Fischer achoppa à une rude déception.

Pour tenter d'obtenir des renseignements fiables sur le comportement et les projets des brigands, il se rendit à Genève sous un déguisement de bourgeois en excursion, et apprit que la caravane des *mandrinots* avait déjà pris la route et sans doute passé la frontière. Sur le chemin du retour, il creva deux chevaux pour rejoindre son corps, et apprit que ses craintes s'étaient confirmées, et que Mandrin était en France. De nuit, par un défilé connu seulement de ses guides, il avait franchi la frontière par le col de Saint-Cergues, de préférence aux Rousses, où il savait qu'une unité de gâbians l'attendait. En effectuant des détours, des marches et des contremarches à travers la rude campagne franc-comtoise, il était parvenu dans les parages de Besançon.

À la mi-décembre, arrivée en vue de Dole, le convoi s'apprêtait à cantonner dans une ferme, au sommet d'une colline, quand une patrouille donna l'alerte. Les hommes se jetèrent sur leurs armes et se mirent en position de tir à l'orée d'une forêt, de part et d'autre du chemin. À l'évidence, leur présence avait été dénoncée aux autorités, car les premiers éléments de la troupe se dirigèrent tout droit sur la ferme.

Il s'agissait d'un petit détachement d'infanterie,

qui n'opposa guère de résistance et qui, aux premières décharges, décampa. On ne se donna pas la peine de le poursuivre.

Le lendemain, alors qu'ils venaient de franchir la Loue sous une averse glacée, ils s'arrêtèrent pour s'abriter dans un cabaret, quand survint une patrouille d'argoulets. Le chef surprit un des margandiers en train d'examiner la jambe d'une mule et lui demanda ce que contenaient les ballots.

— J'en sais rien, moi, répondit le margandier. Demandez au patron. Il est en train de boire un coup.

Lorsque la patrouille pénétra dans le cabaret, elle fut accueillie par un feu nourri. Trois soldats payèrent de leur vie la curiosité du chef, et les autres s'enfuirent.

— Cette campagne débute mal, dit Mandrin. Deux accrochages en une semaine, il y a de quoi être inquiet.

Ils pénétrèrent sans encombre dans le gros bourg de Seurre, à six lieues de Beaune, où ils se délestèrent d'une quantité importante de marchandises, sans que les gâbians ou les gendarmes intervinssent.

Surprise de Mandrin lorsqu'il rendit visite au dépôt de tabac. Le directeur ne daigna pas se lever à son approche et lui dit d'un ton désabusé :

— Tu prends ce que tu veux. L'argent est dans la cassette, sur l'étagère. Tu le mets dans ta poche et tu fous le camp, mais tu me laisses la vie sauve. Imagine qu'on ait violé ta femme et estropié ton enfant. Tu n'aurais pas envie de te venger ? C'est une patrouille de gâbians de Beaune qui a fait le coup. Ils l'emporteront pas en paradis.

— Je connais un moyen de vous venger sans trop de risque, lui dit Mandrin. Vous avez une belle et grande maison. Nous pourrions y entreposer une partie de notre chargement, qui nous encombre du fait que nous avons Fischer aux fesses. Nous pourrions la reprendre quand le pays sera plus calme. Vous serez défrayé de ce service, ça va sans dire.

L'entreposeur se leva, prit Mandrin dans ses bras, lui mouilla l'épaule de ses larmes et lui dit :

— Je veillerai sur ta marchandise comme si elle était mienne. Tu la trouveras intacte à ton retour. Puisqu'il te faut de l'argent, va trouver le receveur des tailles. Il a eu une forte rentrée ces jours-ci. Un pactole...

Mandrin ne se fit pas faute de s'y rendre. La prise était bonne : vingt mille livres ! Il laissa l'équivalent en tabac, avec un papier attestant la régularité de l'opération.

Prévenues de l'affaire de Seurre, les autorités militaires de la province envisagèrent des mesures de rétorsion au cours de réunions qui demandèrent du temps, ce que Mandrin mit à profit pour prendre de l'avance.

Beaune s'était calfeutrée derrière ses remparts et avait sorti ses canons datant du roi Henri. La milice était aux créneaux, se démenant et criant des injures. Campé face à la porte de la Madeleine, la plus imposante de la ville, Mandrin restait perplexe. Entreprendre un siège en règle aurait demandé des jours, et il n'avait aucun moyen de le mener selon les règles. Il s'apprêtait à tourner bride quand Court-Toujours, sortant de son mutisme ordinaire, lui fit honte.

— Je te reconnais plus, capitaine ! Te laisser arrêter par ce tas de pierres alors que c'est jour de marché... Faisons mine de foutre le camp. La milice se jettera à nos trousses. Nous lâcherons quelques salves. Ils s'enfuiront pour retourner dans la place, et nous derrière...

La manœuvre préconisée par Court-Toujours réussit sans qu'on eût à regretter mort d'homme. Le temps d'un *pater* et d'un *ave*, les cavaliers de Mandrin avaient franchi le pont-levis et s'étaient rendus maîtres du châtelet.

Pour s'assurer la maîtrise et la sécurité du marché, la première visite de Mandrin fut pour la maréchaussée. Il s'engouffra avec une dizaine d'hommes dans le poste de garde, fit enfermer les gendarmes dans la cave et libéra quelques-uns des prisonniers qui s'y trouvaient. L'opération ne demanda que quelques minutes. La deuxième visite le porta à l'hôtel de ville, une demeure ancienne, flanquée d'échauguettes coiffées de neige fraîche.

Le maire, M. Gilet, tenait une réunion. Averti de l'intrusion du brigand, il se rendit dans son cabinet et trouva Mandrin occupé à consulter une mappe de la région. Il considéra d'un air suspicieux cet étrange personnage, mi-gentilhomme mi-brigand, vêtu d'un habit gris souris, d'un gilet de panne rouge à carreaux, avec, autour des reins, une ceinture d'étoffe rouge et vert d'où émergeaient des crosses de pistolet, et coiffé d'un chapeau de brigadier de la maréchaussée.

— Vous avez une dette envers moi, dit Mandrin d'un ton ferme. Vos bourgeois m'ont accueilli comme si nous étions des brigands. Une telle insulte a son prix. Je l'ai fixé à vingt mille livres.

Le maire se prit la tête à deux mains et gémit :

— Vingt mille livres ! Où voulez-vous que je

trouve une telle somme ? Vous me prenez pour un banquier lombard ?

— Vous n'avez que l'embarras du choix entre les dépositaires du tabac et du sel. Vous allez leur rendre visite dare-dare. Je vous ferai accompagner par une escorte et vous attendrai dans votre cabinet. Cette mappe m'intéresse. Je vais en faire effectuer une copie par un de mes hommes qui s'y entend à manier la mine.

Revenu moins d'une heure plus tard, M. Gilet déposa vingt mille livres sur la table et réclama le montant en tabac. Mandrin lui rit au nez.

— Je vous rappelle, monsieur le maire, qu'il ne s'agit pas d'une transaction mais d'une *amende*. Si vous voulez de mon tabac, il faudra une rallonge.

Il ajouta :

— Ce qui me ferait honneur, ce serait que vous me présentiez à vos édiles qui siègent dans la salle du conseil. Je tiens à leur faire un petit discours. Si vous faisiez monter de votre cave quelques bouteilles de votre domaine de Pommard, j'en aurais un plaisir fou. Je suis persuadé que vous m'auriez tenu rancune d'avoir quitté Beaune sans goûter de ce nectar.

Mandrin laissa le Bleu prendre une copie de la mappe, fit rassembler ses lieutenants dans la salle du conseil où le maire avait fait monter quelques bouteilles. En levant son verre, il y alla de son laïus.

— Messieurs les consuls, je vous prie d'excuser nos manières de soudards. Nous ne venons pas d'une école militaire, certes, mais nous avons des principes de convivialité auxquels nous ne contrevenons que dans des circonstances exceptionnelles, comme celles qui se sont produites ce matin. La bonne volonté de votre maire me fera oublier le mauvais accueil qui nous a été réservé. Je souhaite que vous ne nous teniez pas rigueur de cette intrusion un peu brutale. Les troupes royales sont sur nos talons, et vous les aurez bientôt dans vos murs. Vous pourrez alors comparer leur comportement à celui des honnêtes voyageurs-commerçants que nous sommes. Je lève mon verre de pommard à votre santé et à la prospérité de votre belle cité...

Les mandrinots passèrent la nuit dans les hangars d'une tannerie, au bord d'une petite rivière, l'Avant-Dheure.

Dans la pénombre du petit jour, sous une averse de neige, ils virent passer, venant de Montmagny à travers l'immensité des vignobles, un groupe d'argoulets arméniens qui semblaient surgir des brumes d'Islande comme des fantômes d'anciens guerriers.

— Ils ne vont plus nous lâcher... soupira Mandrin en harnachant son cheval. Nous allons devoir redoubler de vigilance.

Avant de remonter en selle, il dit à Bélissard :

— Trouve trois cordes, fais des nœuds coulants et attache-les aux poutres.

— Que comptes-tu en faire ?

— Un compte à régler. Fais ce que je te dis.

Il avait, dans la soirée, appris que trois de ses hommes avaient commis un vol de poules chez une vieille femme, laquelle s'était plainte à Mandrin. Il l'avait largement dédommagée et lui avait annoncé que les trois malandrins seraient punis.

Il fit réunir les trois coupables et leur dit :

— Nous avons nos règles. Qui ne les respecte pas doit être puni. Vous avez commis un vol. Il va falloir payer. Ces cordes sont pour vous.

— Ce châtiment, protesta Bélissard, me semble bien sévère. Peut-être qu'une amende...

— J'ai dit !

Comme personne n'acceptait de se prêter à cette exécution, il fit monter les trois condamnés sur un escabeau et, indifférent à leurs supplications et aux murmures qui se répandaient autour de lui, leur passa la corde au cou et leur dit :

— Il n'y a pas place, dans notre troupe, pour des voleurs de poules. Faites votre prière.

— Faut nous comprendre ! gémit l'un de ces gueux. Cette vioque nous a menacés de sa serpe parce qu'on occupait le devant de sa porte.

— Pitié ! capitaine ajouta un autre condamné. C'était la première fois et ce sera la dernière.

— La dernière, sûrement ! ricana Mandrin.

Les bras croisés sur sa poitrine, il les observa, pitoyables, au bord des larmes, avant de lâcher :

— Je sursois au châtiment pour cette fois. Si vous récidivez, ne comptez plus sur ma complaisance. Montez en selle ! Nous allons avoir une longue route.

La blessure de Mandrin devenait plus lancinante de jour en jour. Il s'était fait soigner en Suisse par un praticien réputé, sans que ses souffrances en fussent atténuées. La cicatrice suppurait et le bras demeurait enflé.

Cette blessure, aussi préoccupante fût-elle, n'était que peu de chose comparée au regret qu'il avait eu de quitter, après seulement une journée de présence, Jeanne et Mathieu. Elle lui manquait, et ce n'étaient pas les passades avec des maritornes d'auberge qui auraient pu lui faire oublier la passion qu'ils mettaient dans leurs étreintes. Il pensait aussi, avec une crispation au cœur, à son fils. Mathieu avait changé ses gazouillis en paroles, tenait debout sur ses jambes, faisait des caprices pour disputer ses jouets aux autres bambins. « Il aura ton caractère ! » lui disait Jeanne. Parfois, en somnolant sur sa selle, il avait, lui, le mécréant, des visions : Jeanne sous l'apparence de la Vierge dans l'église du village, et Mathieu sous celle de l'Enfant Jésus.

Alors qu'ils cheminaient à travers des immensités de vignobles embrumés et enneigés, il dit à Bélissard :

— À Beaune, nous nous sommes bien divertis, mais je sens que nous allons devoir d'ici peu passer aux choses sérieuses. Il va falloir, plus que jamais, veiller à la discipline. Des incidents comme celui des voleurs de poules ne doivent plus se reproduire.

Il avait eu des entretiens, au cours du marché, avec des colporteurs et avait trouvé en eux des interlocuteurs compréhensifs et sûrs. Ces vendeurs d'almanachs et de babioles ne faisaient rien d'autre que son propre métier de contrebandier, sauf qu'ils l'exerçaient en toute légalité, encore qu'ils eussent, sous le manteau, des portraits de Mandrin et des chefs huguenots, des écrits subversifs sur la Ferme, la noblesse et l'Église romaine. Contre une poignée de livres, trois d'entre eux, qui connaissaient parfaitement la contrée, avaient accepté de lui servir de guides.

À combien se montaient les forces ennemies ? Les avis divergeaient. Mille, disaient les uns. Moins de deux mille annonçaient les autres. Il s'en trouvait même qui hasardaient le chiffre de trois mille, en comptant les gâbians. Déterminer les forces hétéroclites qui composaient ce magma d'unités disparates eût été vain. Sur quel corps d'armée allait-on buter à la prochaine rencontre ? Auraient-ils de l'artillerie ? Ni les colporteurs ni personne n'aurait pu le dire.

Ce dont Mandrin était sûr, c'est qu'il fallait passer par Autun.

Il aurait pu s'en dispenser, faire halte dans des localités de moindre importance, mais on lui avait déclaré la guerre et cela supposait que l'on occupât des places.

Après Beaune, Mandrin marcha donc sur Autun. Il avait appris que cette fière cité, au cœur du

Morvan, avait été un sanctuaire de résistance gauloise aux légions de César. Il y vit une similitude avec sa propre mission, ce qui le conforta dans son idée de pénétrer à tout prix dans cette ville.

Alors que les mandrinots progressaient dans une grande solitude de neige, entre Saint-Léger et Autun, les éclaireurs signalèrent la présence d'une troupe montée qui paraissait leur emboîter le pas. Mandrin fit arrêter la marche et mit ses hommes en bataille à la corne d'un bois surplombant le chemin. Soudain, alors qu'il venait d'escalader un tertre et pointait sa lunette vers l'ennemi, il éclata de rire et dit à Claude :

— Ouvre bien tes mirettes, petit ! Nous allions attaquer des enfroqués !

Une colonne d'une trentaine de séminaristes emmitouflés dans de vastes capes noires s'avançaient sous le vent glacé, comme une compagnie de corbeaux. Mandrin, les bras levés, s'avança vers eux. Un vieux prêtre se détacha du groupe et, pointant un doigt vers lui, s'exclama :

— Toi, tu es Mandrin. J'ai vu ton portrait, il y a peu. Pas très ressemblant d'ailleurs. Tu es mieux au naturel.

— Merci, mon père ! dit Mandrin. Vous savez qu'il est imprudent, par les temps qui courent, de se promener sans une escorte armée ?

— Qui oserait s'attaquer à des serviteurs de Dieu, mon garçon ? Je suis l'abbé Hamard. J'accompagne des séminaristes qui doivent prendre les ordres à Chalon. C'est une promenade dont je me serais bien passé, à mon âge et par ce temps de chien.

— Suivez-moi ! Une timbale de vin chaud vous réconfortera mieux que des paroles. Il y en aura pour vos garçons.

Alors que les séminaristes et leur guide se régalaient sous le couvert de la sapinière, Bélissard dit à Mandrin :

— C'est le bon Dieu qui nous les envoie. Ils vont nous permettre d'entrer dans Autun sans avoir à montrer nos armes.

— Tu comptes leur emprunter leur défroque ?

— Il y a mieux à faire : les escorter et les encadrer. Les portes d'Autun s'ouvriront toutes seules à notre approche. C'est une chance que tu aurais tort de négliger. Il ne s'agit pas d'une prise d'otages, dans la mesure où ils seront consentants.

— Nous allons le savoir, dit Mandrin.

Le vieux prêtre, informé du subterfuge, répondit en bougonnant :

— Ce sont des procédés que je condamne, mais, puisque vous êtes en guerre, que tous les moyens sont bons pour tromper l'ennemi et que vous vous êtes montrés secourables envers nous, je consens à vous servir de cheval de Troie. Dieu me jugera.

Dans le chant du *Veni Creator*, les séminaristes reprirent leur route, encadrés par les mandrinots, dont certains reprenaient en chœur le cantique, Mandrin chevauchant en tête, entre le prêtre et un de ses lieutenants, cette vieille barbe de Saint-Pierre. Il se souvenait avec plus de précision, alors que l'on approchait d'Autun, de ce qu'un cabaretier de Beaune lui avait dit la veille :

— Réfléchis bien avant d'aller te frotter à Autun, si c'est ton idée. Ça risque d'être coton. Tu auras le choix entre plus d'une lieue de remparts à escalader, sept portes et quelques poternes. La commune a de l'artillerie, et pas de vulgaires bombardes : six canons de fer, deux couleuvrines de fonte, une de bronze et quantité de pétards. Les remparts datent de César, à ce qu'on dit. La milice vaut ce qu'elle vaut, mais elle compte tout de même environ cinq cents hommes qui se font appeler les Chevaliers de l'Arquebuse. Ils font péter leurs armes le dimanche, dans les lices, en tirant sur des pigeons.

Si le cabaretier pouvait donner tous ces détails, c'est que, dit-il, son beau-frère, tonnelier à la porte Saint-André, était sergent de cette milice. Mandrin lui avait demandé qui était le maire : c'était un nommé Roux.

— Un drôle de pistolet. Ne compte pas sur des risettes de sa part. À Beaune, c'était du pain bénit. À Autun, la croûte est plus dure. Tu risques de t'y casser les dents.

Les margandiers arrivèrent aux portes d'Autun aux environs de midi, dans une tourmente de neige mêlée d'une pluie molle et glacée. Ils eurent la mauvaise surprise de trouver la porte fermée et gardée par des miliciens armés jusqu'aux dents, qui filtraient les entrées.

Mandrin décida de ne pas se séparer de ses *otages* et de les mettre à l'abri pour les utiliser en cas de besoin. Il les confia à la supérieure de Saint-Jean-le-Grand, une abbaye bénédictine située hors les murs. Sous l'œil horrifié des nonnes et nonnettes, la vieille bâtisse prit des allures de caravansérail.

Mandrin décida d'entreprendre une négociation avec le maire pour obtenir la permission d'entrer dans la ville et d'y proposer ses produits. Il confia à un séminariste le soin de le prévenir qu'il l'attendait à l'abbaye et qu'au cas où il refuserait ce rendez-vous, il y aurait du grabuge.

Moins d'une heure plus tard, alors qu'on attendait

M. Roux, c'est M. de Montaigut, major des chevaliers de l'Arquebuse, qui se présenta, désarmé mais l'air bravache, panache au chapeau, image nostalgique d'un mousquetaire du Roi du temps de d'Artagnan. Il eut un sursaut lorsqu'il vit la troupe rangée en bon ordre dans le jardin du cloître et présentant les armes. Il blêmit lorsqu'il aperçut, sous la galerie, des hommes en train de confectionner des instruments de siège.

— Tudieu ! s'écria-t-il, que faites-vous là ? Si je m'attendais...

— Vous vous attendiez sans doute, dit Mandrin, à rencontrer une horde de gueux armés de frondes et de fourches. Eh bien, non ! Nous sommes une armée, et vous n'en voyez que l'avant-garde, et pas des soudards. Les gens de Beaune pourraient vous le dire.

— Il semble, dit M. de Montaigut, que vous prépariez un siège.

— On ne peut rien vous cacher. Vos remparts ne sont pas inexpugnables. J'ai appris que vos ancêtres n'ont pu résister aux légions de Tetricus et aux hordes barbares. Nous viendrons troisièmes, mais rassurez-vous : sans mettre le feu à la ville, sauf si vous persistez à en interdire la porte aux paisibles voyageurs-marchands que nous sommes. En outre, nous exigeons une somme de quinze mille livres. C'est un prix raisonnable du fait que nous éviterons de faire couler le sang.

— Quel toupet, capitaine ! Quinze mille livres, ça ne se trouve pas sous les sabots d'un cheval ! Et si nous refusions ?

— Levez les yeux vers la fenêtre, major. Que voyez-vous ? Des nonnes ? Non : les séminaristes du père Hamard. Ils sont trente, que je considère désormais comme des otages. Ne nous obligez pas à nous venger sur eux de vos mauvaises dispositions. Retirez-vous et allez informer les autorités. Si vous n'êtes pas de retour dans une demi-heure, je ne réponds de rien.

Le major revint avec une bonne nouvelle : la voie était libre.

Quelques minutes plus tard, les mandrinots faisaient en musique leur entrée dans la ville par la porte des Machaux, la crosse du fusil sur la cuisse, leurs hardes dissimulées sous leur cape de pluie.

Le maire les attendait à l'hôtel de ville. Mandrin s'y rendit avec ses lieutenants, laissant ses hommes, sous la conduite de ses deux frères, organiser la revente.

— Voici votre rançon, lui dit le maire d'un ton rogue, en montrant un coffret posé sur la table. Nous n'avons pu réunir que dix mille livres. Vous devrez vous en contenter. Vous pouvez vérifier.

— C'est inutile. Je me contenterai de cette somme, répondit Mandrin. Avec ce que nous allons tirer de la vente de nos marchandises, nous n'aurons pas à nous plaindre.

M. Duchemin, l'entreposeur des tabacs, qui avait été invité à cracher au bassinet, demanda à quoi rimait cette rançon qui n'entrait pas, d'ordinaire, dans la pratique des margandiers.

— La contrebande est illégale, dit-il, mais elle est monnaie courante. En revanche je m'explique mal pourquoi vous mettez notre ville à contribution.

— Du droit, répondit Mandrin, qu'Alexandre avait sur les Perses et César sur les Gaules. Dois-je vous rappeler, monsieur, que nous sommes en guerre et que vous nous avez fermé vos portes alors que vous les ouvririez demain à nos ennemis ?

Pour dissiper la morosité de la cérémonie, M. Roux fit servir du vin et, sans discours fastidieux, trinqua avec Mandrin à la paix et à la prospérité de la nation. Le Bleu fit un rapide croquis de la scène. Pressé d'en finir et de plier bagage avant l'arrivée de l'armée, Mandrin renonça à s'attarder davantage à l'hôtel de ville.

Partir sans vider la prison eût été contraire aux habitudes. Il y avait une dizaine de prisonniers dans les cellules. Le registre d'écrou en main, Mandrin en retint quatre qui bondirent de joie. L'un d'eux, Carion de La Barre, refusa la liberté qu'on lui offrait.

— Je suis, dit-il, un homme de principe et ne saurais me dérober à la justice de mon pays. M'évader laisserait croire que je suis coupable. Je tiens à démontrer que je suis innocent.

— Grand bien vous fasse ! répondit Mandrin, mais, si vous comptez sur l'intégrité des juges, je vous plains. Bonne chance tout de même...

À cinq heures de relevée, alors qu'il tombait déjà une nuit de cendre, Mandrin, après avoir salué et remercié le prêtre et ses séminaristes pour leur concours, fit passer l'Arroux à son convoi par un pont de glace, avant de s'enfoncer dans les collines.

Il était près de minuit lorsque les premiers éléments des hussards de Fischer demandèrent l'entrée du pont et de la porte des Machaux. L'officier jura comme un damné lorsqu'il apprit qu'il avait manqué Mandrin de quelques heures. Il n'avait pas la partie facile, ne pouvant compter pour le guider sur ses hommes et moins encore sur la population.

Il fit reposer sa troupe et reprit la route à quatre heures du matin, en direction de Brion, un village situé à deux lieues de la ville. On l'avait informé qu'une patrouille de gendarmes avait été témoin du passage des brigands. Où se dirigeaient-ils ? Le brigadier lui répondit qu'ils semblaient prendre la route d'Autun.

— Vous vous moquez de moi ! hurla-t-il. Nous en venons.

On lui fit observer que, la contrée étant sillonnée en permanence de groupes armés, on avait pu être victime d'une confusion. Des traces de sabots avaient bien été relevées sur la neige, mais comment s'y fier ? Mandrin, disait-on, faisait ferrer chevaux et mulets à l'envers ! Il haussa les épaules. Ferrer quelques montures à l'envers, soit, mais une centaine...

Il repartit en fulminant contre ces ânes bâtés, tourna en rond autour de Montigny, découvrit des traces dans la neige, et laissa éclater sa colère en constatant qu'il s'agissait de celles de sa troupe. Il se dit que ce jeu du chat et de la souris pouvait durer encore des jours sans qu'il parvînt au contact avec ce qu'il appelait la *brigade Mandrin*.

Le lendemain, dans la louche clarté de l'aube, alors qu'il longeait une haute colline couronnée d'un groupe de fermes, il aperçut à la lunette des mouvements suspects. Il demanda à un colporteur qui lui servait de guide le nom de ce hameau.

— C'est Gueunand, colonel. On ne vous a pas menti. C'est bien sur la route d'Autun.

La colline où était juché le hameau dominait une large vallée traversée par l'Arroux dont on discernait vaguement le cours entre les peupleraies dénudées. On distinguait au loin, au-dessus d'un matelas de brume, le bossellement massif du mont Beuvray, haut lieu de la résistance gauloise, et, surmontant le hameau de Gueunand, les tours du château du Pignon.

À l'évidence, les margandiers n'avaient pas occupé le château mais s'étaient contentés de chercher refuge dans le hameau. Fischer pouvait observer à la lunette des formes sombres occupées à panser des chevaux et des mules, et d'autres en train de se battre, pour se réchauffer, avec des boules de neige.

Fischer sentit son cœur battre plus fort. L'occasion qu'il cherchait avec une telle hargne, il la tenait. La première difficulté consisterait à faire progresser ses hommes à découvert sur un champ de neige et à travers des rangs de vigne. Le versant droit du hameau était protégé par ce qu'il prit pour un énorme rocher, mais qui n'était qu'un tertre. Le versant opposé était plus ouvert mais entouré de jardinets clos de palissades et de haies d'épines qui pourraient gêner la progression. Autre obstacle, et non des moindres : les brigands pourraient se replier sur les masures faciles à défendre. Ils avaient pris leurs précautions et aligné, autour d'une vaste grange où ils comptaient bivouaquer, une barrière de véhicules agraires de toutes sortes qui formaient une barricade. « Un fameux stratège, ce Mandrin... », se dit l'officier.

Les dragons à pied de Beaufremont commençaient tout juste leur progression sur la pente quand les premiers coups de feu retentirent, venant de la barricade. Mandrin comprenant que, malgré ses précautions, il risquait d'être pris au piège, avait, afin d'échapper à un encerclement général, dispersé ses fusiliers aux abords des premières masures désertées par les habitants, qu'il avait délogés pour les envoyer au château.

Il dit à Bélissard :

— Je ne vais garder avec moi qu'une vingtaine d'hommes. Toi, tu vas prendre la direction de Saint-Aubin avec le convoi. S'il tombait entre les mains des soldats, nous serions ruinés.

— Désolé de te désobéir, répondit Bélissard. Je reste.

— Non ! Tu pars. C'est un ordre, et je ne le répéterai pas.

Bélissard dut obtempérer, la rage au cœur. Tandis qu'il préparait le départ du convoi, Mandrin rejoignit ses compagnons et leur demanda de ne pas économiser leurs munitions, les caisses étant bien garnies, et de mettre baïonnette au canon, au cas où une bataille à l'arme blanche serait inévitable.

À peine étaient-ils parvenus à proximité de la barricade où Mandrin avait laissé une poignée de braves, les soldats furent accueillis par une salve qui faucha une dizaine d'entre eux. Les autres commencèrent à rétrograder. Une décharge de biscaïens arrêta net une charge de gendarmes à pied, venue à la rescousse, et qui dut se replier. Fischer envoya en renfort les hussards d'Arceville. Lorsque ce jeune officier, prenant la tête de l'attaque, s'écroula avec une balle dans la poitrine, ses hommes refluèrent à leur tour, en désordre.

Fischer dit à l'un de ses lieutenants :

— L'affaire s'annonce plus difficile que je l'imaginais. Il faut trouver un autre plan d'attaque. Vous voyez cette grange, la première à gauche, contre le talus ? Il y a là un nid de fusiliers qu'il faut éliminer. Vous allez la contourner, préparer des torches et y mettre le feu. Lorsque ces brigands s'en échapperont, tirez sur eux sans faire de quartier.

Il se dit que, dans cet engagement où il se battait à dix contre un, il jouait sa carrière. L'idée d'une nouvelle humiliation, suivie d'une comparution en conseil de guerre, lui était insupportable.

Autour de lui, on s'interrogeait sur la stratégie à adopter.

— Je ne veux pas, leur dit Fischer, d'une charge générale. Elle nous donnerait sûrement la victoire, mais à quel prix ! Mettons l'arme au pied et attendons. Si l'incendie de la grange réussit, il ne nous restera plus qu'à déblayer le terrain. Messieurs, prions Dieu de nous apporter son aide.

Le silence qui accompagna le repli des soldats valides et le cessez-le-feu suait l'angoisse. Il semblait que le monde se fût figé dans une banquise. Un vol de corbeaux se mit à tournoyer au-dessus du champ de bataille d'où montaient les appels et les plaintes des blessés qui se traînaient dans la neige.

— Ils ont réussi ! s'écria Fischer. La grange est en feu. Préparez-vous ! Nous allons en finir. Mandrin est à nous !

Les premières flammes, loin de déloger les brigands, n'avaient fait que les exacerber. Se servant de la moindre ouverture comme d'une meurtrière, ils défendaient âprement, dans une chaleur atroce, l'approche de la bâtisse, et chaque coup faisait mouche.

— Assaut général ! s'écria Fischer. Je veux Mandrin vivant ou mort. Beaufremont, prenez à gauche ! Courten, à droite ! Je m'occupe d'enlever la barricade.

Malgré les coups de feu qui en partaient encore, et de rudes décharges de biscaïens, Fischer, prenant la tête de son groupe, enleva d'un élan cet obstacle, sans pour autant parvenir à mettre la main sur les occupants qui s'étaient repliés dans le hameau et, de là, dans la forêt où il eût été insensé de leur donner la chasse.

Dans la grange, la situation des brigands devenait tragique, l'incendie, en se communiquant au foin, ayant embrasé l'intérieur de la bâtisse. Un concert de meuglements et de bêlements montait de l'étable voisine, mêlés au vacarme de la fusillade. Des hommes tiraient encore. Ceux qui, leurs vêtements enflammés, vidaient les lieux en jetant leurs armes, étaient abattus à bout portant. Il y eut encore, venant de la grange, quelques salves, puis, de nouveau, le silence troublé par le seul crépitement du sinistre et le craquement des tuiles éclatant dans la fournaise.

Lorsque Fischer força la porte de la grange, il constata que les derniers défenseurs, les sacrifiés, gisaient sur le sol, leur fusil encore au poing, au milieu de la charpente écroulée, noirs comme des bûches mal consumées. On ne retrouva de Mandrin que le chapeau de brigadier, posé sur le rebord d'une ouverture où la poudre avait laissé des traces noires avec, caché dans le bord relevé, un petit pistolet.

Le lieutenant-colonel Fischer restait maître du terrain, mais avec une amertume au cœur. Il avait rêvé de faire dans la ville d'Autun une entrée en fanfare digne de César, avec le chef des brigands enchaîné à ses pieds. Il dut en rabattre et se dire que la brigade Mandrin était peut-être invincible et son chef sûrement insaisissable. Car où était-il, ce brigand ? S'était-il évaporé dans des dernières brumes de la matinée ou avait-il été emporté par ce vol de corbeaux qui, déjà, s'abattaient à grand bruit sur les cadavres ? Et où se trouvait ce convoi de mules, ces dépouilles opimes qu'il comptait ramener aux fermiers généraux ?

Quand on eut fait le compte des pertes, Fischer dut convenir qu'il avait remporté une victoire à la

Pyrrhus. Le nombre de ses morts était deux fois plus important que celui de l'ennemi, et il comptait une centaine de blessés dont certains ne survivraient pas.

Il allait devoir rendre des comptes à ses supérieurs. On n'allait pas manquer de lui reprocher d'avoir risqué la vie de ses hommes par l'attaque imprudente d'une position difficile, d'avoir mal jugé la qualité de combattants de ses ennemis, et surtout d'avoir laissé s'échapper l'homme dont on avait mis la tête à prix et qui allait poursuivre ses ravages.

— Que va-t-on faire à présent ? lui demanda Beaufremont. Nous lancer à la poursuite de ces brigands ?

— Non, répondit Fischer, nous reposer et panser nos plaies. Nous avons passé trop de nuits à courir la campagne et avons des heures de sommeil à rattraper. D'ailleurs, à ce jeu de cache-cache, nous sommes perdants. Il faudra attendre une occasion d'affronter la brigade Mandrin en terrain découvert. Et là, nous mettrons ces brigands à genoux et je ramènerai Mandrin à Paris dans une cage.

Mandrin, ayant échappé à l'encerclement, avait couvert dix-sept lieues en une seule journée, ne s'arrêtant que pour faire reposer ses chevaux et les hommes qui en étaient privés, les soldats en ayant capturé un nombre important.

Il retrouva le gros de la troupe menée par Bélissard, qui avait pu arriver sur la Loire sans encombre. Ils s'étreignirent. Mandrin lui raconta la suite et la fin de la bataille : on avait eu de lourdes pertes mais on avait défié une armée royale. Il avait reçu deux blessures : une balle avait éraflé sa tempe et une autre lui avait arraché un doigt. Il avait perdu le chapeau de brigadier auquel il tenait, avec le petit pistolet qu'il cachait. Sa jument noire avait reçu une décharge dans la gorge et l'avait laissé comme veuf.

— Et maintenant, demanda Bélissard, que comptes-tu faire ?

— Ce que nous avions prévu : nous rendre en Auvergne où nous serons plus en sécurité pour écouler notre marchandise, en divisant nos forces mais en maintenant le contact. Fischer et d'Iturbide de Lare n'auront sans doute pas l'idée de nous y poursuivre.

— Ne vas-tu pas te reposer quelques jours ?

— Tu plaisantes. Départ demain, à la pique du jour...

8
Lumières de Noël

Mandrin sursauta et ouvrit les yeux. Il ne reconnaissait pas l'endroit où il venait de passer la nuit et n'aurait pu dire s'il s'agissait d'une grange ou d'une chambre. Il y avait un lit, une armoire et une chaise mais des trous dans le plafond, entre de grosses poutres noires, laissaient pendre des franges de foin. Il creusa sa mémoire pour savoir où se situait cette masure, dans quelle cité, quel village, quel hameau ? Remonter le fil de sa mémoire, c'était vouloir s'accrocher à un courant d'air. Le silence était lourd comme l'eau d'un étang, troublé par des croassements de corbeaux au milieu de l'immense champ de neige occupant toute la fenêtre.

La clarté blanche qui baignait la chambre lui rappela celle de son enfance, les matins de Noël, quand il avait la permission de faire la grasse matinée. Noël... On ne devait pas en être loin. Il se souvenait avoir passé la Loire depuis quelques jours, une semaine peut-être, puis de s'être enfoncé dans les vallées d'Auvergne. La route qu'il avait suivie pour arriver jusque-là s'effilochait dans sa mémoire.

Dans l'effort qu'il fit pour se redresser sur sa paillasse de feuilles mortes, il ressentit une douleur fulgurante à son bras blessé et se laissa retomber sur son traversin. Une autre douleur, à sa main gauche, lui rappela qu'il avait eu un doigt arraché. En revanche l'éraflure qu'il portait à la tempe ne lui causait aucune souffrance. Ce qui l'inquiétait avant tout, c'était la fièvre qui bourdonnait à ses oreilles et lui faisait rendre son eau par tous ses pores. Comme à travers un écran de mousseline il vit, accroché au mur d'en face, un crucifix de bois haut d'une coudée, au pied duquel pendait un bouquet de buis sec. Un tas d'étoffes noires était posé sur la chaise, ses vêtements et ses armes accrochés à des pitons plantés dans le mur dont le plâtre se détachait par plaques.

Ses paupières cloquées par la fièvre et un sommeil agité papillonnèrent lorsqu'une toux sèche traversa le silence. Il n'était pas seul.

— Holà ! dit-il, avancez, que je vous voie.

Le tas d'étoffes noires bougea. Une forme se dressa et s'avança vers lui dans un brouillard. Lorsqu'il distingua, penché sur lui à le frôler, un masque de mi-carême gros comme les deux poings, couturé de rides, enserré jusqu'au menton dans un bonnet de dentelle grisâtre, il se crut aux portes de l'enfer.

— Qui es-tu ? dit-il. Et qu'est-ce que, moi, je fous ici ?

La vieille lui répondit dans un patois auquel il ne comprit rien. Il s'énerva, exigea que l'on prévînt un de ses hommes.

— Bélissard ! cria-t-il. Bé-lis-sard ! Appelle-le, nom de Dieu !

Elle mâchonna ce nom qui ne semblait rien lui dire et marmonna il ne savait quoi en lui remontant la couverture jusqu'au menton. Il faillit lui dire que l'haleine de sa bouche édentée puait comme un pet de mule. La vieille se leva et disparut en trottinant. Il ne tarda pas à entendre le pas puis la voix de Bélissard, qui s'écria :

— Te voilà ressuscité ! Tu sais que tu viens de dormir plus de dix heures. Ça n'a pas dû se produire depuis longtemps.

— Qu'est-ce qui m'est arrivé ?

— Tu avais hier une fièvre de cheval que tu as voulu combattre avec ton tord-boyaux. Ça t'a pas réussi, au point qu'on t'a cru mort. C'est peut-être la vieille qui t'a sauvé la vie. Elle doit être un peu sorcière. Je voudrais bien la remercier, mais elle parle que le patois du Forez.

— Le Forez, balbutia Mandrin. Nous sommes donc dans le Forez ?

— Oui, mon gars, et dans un patelin qu'on appelle Peyrolles. Pour te rafraîchir la mémoire, l'affaire de Guénand, c'était à la mi-décembre. Aujourd'hui, Noël approche. Tu te souviens de rien, vraiment ?

— Si, de coups de feu, après la Loire, il y a quelques jours.

— Non, c'était hier. Nous avons été surpris par un détachement d'Iturbi de Larre et lui avons tué trois hommes avant de foutre le camp, toi ficelé sur ton cheval. C'était à Ébreuil. Les royaux nous collent aux fesses.

Bélissard s'assit sur le bord du châlit et aida le malade à avaler la mixture que la vieille venait d'apporter dans un pot de terre. Mandrin fit la grimace et jura en y goûtant.

— Ébreuil... poursuivit Bélissard. C'est près de Gannat. Ah ! je m'en souviendrai. Il faisait un froid à ne pas mettre un gâbian dehors. En nous voyant arriver, une femme s'est mise à crier que nous étions la bande à Mandrin et qu'il fallait prévenir les gendarmes. Ils se trouvaient chez Arpajat, le tenancier de l'estaminet. Comme tu avais encore un peu de conscience, tu nous as dit : « Allons-y ! on va pas attendre qu'ils arrivent. » Tu étais comme fou : la fièvre, plus le tord-boyaux... On a trouvé au cabaret les gendarmes en train de boire le coup avec quelques gâbians. Tu as poussé la porte d'un coup de pied et tu as tiré les deux coups de ton fusil en faisant mouche. Si je t'avais pas retenu, tu aurais fait un massacre. Sale affaire, petit... La population est remontée contre nous.

— Nom de Dieu... soupira Mandrin, comment j'ai pu faire ça ?

— Écoute-moi bien ! Ici, nous sommes pas en Dauphiné. Les gens nous connaissent pas et nous prennent pour des brigands. C'est dire qu'il vaut mieux pas compter sur leur aide. Cette campagne a mal débuté et ça risque d'empirer. Alors, va falloir choisir : ou retourner au pays ou poursuivre sans faire de dégâts. Va falloir te laisser soigner et surtout renoncer à boire comme un Piémontais. Sinon, c'est la fin des haricots. Alors, qu'est-ce que tu décides ?

— On continue, dit Mandrin.

On parvint à hisser le malade sur le cheval gris pommelé, un gros-sabots qui avait remplacé la fringante jument noire abandonnée à Guénand, avec laquelle il partageait une affection muette. Il ne la valait pas pour la vélocité, mais il était plus endurant et obéissait convenablement à la bride, à l'éperon et à la voix.

Saint-Pierre, qu'on appelait le Major, un des lieutenants de Mandrin, homme austère, rigoureux et d'une fidélité à toute épreuve, avait pris, avec

Bélissard, la direction de la campagne, en arguant du fait qu'il avait parcouru l'Auvergne dans sa jeunesse.

On venait de recevoir un convoi de réapprovisionnement amené depuis Seurre par Grenadier, dit la Racine. La troupe contourna Vichy sur une quarantaine de lieues pour faire halte à Châtel-Montagne, dans les monts de la Madeleine encapuchonnés de neige sous un soleil de paradis. Bélissard avait craint que le capitaine ne pût supporter cette interminable randonnée. Il resta impavide, rivé à sa selle, l'œil vague sous le large chapeau noir qui avait remplacé celui du brigadier, ne bougeant que pour s'administrer à la gourde quelques rasades d'eau-de-vie de Saint-André ou bourrer et allumer sa pipe.

Après une nuit passée dans cette bourgade des hauteurs, près d'une énorme basilique d'où l'on embrassait un pays profond, il fallut arracher Mandrin à sa paillasse : il disait qu'il voulait mourir à cet endroit. La revente avait donné de piètres résultats, la population manifestant des signes d'hostilité.

Ils firent étape à quelques lieues de là, à Saint-Clément, sur les rives de la Besbre. Bélissard demanda au meunier du château du Chêne où l'on se trouvait. Le bonhomme était en train de dîner. Il ne daigna ni se lever ni répondre. C'est la femme qui le fit à sa place :

— Allez au diable, brigands ! Si vous vous perdez, les soldats vous retrouveront bien et nous débarrasseront de votre engeance !

Ils repartirent en laissant deux cadavres derrière eux. C'était un dimanche, à trois jours de Noël. Partout où ils mettaient pied à terre pour vendre leur tabac, les paysans, parfois moins hostiles que les meuniers de Saint-Clément, leur disaient :

— Vous aurez du mal à vous tirer d'affaire. Les royaux sont partout.

Fischer et d'Iturbi de Larre avaient reçu en renfort les dragons d'Espinchal. C'était miracle qu'en dépit de la mobilité prodigieuse de la brigade Mandrin ils ne fussent pas encore entrés en contact.

L'indiscipline et l'anarchie gâtaient l'ambiance de la troupe, depuis l'indisposition de Mandrin. Les hommes en prenaient à leur aise. C'est une forte tête, un ancien déserteur, qui avait tiré ses deux balles sur les meuniers de Saint-Clément, sans attendre les ordres. Bélissard le menaça d'une punition exemplaire. Les hommes murmurèrent. Il s'abstint. Les pillages et les viols se multipliaient. Sur les marchés, les margandiers se montraient arrogants et brutaux, et les lieutenants manquaient de courage pour les mettre au pas. Ils se disaient que, sa santé retrouvée, le capitaine mettrait bon ordre à cette chienlit.

À Noirétable, grosse bourgade située au seuil de l'imposant massif des Bois-Noirs, ils assiégèrent la maison du brigadier des Fermes, lui soutirèrent cent livres après avoir tué sa femme qui, abritée derrière sa porte, les insultait.

La nuit suivante, en tirant vers le sud à travers les monts du Forez, ils firent halte à La Paterie. L'auberge était accueillante et le patron ne se fit pas faute de les délester de quelques balles de tabac qu'il revendrait à ses clients. Pris de vin, ils repartirent en emmenant avec eux deux servantes réticentes, dont ils firent Dieu seul sait quoi et qu'ils abandonnèrent quelques lieues plus loin.

La veille de Noël, à la nuit tombée, ils arrivaient à La Chaise-Dieu, imbibés d'alcool pour résister à la fatigue et au froid. Ils avaient augmenté leurs effectifs de quelques jeunes volontaires désireux de savourer les âpres attraits de l'aventure.

La ville préparait Noël dans la fièvre. Une avant-garde des mandrinots courut à l'abbaye pour interdire au bedeau, sous la menace de leurs armes, de sonner le tocsin, comme il en avait reçu l'ordre. Bélissard et Saint-Pierre retinrent des chambres dans les auberges de l'Écu de France et du Cheval Blanc. Comme le dépositaire du tabac leur fermait sa porte, ils la fracassèrent et se livrèrent au pillage. Ils prirent le buraliste en otage, exigèrent le versement de dix mille livres et firent main basse sur une collection de bijoux.

La bande avait agi sous la conduite du pire des margandiers, un échappé des galères : Prêt-à-boire, qui justifiait son sobriquet à la moindre occasion. On avait laissé Mandrin se reposer à Marsac, sur la route d'Ambert, avec une petite escorte. À la nuit tombante, sortant de sa torpeur, il se leva, repoussa le Bleu qui s'apprêtait à l'habiller, parvint à monter seul à cheval et fila vers La Chaise-Dieu. Il arriva à l'auberge alors que ses hommes banquetaient, lutinaient les servantes et apostrophaient les clients.

Il s'écria :

— Finies les agapes, tas d'ivrognes ! Réglez la note et en selle !

Ils obéirent en regimbant, stupéfaits de voir leur capitaine *revenu des morts*, comme dit Bélissard. Sur le coup de onze heures, ils arrivèrent à Fix-Saint-Geneys et firent halte au cabaret tenu par Mme Fontaine, une veuve belle et grasse comme la dinde de Noël qu'elle bardait de lard et de truffes pour le réveillon de ses clients. Elle leur lança d'un air jovial :

— Tiens, voilà les Rois mages ! Ils manquaient à

la fête. Pour la messe de Noël, vous arrivez un peu tard, mais, au réveillon, il y aura de la place pour une dizaine d'entre vous, en se serrant bien. Ma table est longue comme la queue du diable. Pour les autres, ce sera l'écurie et la grange, avec du pain, du fromage et du vin tant qu'ils en voudront, mais gare : on n'y fume pas !

— Préparez pour trente, dit Bélissard.

— Dix ! Pas un de plus, pas un de moins.

Bélissard dit à Mandrin :

— Avec quelques hommes, je vais m'occuper des chevaux et du cantonnement. Toi, tu vas te rendre à l'église avant la fin de la messe et faire la toilette de ta conscience devant le Saint-Sacrement. Ça te fera pas de mal et ça te reposera. Pour l'autre toilette, rien ne presse.

Les Noëls du Dauphiné... Mandrin y pensait en se rendant à l'église, l'esprit embué par la fièvre. Toute la famille était alors réunie pour la messe dite par cette vieille bête d'abbé Biessy, avec harmonium et chants sacrés. Il gardait dans sa mémoire l'image d'une constellation de cierges brûlant sur les râteliers et d'une pathétique théâtralité. Il se dit que, si sa foi s'était dégradée au fil des événements, c'est que les circonstances ne la favorisaient pas. Le regrettait-il ? Il n'en était pas certain. La collusion de l'Église et de la Ferme s'y opposait. Lui aurait-elle été profitable ? Il en doutait.

L'église était remplie de paysans venus à la lanterne de Pouzols, Fressanges et Labastide. Adossé à une colonne, entouré de ses frères et de Saint-Pierre, les yeux mi-clos, les mains dans sa ceinture d'étoffe dépourvue d'armes, Mandrin se sentait bercé par les dernières vagues de la fièvre.

Il resta jusqu'à la fin de la messe. Laissant ses

compagnons célébrer Noël par des agapes prometteuses, il alla sagement se coucher dans la grange, sous son cheval.

Le matin de Noël, après une nuit passée à festoyer et à chanter, et pas seulement des cantiques, la caravane reprit la route vers le sud.

Une longue étape les ramena au-delà du Puy-en-Velay où la prudence leur interdit de s'arrêter. Ils poursuivirent une route de plus en plus abandonnée au hasard, par le haut plateau du Devès, battu par les vents et tout craquant de gel. Ils contournèrent la petite cité de Pradelles, tapie derrière de jolis remparts dignes des guerres picrocolines.

À La Sauvetat, village haut perché, ils firent halte dans une grosse ferme d'élevage de bovins pour y faire boire leurs chevaux.

— Eh bien, leur dit l'éleveur, vous l'avez échappé belle ! Si vous étiez arrivés une heure plus tôt vous auriez pu rencontrer le capitaine Magalon de La Morlière. Il commande un corps de volontaires des Flandres, de drôles de paroissiens, auxquels j'aimerais pas confier ma femme et mon argent. Il marche, à ce qu'il m'a dit, avec un certain Iturbi ou Itrubide, un Basque qui commande une troupe d'argoulets, de vrais brigands ceux-là aussi ! Ils m'ont parlé de votre bande. Ils tournent en rond pour vous mettre la main dessus. S'ils y arrivaient, vous pèseriez pas lourd. Capitaine Mandrin, s'ils repassent par chez moi, je leur donnerai le bonjour de ta part.

— N'en fais rien. Ils sont susceptibles et le prendraient mal.

Ce fermier était une bonne nature d'homme. Il le montra en offrant à ses visiteurs de Noël deux tommes de son fromage et quelques bouteilles de vin rosé, ajoutant :

— La Morlière semblait persuadé que vous passeriez la nuit à Pradelles. Alors, tâchez de virer au large !

— Merci de ton conseil, dit Mandrin, mais c'est pourtant la route que nous allons prendre. En ayant devant nous ceux qui nous poursuivent, nous risquons moins d'être victimes d'une surprise...

Sur le chemin de Pradelles, Iturbi avait laissé un détachement dans un cabaret pour surveiller les parages. Alors que la nuit exhalait un brouillard épais comme du gluau, qui sentait la bouse et la grosse soupe, un soldat qui sortait pour faire de l'eau entendit un piétinement sourd de chevaux. Il lança son « qui-va-là ? » et, ne recevant pas de réponse, sortit son pistolet, mais il s'enraya. Il fit feu avec son fusil à deux coups à travers le brouillard. Un hennissement lui fit comprendre qu'il avait fait mouche.

Les coups de feu avaient jeté l'alerte chez ses compagnons. Ils surgirent de la masure et firent feu à leur tour sur des ombres, se tuant ou se blessant entre eux. On ne savait plus qui était qui, assaillant ou assailli.

Au cabaret, le maréchal des logis commandant la section achevait de boire sa chopine avant de se jeter à la rescousse, quand il vit, dans la lumière des quinquets à huile, se dessiner une silhouette menaçante, drapée de rouge, pistolet au poing. Il se précipita dans sa direction en s'écriant :

— J'en tiens un ! Lâche ton arme, vaurien !

Il n'en dit pas plus. La balle de Mandrin lui fit sauter la cervelle. Dehors, la fusillade avait pris fin, les soldats valides ayant disparu.

— Avec un maréchal des logis et un détachement d'argoulets à notre tableau de chasse, dit Bélissard, les royaux vont faire grise mine.

— Sans doute, dit Mandrin, mais ça ne va pas convaincre Fischer d'abandonner la poursuite. Ça va même le stimuler, je le crains. Il ne lâchera le morceau que si nous lui logeons une balle dans la tête.

— Alors, que va-t-on faire ? Poursuivre cette campagne qui ne nous a causé que des déboires pour un maigre bénéfice, ou revenir au pays ? Nous tournons en rond. Quand nous trouverons Fischer ou Iturbi devant nous, en ordre de bataille, que ferons-nous avec les cinquante hommes qui nous restent ? Et nos autres détachements, où les trouver ?

Ce qui ressemblait fort à une retraite supposait la nécessité de regrouper les détachements dispersés à travers l'Auvergne après le passage de la Loire. Comment réunir les morceaux épars de ce vase brisé, et comment prévenir les chefs du départ pour la migration à rebours, les courriers fonctionnant d'une façon imparfaite ? Tâche incertaine, surhumaine et dangereuse, d'autant qu'Iturbi usait d'un subterfuge pour tromper l'ennemi : il avait fait travestir en margandiers des éléments recrutés sur place, connaissant le pays, et les avait lâchés dans la montagne avec quelques charges de tabac pour gagner la confiance des habitants et en tirer des informations.

Alors que le détachement commandé par Mandrin s'apprêtait, malgré les avis de ses lieutenants, à repartir en campagne, Bélissard reprocha à Mandrin une nouvelle fantaisie : il s'était offert sur un marché, après le passage de la Loire, une cape rouge qui, si elle lui allait en perfection, faisait de lui une cible.

— J'en conviens, cette cape te donne l'allure d'un général, mais c'est une coquetterie que tu pourrais payer cher. Tu devrais la retourner pour qu'elle soit moins voyante. Le soldat le plus maladroit te raterait pas à cent pieds.

— Peut-être, riposta Mandrin, mais je veux pas faire oublier que je suis le chef. Ni toi ni Saint-Pierre, mais moi ! Ainsi, on risque pas de me confondre avec cette horde de truands.

Bélissard prit la mouche.

— Que vas-tu imaginer ? Que l'un de nous puisse envisager de te supplanter ? Si ç'avait été notre intention, nous aurions profité de ton état. Or tu es là, devant moi, bien vivant et entouré d'hommes prêts à mourir pour toi.

— Il faudrait être aveugle pour ne pas voir que tout va à vau-l'eau. Nos hommes se conduisent comme des brigands et des porcs. Ils ont oublié que nous nous sommes engagés à faire triompher la justice, et ils la narguent. Et toi, Bélissard, tu es incapable d'assumer ta mission, de te conduire comme un chef. Ils pillent, ils violent, ils tuent, et tu dis *amen* !

— Mais toi-même, Louis, crois-tu avoir prêché d'exemple ? riposta Bélissard. Je te reconnais plus ! Tu souffres de tes blessures, mais comme beaucoup de nos gars. Tu es exténué, mais nous le sommes tous. Il semble qu'un démon ait pénétré en toi et te bouffe le cœur et les tripes. Tu n'arrêtes pas de fumer et de boire. Tu es ivre du matin au soir et incapable de donner des ordres cohérents.

— Je pourrai arrêter de boire quand je l'aurai décidé, Jean.

— Je t'y mets au défi.

Mandrin fit signe à Claude de lui apporter le barillet d'eau-de-vie qu'il portait attaché à sa selle. Il le posa sur un rocher et l'éventra d'un coup de pistolet. Les hommes se précipitèrent avec leur timbale.

— Je pourrais, dit-il, faire un autre geste symbolique : par exemple un feu de joie avec un ballot de tabac, mais ce serait gâcher une précieuse marchandise. Quant à mon manteau rouge, je persiste et signe, même s'il fait de moi une cible. J'en suis déjà une, et depuis longtemps.

Après le passage du fleuve, la dispersion des mandrinots en plusieurs détachements avait eu, entre autres avantages, celui de laisser croire, en multipliant leur présence, qu'ils se trouvaient partout en Auvergne. Il n'était guère de bourgade qui n'ait eu leur visite, pour une simple traversée, une halte ou un marché. Certains s'en glorifiaient ; d'autres les maudissaient.

Le subdélégué d'Ambert, auxiliaire de l'intendant de la province, écrivait à un ami que les contrebandiers, conduits par un chef en cape rouge, « *chevauchaient aussi vite que s'ils étaient poursuivis* ». Un lieutenant-colonel de hussards, en garnison au Puy, déclarait à un correspondant : « *Il est surprenant que l'on ait vu Mandrin dans vos cantons, car on l'a vu en Vivarais en même temps. Aurait-il le don de se reproduire ?* » Un ami de Voltaire écrivait au philosophe : « *Ce Mandrin a des ailes. Il semble se déplacer à la vitesse de la lumière. Vous dites qu'il est à vos portes ? Il est aux nôtres dans le même temps. C'est un torrent, une grêle qui ravage les moissons dorées de la Ferme. Le peuple l'aime à la fureur...* »

Il n'y avait pas de mystère mais un prodige : ces

centaures pouvaient couvrir quinze lieues en une seule étape, de jour ou de nuit, et ironiser sur la marche lente des troupes royales.

Reconstituée à grand-peine à la mi-janvier, la caravane se retrouva sur le Rhône, qu'elle franchit sans être inquiétée, laissant les officiers du roi poursuivre leur traque stérile en Auvergne.

Pour éviter une rencontre avec les troupes et les gâbians restés à les attendre sur l'autre rive du Rhône, Mandrin choisit de passer en France en traversant les Alpes par le col de Tende et le Piémont. C'était un long détour mais un gage de sûreté, alors que les hommes n'étaient plus en mesure d'affronter un bataille comparable à celle de Guénand.

L'hiver semblait observer une trêve. Les montagnes couvertes jusqu'aux premières pentes d'une neige éblouissante semblaient leur offrir, comme des citadelles, des asiles inviolables. Le sol sonnait franc sous le choc des sabots et l'air, après les solitudes oppressantes de l'Auvergne, avait le goût de la liberté.

Mandrin laissa Bélissard conduire leurs compagnons en Savoie pour s'y refaire une santé, mettre la cassette à l'abri et rendre visite aux fournisseurs en vue d'une campagne de printemps, on ne savait où. Accompagné de ses deux frères, il prit la direction de Saint-Étienne-de-Saint-Geoirs.

Jeanne tomba dans ses bras avec une sorte de fureur.

— Toi, Louis ! Toi, enfin ! Il y a une semaine, un colporteur nous a annoncé ta capture par les royaux et, deux jours plus tard, un maquignon revenu de

Valence nous a assurés que tu étais mort. Toi, mort ? J'arrivais pas à y croire. Il aurait fallu que je te voie pour en être sûre. Et te voilà !

— Il s'en est fallu de peu. Nous avons dû nous battre à un contre dix. À plusieurs reprises j'ai entendu les balles siffler à mes oreilles. Trois d'entre elles m'ont touché. Je suis un rescapé, Jeanne.

Elle blêmit lorsqu'il lui montra ses blessures.

— Celle de ta main est cicatrisée, mais ton bras... Cette enflure, ces traces livides...

Il voulut voir son fils.

— Tu le trouveras changé depuis ton dernier passage. Il est robuste et beau comme un chérubin. Il ressemble pas aux portraits de toi que vendent les colporteurs.

Il prit Mathieu dans ses bras, constata que Jeanne ne l'avait pas trompé, et que son guilleri était déjà bien viril.

— Merci, Jeanne, dit-il. J'aurais dû longtemps courir le monde pour trouver une femme qui te vaille...

— ... et que tu vas de nouveau laisser seule ! Quand décideras-tu d'arrêter ? Ce n'est pas l'argent qui nous manque. Les affaires de la boutique marchent bien.

— Encore une campagne, au printemps. Peut-être la dernière. Le roi et ses ministres me croient au bout du rouleau. Je vais leur montrer qu'ils se trompent et que Mandrin est toujours aussi redoutable.

— D'ici au printemps, tu resteras près de nous ?

— Je le voudrais, mais ma présence est nécessaire en Savoie et en Suisse. La campagne qui vient de se terminer était mal préparée. Je veux que la prochaine soit exemplaire. Je pourrai rester ici deux ou trois jours seulement. Nous les mettrons à profit pour faire un autre enfant.

— Un enfant qui risquerait d'être un orphelin ? Et si je refusais ? J'ai pas dû te manquer beaucoup. Tu as séduit combien de garces ces derniers mois ?

— C'était rien d'autre que des passades. Comme dit La Fontaine : l'occasion, l'herbe tendre... Rien qui puisse ressembler à une trahison.

— Si un jour j'apprends qu'une de ces drôlesses a jeté le grappin sur toi, je te tuerai !

Il s'informa de la marche des affaires.

Marianne, sa sœur, avait pris de l'ascendant sur l'ensemble de la famille et mis toute la maisonnée au pas, en laissant à ses autres sœurs les soins de la maison et à ses frères le maquignonnage qui commençait à rapporter gros. Claude et Jean ayant manifesté leur intention de s'établir, leur aîné ne put s'y opposer. L'affection qu'il leur témoignait n'était pas exempte de réserves : ils n'avaient pas la fibre du contrebandier ; ils obéissaient aux ordres sans regimber, mais il leur manquait le courage et le feu sacré.

— Au retour de ma tournée d'approvisionnement, dit-il, je resterai une semaine à Rochefort pour étudier notre plan de campagne. J'aimerais que tu m'y rejoignes.

Elle lui tendit une lettre reçue quelques jours avant son arrivée.

Elle lui était envoyée par M. Terrier de Cléron. Il lui adressait la copie d'un article paru en langue française dans la *Gazette de Hollande*, qui parlait de lui et de ses exploits comme d'une chanson de geste, et notamment de la bataille de Guénand, qualifiée d'*escarmouche*.

« Les hommes de Mandrin étaient pareils à des sangliers furieux, qui font respecter leurs défenses aux chasseurs dont ils sont poursuivis... Ils se battirent avec une vigueur extraordinaire. Leur feu était continuel, et jamais on ne vit une résistance aussi opiniâtre. Ce n'était point un courage aveugle qui les animait. La prudence conduisait leurs opérations... Voilà une action qui passera pour un vrai prodige militaire. »

M. Terrier ajoutait :

« Mon jeune ami, j'aimerais vous dire moi-même, de vive voix, mon admiration. J'espère en avoir l'occasion au cours d'une prochaine campagne d'herborisation en Dauphiné... si je parviens à rejoindre le sanglier *dont parle la gazette. Mes amis de Versailles m'ont averti que le roi s'intéresse de plus en plus à vous et ne décolère pas contre M. d'Argenson, qu'il accuse de négligence et d'incompétence. Ne vous laissez pas prendre au piège d'une promesse d'amnistie. »*

Il ajoutait en post-scriptum :

*« Je crois avoir enfin trouvé un remède efficace contre les hémorroïdes. Pour soigner cette sorte de varice, j'ai renoncé au bouillon blanc (*Verbascum thapsus*) pour les pépins de coing (*Cydonia vulgaris*) en application, ou le millefeuilles (*Achillea millefolium*), en fumigations dans un pot à pisser. À votre service si vous souffrez de ce mal. »*

« J'aime cet homme ! se dit Mandrin. Il aurait pu me trahir, utiliser les armes de ses fonctions pour me combattre. Au contraire : il a pris mon parti, m'honore de son amitié et veille sur moi comme un père sur son enfant. Cette affection pourrait paraître naïve et factice. Elle m'émeut et m'honore. »

Mandrin ne resta que trois jours dans sa famille. N'eussent été Jeanne et Mathieu, il en fût parti plus tôt, importuné qu'il était par la sympathie spontanée mais fastidieuse que lui manifestaient les gens. Il s'attendait à ce qu'on lui proposât de prendre la place du maire, qu'on lui érigeât une statue, qu'on le béatifiât. Lorsqu'il montait en selle pour une chevauchée en montagne ou sur les berges du Rival, il était suivi d'une ribambelle de gamins. Il leur jetait une poignée de blanchaille sans parvenir à les disperser. Ils avaient trouvé leur héros.

La chaude amitié de la brigade Mandrin, le dévouement à toute épreuve de ses hommes lui manquaient. Il ne retrouvait sa belle humeur qu'en leur compagnie, autour d'une table bien pourvue ou sur les marchés. Il se plaisait à constater qu'aucun de ses compagnons de la première campagne ne l'avait trahi. En revanche, la désertion décimait les troupes royales.

Il renouvela auprès de Jeanne sa proposition de passer en sa compagnie une semaine à Rochefort. Il lui parlait de ce château, guère plus imposant qu'un manoir, comme d'une résidence princière, si bien qu'elle eût fini par se prendre pour une nouvelle Cendrillon.

— Nous viendrons, dit-elle, notre enfant et moi.

9

L'espion et la putain

Mandrin et ses hommes se retrouvaient en Savoie et en Suisse auréolés de leur odyssée. En les traitant comme des héros de légende, les autorités avaient une bonne occasion de narguer le roi de France, ses ministres et la Ferme, tout en tirant profit des opérations de contrebande. À leurs yeux, Mandrin n'était pas seulement un héros mais un homme d'affaires avisé : ils trouvaient grâce à lui un débouché important à leurs produits. La brigade Mandrin devenait une sorte de palladium de la liberté commerciale.

Au début du printemps de l'année 1755, accompagné de Bélissard et de Saint-Pierre qui jouaient le rôle de chaperons, il vivait dans ces deux pays une existence mondaine faite de réceptions, de fêtes et d'amours plus ou moins fugaces. Il passait dans un carrosse de louage de magasin en château, répétant le récit de ses aventures comme on dit la messe et adornant ses exploits d'une dentelle de légende.

Il veillait à ce que les amourettes qu'il semait sur sa route ne prissent jamais l'intensité d'une passion, mais il goûtait sans remords l'agrément des draps de soie qui le changeaient de la paillasse des souillons.

Il avait rencontré Antoinette Fay-Jacquet au cours d'un bal masqué donné en son honneur dans une gentilhommière proche de la frontière. Épouse d'un conseiller au parlement du Dauphiné, vieux, podagre et plus assidu à son cabinet de travail qu'au déduit, elle usait et abusait de la liberté qu'il lui laissait et menait sa vie à grandes brides.

Verre de champagne en main, après une *gaillarde* étourdissante, ils s'entretinrent du pays de Bièvre, de La Côte-Saint-André et de la vallée du Rival. Le mari, au début de leur union, la conduisait là pour des parties de chasse et des agapes dans des auberges réputées. Pris par ses fonctions, il avait rangé son fusil à l'étrier, vendu sa meute et négligé son épouse. Comme elle était jeune, jolie, et ne tenait pas le mariage pour un internement, elle avait picoré ici et là, sans discrétion comme sans éclats, quelques amants d'aventure.

Jolie ? Ce soir-là, elle l'était à coup sûr, dans son travesti de marchande de fleurs. Des regards pétillants d'une convoitise que la coiffe à bordures en quichenotte semblait réprouver, un nez qualifié de *mutin* par les poètes, un corps fait au tour constituaient l'essentiel de son charme et faisaient oublier les sourcils épais et la bouche tracée au couteau.

Elle lui avoua sans ambages qu'elle s'ennuyait. Elle venait de rompre avec un lieutenant de hussards qui manifestait plus d'intérêt à faire valser le gobelet et *à foutre les filles de cuisine* qu'à la trousser.

À plusieurs reprises, comme pour susciter une connivence entre elle et ce chef de brigands séduisant en diable, elle usa ostensiblement de termes vulgaires. Ce manège amusa Mandrin. Il se prêta au jeu.

— Je ne vous cache pas, lui confia-t-elle, l'envie qui me démangeait de vous rencontrer. J'avais même envisagé de vous *barbouiller* une lettre pour vous inviter, mais vous m'auriez sûrement *envoyée paître*, n'est-ce pas ?

— Assurément, madame ! Si vous aviez insisté, je vous aurais même répondu : *allez vous faire foutre !*

Derrière son éventail, pour cacher ses dents gâtées, elle éclata d'un rire faussement scandalisé, avant d'ajouter :

— Et aujourd'hui ?

— Aujourd'hui, madame, pour vous parler crûment, comme vous m'y incitez, je vous réponds qu'il me plairait de vous *foutre* moi-même.

Elle fit mine de se montrer offusquée, rougit, mais de plaisir en jetant autour d'elle un regard apeuré. Il s'était exprimé d'une voix de confessionnal plus que de lutrin ; elle répliqua, une octave plus haut :

— Qu'à cela ne tienne, monsieur Mandrin ! Si c'est votre bon plaisir...

« Ce plaisir, se dit-il, j'aurais tort de le refuser. » Cette femme n'ayant rien qui pût susciter en lui une passion dévastatrice, il prendrait sans scrupules ni remords ce qu'elle avait à lui offrir, et bonsoir !

Antoinette Fay-Jacquet ne tarda pas à tenir ses engagements. Ils dînèrent à la spartiate, à l'écart de la grande table, allèrent respirer l'air vif de la soirée sous une gloriette surplombant le méandre d'une petite rivière. Elle lui fit boire l'eau puisée dans le creux de ses mains et lui essuya la bouche avec ses lèvres.

— Que ce baiser scelle notre rencontre... dit-elle

d'un air inspiré. Rejoignez-moi dans ma chambre qui donne sur les écuries. Un bouquet de violettes vous indiquera ma porte.

Avant de se décider à la rejoindre, il passa une heure à une table de pharaon. Trouver la chambre de la dame lui fut facile mais, sur le point d'y frapper, il eut un instant d'hésitation en songeant qu'avant de la quitter il avait promis à Jeanne d'être sinon sage, du moins raisonnable dans ses plaisirs. Il ne se décida qu'en songeant aux attraits de la dame, que dissimulait imparfaitement sa corbeille de fleurs.

Elle lui sauta au cou et lui prit la main pour le conduire à son lit. Une grosse souche brûlait dans la cheminée, avec un bruit d'insectes. Elle le dévêtit de son habit gris souris, de son gilet écarlate, lui ôta délicatement sa perruque en lui disant, pour montrer qu'elle avait de la culture, qu'il était *beau comme Périclès*, et le laissa se défaire du reste.

Deux gestes discrets à ses épaules la délivrèrent de sa chemise. Il faillit, pour lui montrer qu'il n'était pas le dernier des gueux, lui dire qu'elle était *digne du ciseau de Phidias*, mais l'heure n'était pas aux propos académiques, d'autant qu'elle venait de se laisser tomber sur le lit avec un gloussement ravi. Il plongea avec un cri dans un delta foisonnant.

Leur nuit se passa en assauts renouvelés. Mandrin dut réviser ses préventions : celle qu'il avait prise pour une greluche sentimentale lui révéla des ardeurs de bacchante.

Ils se promirent de se revoir. Les occasions n'allaient pas leur manquer.

Le lendemain matin, alors qu'il se rendait aux écuries pour s'assurer que l'on avait pansé sa nouvelle monture, payée à prix d'or à un éleveur du pays de Vaud, Bélissard l'attendait en fumant sa première pipe.

— On t'attend au salon, dit-il. Un gentilhomme : M. de Marsin.

Un homme de haute taille, vêtu d'un habit de drap gris foncé, d'une veste et d'une culotte de panne rouge, cravaté de soie et coiffé d'une perruque à boudins d'un blond tirant sur le roux, l'attendait au coin de la cheminée. Il portait au côté une épée à garde de bataille et à palmettes ajourées.

— Capitaine Louis Mandrin, dit-il civilement, je suis heureux de faire enfin votre connaissance. Cela ne m'a pas été facile. Il semble qu'il faille montrer patte blanche pour vous approcher. Mon nom ne vous dira sans doute rien, mais j'entretiens de bonnes relations avec un de vos manufacturiers de tabac, Lasnet, ainsi qu'avec un de vos amis, M. Piolenc de Thoury.

Il ajouta en souriant :

— Mon passeport vous semble-t-il en règle ?

— Il en a l'apparence, en tout cas, dit Mandrin.

— J'y ajoute cette lettre de Lasnet. Elle vous confirmera mes bonnes intentions à votre égard.

Mandrin la prit et la lut. Elle était pleine de bons sentiments et donnait de M. de Marsin une image sans équivoque.

— Excusez ma méfiance, monsieur, dit Mandrin. Puis-je connaître le but de votre visite ?

— En premier lieu, l'envie que j'avais de vous rencontrer. Ensuite l'idée de m'entretenir avec vous du négoce du tabac. Je le pratique depuis peu et l'expérience me fait défaut. J'ai la plus grande estime pour Lasnet, mais ses prix sont trop élevés. Je connais un moyen de vous en procurer de bonne qualité et à des tarifs plus modérés.

— Faites-moi une offre et nous conviendrons d'un marché. Lasnet n'est pas mon unique fournisseur. Maintenant, pardonnez-moi : je dois rejoindre mon *état-major*, pour parler comme les militaires. Vous pourrez me retrouver, quand cela vous conviendra, à Carouge. Je loge au Lion d'Argent.

— Une nouvelle campagne en préparation ?

— Peut être la dernière. C'est pourquoi je tiens à ce qu'elle soit organisée comme une expédition militaire, d'autant que le roi vient d'envoyer des renforts. À ce jour, la fortune m'a favorisé. En sera-t-il de même dans les mois qui viennent ?

— Mes vœux vous accompagnent, capitaine Mandrin.

Alors qu'ils chevauchaient botte à botte vers Carouge, Bélissard dit à Mandrin :

— Ce Marsin ne m'inspire aucune confiance, pas plus que ce Tibor Georgy, dont nous n'avons plus de nouvelles. Il m'a tout l'air d'être un espion.

— Lasnet, qui s'y connaît en hommes, lui fait confiance. Cette lettre en fait foi.

— Qui te dit qu'il ne s'agit pas d'un faux ?

— J'en doute. En outre, le châtelain de Rochefort est son ami. S'il nous conte des sornettes, c'est un habile homme.

Bélissard lui proposa de recevoir lui-même, en premier, M. de Marsin, afin de sonder discrètement ses intentions.

— D'accord, répondit Mandrin, mais tâche de le *cuisiner* avec délicatesse.

Le lendemain, peu après le lever du jour, lorsque M. de Marsin se présenta au Lion d'Argent, Gauthier, qui connaissait ce client, l'invita à boire un café en l'absence de Mandrin, parti pour une promenade sur le Rhône. En l'attendant, il pourrait bavarder avec son second, Jean Bélissard, qu'il trouverait dans le jardin.

Marsin reçut un accueil indifférent, sinon hostile.

— Si c'est le capitaine que tu veux voir, dit Bélissard, faudra repasser. Tu avais rendez-vous ?

Sans se formaliser de ce tutoiement, Marsin répondit qu'il n'avait pas songé à prendre cette précaution, le capitaine lui ayant donné latitude de le rencontrer à sa convenance. Oubliant la consigne de son chef, Bélissard ajouta d'un ton abrupt :

— Qu'est-ce que tu lui veux ? Je suis son second. Il n'a pas de secret pour moi ni moi pour lui. Je t'écoute.

Outré de cet accueil, Marsin se contint pour ne pas riposter vertement à ce faquin.

— Je sais, poursuivit Bélissard, que tu as tenté, la semaine passée, de tirer les vers du nez à Gauthier. Il t'a trouvé fichtrement curieux pour un négociant en tabac. Qu'est-ce que ça peut te foutre où nous allons vendre nos balles ? Tu n'aurais pas, des fois, l'idée d'être des nôtres ?

— Cela se pourrait.

— Alors fallait le dire. Ça change de question. Tu ne sembles pas tombé de la dernière pluie, et un gentilhomme de ta classe pourrait nous rendre des services, ici ou en France. Tu sais te battre ?

— J'ai servi en Provence, contre les Piémontais et les Autrichiens, sous le maréchal de Belle-Isle, il y aura bientôt dix ans. Licencié pour indiscipline. Une injustice dont il me plairait de tirer vengeance.

— Tout ça est bien beau, mais reste à prouver.

— Je pourrais te le faire confirmer, mais il faudrait de la patience.

— Faut te dire, mon garçon, qu'on entre pas dans notre confrérie comme dans un moulin. J'ai rien de précis contre toi, mais, pour tout te dire, tu m'inspires pas confiance. Si tu veux jouer les espions, tu trouveras à qui parler. Un jour ou l'autre tu te trahiras. Et tu seras bon pour le falot. S'il en est encore temps, réfléchis ou fous le camp.

— Je reste, dit Marsin.

Au débotté, Mandrin demanda à Bélissard comment s'était passé son entretien avec Marsin.

— Au mieux, quoique j'aie pas tiré grand-chose de ce grand escogriffe, sinon qu'il souhaite nous suivre dans notre prochaine campagne et qu'il s'est battu en Provence, ce qui reste à vérifier.

— Si tu devais résumer cet entretien par un mot, ce serait ?

— Méfiance ! dit Bélissard.

Dans les jours qui suivirent, Mandrin eut maintes occasions de s'assurer de la fiabilité du personnage. Il en vint à penser que cet ancien des guerres d'Italie pourrait lui être utile en cas d'affrontement avec la troupe ou les gâbians, et qu'il en imposerait à ses hommes par ses allures de gentilhomme. Il releva, au cours de leurs entretiens, des invraisemblances et des contradictions mais qui pouvaient être imputables à des défaillances de mémoire.

Mme Fay-Jacquet semblait s'attacher aux pas de Mandrin. Il la retrouvait sans passion mais sans déplaisir au cours de repas ou de fêtes dans des demeures où elle semblait avoir porte et table ouvertes.

Elle lui dit un soir, dans un castelet proche de Chambéry :

— Ma vie a changé depuis que je t'ai rencontré.

J'en viens à souhaiter la mort de mon époux pour ne me consacrer qu'à toi. Pars mais reviens vite. À mon retour, tu m'enlèveras, dis ?

Il lui rappela qu'il avait une femme et un fils. Elle se détourna et lui répondit avec aigreur :

— Ta femme, je la déteste ! Elle ne te convient pas, reconnais-le ! Une paysanne, une maritorne...

Il la prit par les épaules et la secoua.

— Je t'interdis de juger aussi grossièrement une femme que tu ne connais pas ! Qu'imagines-tu ? Que je pourrais te la sacrifier ? Ma pauvre amie, tu n'en vaux pas la peine. Brisons là ! Adieu.

— Si tu me quittes tu ne tarderas pas à me regretter, et tu me reviendras.

Ils se quittèrent. Ils se reprirent. Ils étaient comme deux oiseaux posés sur une même branche qui menaçait à tout moment de se rompre.

Lorsqu'elle apprit d'un lieutenant de Mandrin qu'il souffrait de nouveau de son bras blessé et avait pris quelques jours de repos à Rochefort, elle y courut et le trouva assis sur une chaise longue, en train de discuter âprement avec un prêtre qui voulait lui vendre des mules à un prix prohibitif.

— Qui t'a informée de ma présence ici ? dit-il d'un ton raide.

— La rumeur publique. Tes changements de domicile ne passent pas inaperçus. Tu me manquais, Louis. Je te suivrais en Amérique s'il le fallait, et même en enfer.

— L'enfer... soupira-t-il, je vais peut-être le connaître sans tarder, mais tu ne pourras pas m'y rejoindre.

Il poursuivit :

— Avant que tu repartes, je vais te présenter des personnages qui me sont liés, chacun à sa manière.

Il lança à la servante, Anne Demeure :

— Va demander à M. de Marsin et à Mme Mandrin de venir me rejoindre.

Antoinette changea de mine et annonça brusquement qu'elle repartait.

— Reste ! dit-il. Je veux que tu voies cette *paysanne*, cette *maritorne* que tu méprises. Quant à M. de Marsin, c'est un ami précieux. Je lui parlé de toi. Il souhaite te rencontrer. Tu verras : c'est un compagnon agréable et plein d'esprit.

Sans la faconde et la bonne humeur de Marsin, cette rencontre eût été morne et tendue. Il en fit une partie de plaisir, aidant Jeanne à dévider sa laine, jouant avec Mathieu, échangeant avec Antoinette Jay-Jacquet des propos pleins d'une courtoisie équivoque.

Il en fut de même au cours du dîner que l'on prit dans la grande salle du château, ouverte sur un timide soleil. Après le café, on fit une promenade dans l'allée de noyers d'où la vue plongeait dans un immense panorama avec, dans le lointain, les montagnes de France, couleur d'orage. La terre était en travail ; on aurait pu, en collant l'oreille à un arbre, entendre le murmure de la sève montante.

En retournant au château, Marsin tenait Antoinette accrochée à son bras. La femme du régisseur, Marguerite Péretty, maîtresse des lieux en l'absence des châtelains, insista pour les garder à souper et leur fit préparer des lits, en disant que ses maîtres l'eussent fait à sa place.

La table était bonne et généreuse. On but beaucoup de vin du pays de Vaud et l'on devisa jusqu'à minuit. Alors qu'il s'apprêtait à rejoindre Jeanne, Marsin dit à son nouvel ami :

— Louis, tu as fait un bon choix pour donner de

l'équilibre à ta vie : une épouse belle et exemplaire, une maîtresse qui semble follement éprise de toi... Tu es un homme comblé.

— Je suis attaché à mon épouse par des liens indissolubles. Avec Antoinette, ils se relâchent. Ses exigences m'horripilent. Alors, soyons francs : si tu la trouves séduisante, fais-lui ta cour, mais à tes risques et périls. Cette femme est une ogresse et se conduit comme une putain.

— Tu n'es donc pas jaloux ?

— Pas le moins du monde ! On ne peut être jaloux que de ceux qu'on aime.

L'affaire alla son train. Au cours de la matinée, alors que le soleil était déjà haut, Marsin dit à Mandrin :

— J'ai suivi tes conseils. Tudieu, quelle nuit ! Assaut sur assaut, mon cher. J'en suis rompu comme après une bataille contre les Piémontais. Si cette femme était dans l'armée, elle gagnerait vite du galon !

Ils passèrent quelques heures, avant le dîner, à parler affaires. Traitant par-dessus la jambe les préventions de Bélissard, Mandrin confia à Marsin son intention de lui proposer son intégration à la troupe comme lieutenant, chargé de surveiller les passages de la frontière et de lui signaler les mouvements de troupes sur l'autre rive du Giers. Il tenait à ce que son convoi, fort de plus cent hommes, pût passer la frontière sans avoir à faire parler la poudre. Une fois en Dauphiné, on marcherait sur un terrain plus sûr : il connaissait les chemins propres à éviter les mauvaises rencontres, et le concours de la population lui était acquis.

La veille de son départ, Marsin proposa à son ami une promenade le long du Rhône, pour, dit-il, éprouver sa monture, qui donnait des signes de faiblesse. Mandrin, ayant lui-même besoin de mouvement, y consentit.

— Mes craintes se confirment, dit-il en cours de route. Je tiens à savoir si cette horse peut tenir le galop. Tu vois cette ferme, en contrebas, sur le bord du fleuve. Voyons qui parviendra le premier à l'atteindre.

Pari tenu, ils prirent le trot, puis le galop. Alors que le cheval de Mandrin avait pris quelques longueurs d'avance, ils virent deux hommes sortir de la ferme et s'avancer vers eux : Court-Toujours et un autre compagnon, dit Le Canonnier.

— Que faites-vous là ? demanda Court-Toujours, et pourquoi ce galop ? Il y a une alerte ?

— Non, dit Mandrin, nous faisions la course pour éprouver nos montures.

— Il y a mieux à faire que la course, dit Le Canonnier. Ça remue ferme sur la frontière, côté français, comme s'ils attendaient Sa Majesté. Nous allions à Carouge rejoindre les autres. Vous feriez bien de nous suivre.

— Eh bien, dit Mandrin, allons-y...

Mandrin, de passage à Rochefort, mit Jeanne et Mathieu sur la route du Dauphiné, avec une escorte de trois hommes pour gagner la frontière, puis, accompagné de Marsin, il continua sa route vers Carouge. Après s'être entretenu avec Court-Toujours, Bélissard le tança vertement :

— Es-tu devenu fou ? Une promenade sans escorte avec cette crapule ! Il aurait pu te tuer ou te faire enlever.

— C'était une course, un jeu, bredouilla Mandrin.

— Un jeu ! Je t'en fiche ! De nouveaux bruits courent au sujet de ton cher ami Marsin. C'est un espion à la solde des fermiers. Il t'a bien embobeliné, le bougre !

— Des bruits... S'il fallait tenir compte de tous ceux qui courent...

— Ceux-là sont sérieux. Ils confirment ma méfiance. Tiens, lis cette lettre qui m'a été remise ce matin. Moi, je sais pas lire, tu le sais.

Pour anonyme qu'il fût, ce courrier donnait sur Marsin des détails si précis qu'il était difficile de les rejeter. Il constituait une mise en garde contre *cette créature dévouée à la Ferme*.

— Après les bruits, s'écria Mandrin, les lettres anonymes ! Tu m'ennuies, à la fin. Cette lettre, vois ce que j'en fais.

Il la jeta à terre et la piétina de sa botte. Peu après, pris de remords, il avoua à Bélissard que des soupçons l'avaient effleuré, mais que n'en ayant pas la confirmation, il les avait négligés.

— S'il est prouvé que cette lettre raconte la vérité, dit Bélissard, que feras-tu ?

Mandrin, ostensiblement, posa ses mains sur la crosse de ses pistolets.

Gauthier avait installé la table du dîner au soleil, sur la terrasse de son auberge dominant le fleuve qui s'attardait en méandres aux abords du lac, avec, dans un lointain brumeux, la silhouette du mont Salève, beau comme un dieu barbare.

On attendit M. de Marsin.

— Ce n'est pas dans ses habitudes d'être en retard, dit Mandrin. Jean, va donc voir s'il est encore dans sa chambre.

La chambre était déserte et les bagages avaient disparu. On chercha le cheval de Marsin à l'écurie ; il n'y était plus.

— Bizarre... dit Mandrin. S'il nous a quittés, nous aurions dû nous en rendre compte.

— Allons donc ! dit Bélissard. Cette auberge est une renardière, avec autant d'issues que de jours dans une semaine. Le palefrenier, Gaspard, pourra peut-être nous renseigner. Marsin n'en voulait pas d'autre pour soigner son cheval. Ils bavardaient souvent ensemble, et, à ce qu'il semble, ça devait être d'autre chose que des propos d'écurie. Je suppose que Gaspard a surpris notre conversation quand je t'ai remis la lettre anonyme, et qu'il en a fait part, en toute innocence, je l'espère pour lui, à Marsin.

Tandis qu'un groupe de six cavaliers se lançait au galop en direction de la frontière, Mandrin interrogea Gaspard qui nia tout et se débattit comme un diable quand on le conduisit jusqu'à la mansarde où il logeait. Une rapide perquisition révéla des surprises : deux pistolets et une somme en écus de six livres aux armes du roi de France, glissée dans une vieille chaussette.

— Ne va pas nous raconter, dit Bélissard, qu'il s'agit de tes économies ou que tu as fait un héritage. D'où viennent ces armes et cet argent ?

— Je les ai trouvés en nettoyant la dernière diligence de Genève, répondit Gaspard. Ma faute, c'est d'en avoir pas informé le patron.

— C'est pas Marsin qui les aurait perdus, des fois ?

— Ça se pourrait. Il est étourdi et laisse ses affaires traîner en désordre.

— Et tu te trouves là pour les ranger ! Tu t'es assez foutu de nous. Ton Marsin, dis-nous où nous pourrons le retrouver. Il a dû te le dire. Vous étiez comme cul et chemise. Tu as trois secondes pour répondre, sinon...

Bélissard lui mit le canon de son pistolet sur la tempe en comptant. Gaspard lâcha d'une voix brisée :

— Il a foutu le camp par la fenêtre, direction la frontière. Vous le trouverez à Lancy.

— Si tu nous a menti, dit Mandrin, ton compte est bon. De toutes manières, le pécule et les armes te sont confisqués.

Averti par le palefrenier que le feu allait prendre à ses basques, Marsin n'avait pas tardé à réagir et à prendre au galop la direction de la frontière. Alors que sur le point de l'atteindre il avait mis sa monture au pas pour la détendre, deux hommes de Mandrin, la Violette et le Provençal, lui avaient coupé la route.

— Tiens, tiens... dit la Violette, voilà notre homme. Que fais-tu là ?

— J'allais rejoindre le capitaine, à Carouge, mais je me suis égaré. Nous avons rendez-vous.

— Tu t'y rendais à reculons ? dit le Provençal, ça risque de prendre du temps. Carouge, nous y allons. Le mieux est que tu nous suives.

— Merci, mes amis, mais il faudra que je m'arrête en cours de route chez un cabaretier qui me doit l'argent d'une livraison de tabac. J'en aurai pour moins d'une heure. Le mieux serait que vous preniez les devants et rassuriez notre chef sur mon retard.

— Nous sommes pas pressés, dit la Violette. Nous boirons un coup en t'attendant.

— Avant toutes choses, ajouta le Provençal, tu vas nous remettre tes armes.

— Volontiers ! dit Marsin. Elles sont à vous.

Il sortit ses pistolets de sa ceinture et fit feu. Touchés en pleine poitrine, les deux hommes s'abattirent. Affolés, leurs chevaux prirent le trot en les traînant au sol par leurs étriers.

— Deux bons pistolets anglais à la Reine Anne ! s'écria Marsin. Je n'allais pas les donner à des brigands...

Il passa la frontière sans encombre moins d'une heure plus tard. Le lieutenant-colonel Fischer l'y attendait avec ses chasseurs.

Au cours de son séjour en Savoie, M. de Marsin n'avait pas perdu son temps. Il avait pris note au jour le jour, sur le petit carnet à couverture de cuir rouge qui ne quittait pas sa poche, de maints détails sur le comportement, les propos et les projets de Mandrin et de ses lieutenants – il écrivait ses *gardes* ou ses *canonniers*. Chaque soir, à la chandelle, la porte de sa chambre fermée à double tour, il alignait sur le papier ses renseignements et ses réflexions. C'était un espion consciencieux et méticuleux. Une perle rare.

Il notait avec soin le nom, la condition et jusqu'aux caractéristiques physiques des receleurs complices de Mandrin : Clément, de Forcalquier, le curé de Thône, trafiquant en chevaux, Bonnet, l'aubergiste de Coppet, qui entreposait les marchandises dans *une pièce au-dessus des cuisines...*

Il écrivait :

« *Il leur arrive tous les jours des gens de toutes conditions. Il est difficile de connaître leur nom car ils sont tous dotés d'un sobriquet. Certains sont bien élevés et se distinguent par leur politesse... Ils sont aujourd'hui au nombre d'environ deux cents. La manière de les attaquer doit être différente de celle qu'on emploie contre une troupe ordinaire. S'ils s'attendent à une attaque, il sera difficile de les battre car ils se dispersent aussitôt, mais si on parvient à les surprendre et qu'on fonce sur eux, il y a des chances de les vaincre en une seule bataille.*

« *Les margandiers, ou les mandrinots, comme on les appelle, disposent de nombreuses embarcations pour franchir la frontière, si bien qu'ils peuvent traverser où ils veulent et quand ils veulent. Ils sont informés de tout ce qui se passe de notre côté, grâce à leurs espions... Leur projet principal est de prendre en otages des personnages importants qu'ils cacheraient dans la montagne pour négocier leur grâce...* »

Il ajoutait :

« *Ce sont eux qui font vivre la Savoie. Il n'y a pas dans ce pays un gentilhomme, un bourgeois ou un manant qui ne gagne beaucoup d'argent grâce à eux, par le moyen des chevaux qu'ils leur louent fort cher ou de l'asile qu'ils leur donnent...* »

M. de Marsin acheva son rapport en évoquant la richesse de ces gueux : cent mille livres pour le capitaine et pas moins de trente mille pour chacun de ses lieutenants. Un trésor de guerre qui aurait dû les inciter à mettre un terme à leurs activités.

Le baron Jean-Baptiste Damazit de Sahuguet d'Espagnac, gentilhomme du bas Limousin, ci-devant maître de camp du maréchal de Saxe à la bataille de Fontenoy, à l'heure présente commandant militaire de la Bresse et du Gex, avait juré devant Dieu qu'il viendrait à bout de Mandrin et de sa bande. Il bouillait d'impatience, les brigands tardant à se montrer.

— Je crois connaître les raisons de ce retard, lui

dit M. de Marsin. Leur capitaine souffre d'une blessure mal soignée, contractée au cours de la bataille de Guénand. Il est sujet à des accès de fièvre qui le rendent circonspect. Il veut prendre la route dans les meilleures conditions. Patience donc...

— C'est souvent la patience qui fait perdre les batailles. Voyez nos troupes, Marsin ! Elles se désagrègent comme de la charpie. Nous comptons chaque jour des dizaines de déserteurs ! Si cette hémorragie continue, nous serons moins nombreux que ces gredins !

— Nous devons moins compter, mon commandant, sur le nombre de nos forces que sur les bonnes occasions que nous procureront le hasard ou la vigilance.

Ils commentèrent les incidents graves qui, peut-être en manière de diversion, suscités par les contrebandiers, se produisaient fréquemment dans les parages de Chambéry, ce qui pouvait laisser supposer qu'ils comptaient faire passer la frontière à leur convoi au Pont-de-Beauvoisin. Les margandiers défilaient en fanfare sur la rive savoyarde du Guiers, tiraient des salves et lançaient des injures provocantes contre le roi et ses généraux.

— Nos diplomates, dit M. d'Espagnac, ont beau protester auprès des autorités savoyardes et du roi Charles-Emmanuel lui-même, leurs réclamations restent lettre morte. Aux clameurs d'indignation des nôtres ne répondent qu'indifférence et mépris. Faudra-t-il que nous en vinssions à des menaces de guerre ? Pour ma part, je suis prêt à leur donner une leçon !

Un événement grave faillit dégénérer en incident diplomatique. Des chasseurs de Fischer avaient déchargé leurs armes sur deux ouvriers tanneurs qui venaient faire tremper leurs peaux dans le Guiers. Ils les avaient pris pour des margandiers et les avaient tués.

Plus grave encore fut l'événement qui se produisit au mois d'avril.

Un contrôleur de la Ferme, M. Le Roux de La Motte, ayant juré publiquement d'anéantir les contrebandiers, entra en contact avec un jeune Italien appelé le Piémontais, qui avait fait campagne avec Mandrin, en Auvergne, durant le dernier hiver, puis avait déserté. Ils convinrent d'une rencontre dans une auberge proche du Pont-de-Beauvoisin, en Savoie.

Le Piémontais dit au contrôleur :

— Vous voulez toujours la peau de Mandrin ? Je puis vous l'apporter. En contrepartie, je demande l'amnistie pour moi et deux de mes compagnons. Je vous fixerai un rendez-vous. Vous vous y rendrez sans armes. Quant à moi, pour ma sécurité, je me ferai accompagner par mes deux complices.

— Je ne demande qu'à te croire, mais qui me dit que ce n'est pas un piège ?

— En me battant avec Mandrin, à La Salvetat, j'ai reçu une blessure au ventre et une autre à une cuisse, qui me fait boiter. Tout ça pour permettre à Mandrin d'amasser des picaillons. Lorsque je lui ai demandé une indemnité, il m'a envoyé paître. Alors, depuis, je cherche à me venger. Vous m'en offrez l'occasion.

— Je veux bien te croire, dit M. Le Roux. Marché conclu. Tope là, mon garçon !

Au jour et à l'heure dits ils se retrouvèrent à l'endroit convenu, dans un bosquet bordant le Guiers. M. Le Roux s'avança avec dans sa poche la lettre de grâce au nom des félons. Il eut à peine le temps de tendre la main. Trois coups de feu l'étendirent sur le sol. Le Piémontais et ses compagnons le jetèrent encore vivant dans le Guiers d'où des promeneurs, attirés par les coups de feu, parvinrent à le retirer, entre la vie et la mort. Le lendemain, il mourait de sa blessure au ventre.

Les autorités mirent d'emblée cet assassinat sur le compte des mandrinots. La *Gazette de Hollande* suivit cette affaire avec un parti pris évident pour Mandrin qu'elle jugeait incapable de cette action détestable : « *L'infâme métier qu'il exerce n'a point étouffé en lui certains principes d'honneur qu'il tient de sa nature et de son éducation.* » Restait à connaître les motivations du Piémontais. Elles demeurèrent obscures.

La même gazette rapportait un autre événement, moins tragique et tout à l'honneur du chef des brigands.

Alors qu'il séjournait à Rochefort pour les derniers préparatifs de la campagne de printemps, Mandrin apprit qu'un gentilhomme dont la résidence se situait de l'autre côté de la frontière avait, de son propre chef, mis sa tête à prix trois mille écus *caramboles*. Il avait à se plaindre des dégâts occasionnés sur ses terres par les margandiers qui avaient ainsi répondu à ses bravades.

Il dit à Bélissard :

— Voilà un pécule qui ferait bien mon affaire. Il me le faut !

— Tu ne vas pas...

Mandrin éclata de rire.

— ... aller le réclamer ? Bien sûr que si ! L'affaire est trop alléchante.

Lorsque Bélissard vit Mandrin faire ses préparatifs, il se demanda si c'était le vin ou la fièvre qui lui troublait le jugement. Il tenta vainement de le faire renoncer à cette folie.

— Je partagerai cette somme, lui dit Mandrin, avec cinq volontaires. Si tu veux en être...

— J'en serai, petit, mais pas pour l'argent.

Ni la crainte d'un piège ni la neige qui tombait à larges brassées ne purent lui interdire de prendre la route. Il força *manu militari* les portes du château et trouva le gentilhomme attablé pour le dîner, seul avec ses domestiques.

— Excusez-moi de ne pas m'être fait annoncer, dit-il. Je viens pour la prime. Vous avez bien dit trois mille écus *au pistolet* ? J'aimerais en voir la couleur.

Le châtelain lui demanda de patienter. Il passa dans son cabinet et en ramena une bourse grosse comme une courge, qu'il déposa sur la table en disant :

— Et maintenant, je veux voir la tête de Mandrin !

— Qu'à cela ne tienne, monsieur, vous l'avez devant vous, mais elle n'est pas à vendre. Merci d'avoir donné un tel prix pour ma capture.

Il fit signe à Bélissard de rafler la mise et se retira avec un de ces rires qu'on dit *tonitruants*.

L'attentat contre M. Le Roux fit grand bruit. Ce grand officier de la Ferme, parvenu, par une patience inlassable, à organiser en Savoie un réseau d'agents qui l'informaient des faits et gestes de Mandrin et des déplacements de sa brigade, était pour la contrebande un adversaire redoutable. Lui écarté, son dispositif s'effilocha, alors que ses adversaires redoublaient de vigilance.

Après la morosité et l'impatience, la rébellion

couvait dans l'armée royale, inactive et piétinant la neige depuis des mois. Fischer et Iturbi avaient beau prêcher la patience, les désertions se multipliaient. Cette attente coûtait si cher au trésor royal que des proches du roi plaidaient la cause d'une amnistie générale, d'autant plus urgente que les mandrinots faisaient des émules dans les régions frontalières.

Un autre danger ajoutait à cette inquiétude. Groupés autour de nouveaux chefs, les réformés avaient repris, dans les Cévennes et le Languedoc, leurs harcèlements contre les dragons du roi.

Le contrôleur général des Fermes écrivit à M. d'Espagnac :

« *M. Fischer se propose d'augmenter sa cavalerie. Je lui ai répondu que ce n'est pas à force d'hommes et de chevaux qu'on en finirait avec cette affaire, mais avec de bons espions. Je préfère récompenser grassement ceux qui aideraient à des captures importantes, comme celle de Mandrin, plutôt que de renforcer une armée...* »

On changea donc le fusil d'épaule. Il fut décidé de reconstituer le réseau d'espionnage de M. Le Roux, jugé inopérant. M. Magalon de La Morlière, commandant de ces volontaires de Flandres qui avaient talonné les margandiers en Auvergne, fut investi de cette mission. Son premier soin fut de se mettre en rapport avec M. de Marsin, le seul agent qui fût parvenu à approcher le chef des brigands et à devenir son ami. Marsin n'eut rien de plus pressé que de ranimer ses rapports avec Mme Jay-Jacquet qui, mieux encore que lui, connaissait ce personnage.

Il lui donna rendez-vous et l'informa de la nouvelle mission qui lui avait été confiée.

— Ma très chère amie, dit-il, nous pouvons, à nous deux, accomplir de grandes choses dont on parlera à Versailles et dans tout le royaume. Il faut que vous m'aidiez à capturer Mandrin. Y êtes-vous prête ?

— Je hais ce personnage, lui dit-elle, autant que j'ai pu l'aimer. Il m'a humiliée comme une fille d'auberge. Je ne puis vous refuser mon aide.

Il la pria de préparer ses bagages pour se rendre, dans les plus brefs délais à Rochefort et de prendre pension dans une auberge proche du château, au village de Saint-Genix. L'endroit était assez proche du château, moins d'une lieue, pour justifier ses visites à la femme du régisseur, Mme Péretty, mais seulement en l'absence de Mandrin, ce qui serait fâcheux.

— En quoi consistera ma mission ?

— À vous informer du comportement de notre homme. Nous savons qu'il s'y rend fréquemment pour s'y reposer et s'y faire soigner. Mme Péretty est aux petits soins pour lui. Elle connaît les herbes médicinales. Il faudra me tenir informé, au jour le jour si possible, des allées et venues du capitaine. Vous me trouverez au Pont-de-Beauvoisin, à une heure de route de votre auberge.

Marsin ajouta en la prenant dans ses bras :

— Si les événements ne nous pressent pas trop, rien ne nous empêchera de songer à la bagatelle...

— Polisson ! Comme vous savez bien parler aux femmes.

Elle ajouta :

— Tout cela est bel et bon, mon ami, mais, si je pouvais joindre à ma satisfaction personnelle une reconnaissance plus concrète, j'en serais ravie. Mon époux, vous le savez, est d'un naturel avaricieux.

Il lui baisa la main.

— Je puis vous assurer, madame, que vous

n'aurez pas affaire à des ingrats. Si nous venons à bout de cette mission, notre fortune est faite.

Les chancelleries de France et de Sardaigne avaient reçu les échos de la fusillade du Pont-de-Beauvoisin, qui avait causé la mort du contrôleur. La cour de France réclama de nouveau au roi Charles-Emmanuel l'extradition de Mandrin : « *Sa Majesté a trop de religion et d'équité pour continuer à donner asile à de tels monstres... Votre refus de livrer les coupables de cet attentat blesse le droit des gens, la sûreté publique, les règles de l'humanité et du bon voisinage...* »

À quelque temps de là, une patrouille sarde captura par surprise un des complices du Piémontais, un nommé Didier, dit le Cadet, dans l'attentat du Pont-de-Beauvoisin. Le procès fut vite expédié. Le lendemain de son arrestation, le coupable était remis en liberté.

Charles-Emmanuel ne semblait pas décidé à collaborer.

Stimulé par le printemps et les bons soins de Mme Péretty, qui était devenue, disait-il, une mère pour lui, et plus encore, Mandrin avait recouvré sa vigueur et son allant. Belle-Humeur plus que jamais et brûlant d'impatience de prendre la route après ce long retard.

Marguerite Péretty, femme de basse extraction, jouait les châtelaines avec une conviction et des apparences qui trompaient sur ses origines et tranchaient sur le comportement de son époux, maquignon de nature rustaude, qui lui vouait moins d'attention qu'aux chevaux dont il faisait commerce. Elle dissimulait, sous sa beauté sculpturale de patricienne, un feu inassouvi qui la portait volontiers au plaisir, sinon aux passions. Aînée de Mandrin de dix ans, elle trouvait en lui une source de jouvence et une consolation à son célibat forcé. Il retrouvait en elle la tendresse protectrice de Jeanne avec, en plus, un trésor de secrets qui le ravissait.

Ils avaient, pour leurs rapports intimes, élaboré un consensus. En l'absence de son époux, elle laissait ouverte la porte de sa chambre. Pour tromper la vigilance des domestiques, il avait élu domicile dans une des tours carrées bordant la cour de ferme : une vaste pièce meublée sommairement.

Il avait en elle une telle confiance qu'il lui livrait volontiers des confidences sur ses activités. Elle disait :

— Tu devrais penser à dételer. Placée chez des banquiers suisses ou savoyards, la fortune que tu as accumulée te permettrait de vivre sans souci d'argent jusqu'à la fin de tes jours.

— J'y songe parfois, lui dit Mandrin, mais ce serait renoncer à ce qui est l'essentiel de ma mission : lutter contre la Ferme et pour la justice. Me retirer serait trahir. J'avoue pourtant qu'une retraite serait la bienvenue. J'achèterais un castelet dans les parages et, de temps à autre, je viendrais vous rendre visite pour une partie de tric-trac ou d'autres plaisirs.

— Tu te lasserais vite de la vieille femme que je suis déjà. Tu te dois à ta famille. D'accord pour le tric-trac, mais, pour le reste, ne te fais pas trop d'illusions.

Il lui parla de ses ultimes préparatifs. Ils avaient duré plus longtemps que les précédents, en raison de sa santé et des précautions supplémentaires à envisager pour la marche du convoi. Ce retard avait du bon : il minait le moral des troupes qui l'attendaient de l'autre côté de la frontière.

— Le plus ardu, dit-il, sera de faire passer le Guiers à mon convoi. Les royaux sont aux aguets, et ce ne sont pas des novices ou des amateurs, comme les gâbians. Nous risquons de laisser des plumes dans un affrontement, et même de tout perdre d'un coup.

À peine investi de ses fonctions d'informateur, M. de Marsin prit conscience des dimensions et des difficultés de sa tâche. Les informations qu'il recevait de ses agents se contredisaient, si bien qu'il crut y perdre ce qui lui restait du latin de son enfance. Il se sentait le point de mire des mandrinots, comme l'avait été M. Le Roux.

Pour ses déplacements, il avait obtenu une escorte d'une dizaine de dragons qui, nuit et jour, gardaient sa porte. Son existence tournait au cauchemar. Il aurait aimé partager ses tracas avec sa maîtresse, mais la belle Antoinette ne pouvait être au four et au moulin. Il n'avait d'ailleurs qu'une confiance aléatoire dans cette nymphomane évaporée.

Mme Jay-Jacquet ne restait pas les deux pieds dans le même sabot. Elle ne tarda pas à lui en donner la preuve.

Sur la fin du mois d'avril, apprenant que Saint-Pierre s'acheminait vers Rochefort avec une mule chargée de marchandises, elle alerta la maréchaussée qui lui tendit une embuscade entre Saint-Genix et le château. Capturé sans qu'il ait pu faire usage de ses armes, Saint-Pierre fut conduit à Valence, jugé et roué vif dans la semaine. Mandrin perdait en cet homme sévère et droit, qui n'avait jamais failli dans les épreuves, un de ses plus précieux auxiliaires.

Mandrin restait fidèle à sa stratégie destinée à tromper l'ennemi : il brouillait les pistes, faisait courir de fausses rumeurs sur son départ et les itinéraires qu'il emprunterait. Il se livrait à ce jeu avec délectation. Harcelé par les espions de Marsin, il se vengeait en se jouant d'eux.

Un des courriers qu'il avait envoyé à Jeanne pour donner de ses nouvelles revint avec une lettre de M. Terrier de Cléron. Il la lut et s'écria :

— Écoutez, mes amis ! Écoutez bien ! Voici ce que m'écrit une vieille connaissance :

« Il n'est bruit à Versailles que d'une alliance que vous auriez contractée avec l'Angleterre. On dit même que vous auriez reçu des subsides de la cour de Londres et que le roi George ne jure que par vous et les réformés des Cévennes. Votre nom est connu jusqu'aux Échelles du Levant. Je ne serais pas surpris que l'empereur du Japon vous proposât un poste dans son armée !

« Je viens d'apprendre que votre intention serait de faire votre pelote et de partir pour les Amériques. Si elle est exacte, cette nouvelle me ravit. Il devrait en être de même pour ces messieurs de la Ferme. Je regretterais de renoncer à vous revoir, mais j'aurais enfin la certitude de vous savoir hors d'atteinte de vos ennemis... »

— L'Amérique... soupira Mandrin en repliant la lettre. Cette idée me convient, je l'avoue, mais, si je parvenais à la réaliser, ce ne serait pas pour me prélasser au milieu de mes esclaves noires et cultiver la canne à sucre, mais faire la guerre aux Anglais et aux Espagnols !

À quelques jours de là, une autre nouvelle lui parvint : l'armée royale venait de recevoir une aide précieuse en la personne du comte Jacques-Raymond de L'Hospital. Sous les ordres du comte de Marcieux, commandant militaire du Dauphiné, il allait prendre en main les opérations contre les contrebandiers.

Mandrin dit à Bélissard :

— M. de Thoury m'a parlé de ce personnage. Il est apparenté avec l'intendant des Finances et le contrôleur des Fermes. Une famille de rapaces.

— Que peut avoir à faire un personnage aussi important avec la bande de brigands que nous sommes ?

— Un conflit sentimental, à ce qu'on dit. L'épouse de L'Hospital, maîtresse de M. de Soubise, prince de Rohan et protégé de la Pompadour, a trouvé en le faisant exiler en Dauphiné le bon moyen de se débarrasser d'un gêneur. Nous héritons d'un cocu et d'une créature de la Ferme.

À peine installé à Voiron, localité située au nord-ouest de Grenoble, M. de L'Hospital ne tarda pas prendre conscience de l'embrouille dans laquelle on l'avait jeté et des difficultés de sa tâche.

Il se trouvait confronté non à une horde de brigands mais à une troupe organisée militairement, et à une véritable insurrection : celle des réformés. On avait capturé, pendu puis décapité Louis Ranc et Jacques Roger, mais de nouveaux chefs avaient pris leur succession et le mouvement faisait tache d'huile, au milieu d'une population qui leur était acquise.

Le Dauphiné avait l'aspect d'un vaste champ de manœuvres. On s'y acheminait rarement sans rencontrer une patrouille, une colonne en mouvement, des soldats en train de faire l'exercice dans un champ contre des mannequins de paille ou de défiler, musique en tête dans les villages. Le dimanche soir, les musiquettes des bals publics succédaient aux fanfares militaires du matin. Officiers et hommes de troupe usaient du prestige de leur uniforme pour trousser les jupons, si bien qu'on ne vit jamais autant de gros ventres sous le sarrau des paysannes ou les robes des bourgeoises. Logés chez les particuliers, dans les villes et les villages, les militaires exigeaient des attentions particulières de leurs hôtesses.

À ce grouillement de soldatesque répondait, de l'autre côté de la frontière, le bourdonnement des mouches. Comme par un tour de magie, elles prenaient les apparences les plus insolites : gendarmes sardes, colporteurs, religieux...

On parlait de plus en plus, en Dauphiné, d'un *Petit Mandrin*.

Ancien tailleur d'habit, Louis Manol, surnommé la Liberté, avait, dans la contrebande, des activités limitées mais des projets qui l'étaient moins : il ambitionnait la gloire et la fortune de son illustre concurrent, avec, pour parvenir à ses fins, des moyens unanimement réprouvés : il s'en prenait aux particuliers, qu'il pillait et rançonnait.

Mandrin estima que ce triste personnage lui était utile pour distraire la troupe de son propre cas, mais se dit qu'il lui réglerait son compte à la première occasion.

Une idée faisait son chemin à Versailles : celle d'un enlèvement de Mandrin, au besoin en hasardant une violation de frontière qui risquait de faire du bruit dans les chancelleries.

Le premier à s'ouvrir de ce projet fut le marquis de Ganay, gouverneur d'Autun, humilié par l'intrusion des mandrinots dans sa ville, et leur impertinence. Il se disait prêt, dans une lettre à M. d'Argenson, à payer de sa personne : « *On ne viendra jamais à bout, en Savoie ou en Suisse, de ce coquin et de sa troupe,* écrivait-il. *Ils y jouissent de la sécurité. Ne chargez personne d'autre que moi de cette mission. Vous m'avez témoigné en toutes occasions trop de bontés pour que je redoute cet affront...* »

Pour audacieuse et dangereuse qu'elle fût, cette idée était à retenir. On la retint, mais en choisissant un autre exécutant, un triumvirat composé de

MM. de La Morlière, de L'Hospital et de Marsin. Les convenances commandaient de mettre au courant de cette affaire M. de Marcieux, gouverneur du Dauphiné. Persuadé qu'il mettrait son veto à cette opération délictueuse, on s'en abstint.

Il convenait d'agir prestement, le départ de Mandrin n'étant plus qu'une affaire de jours.

Sans nouvelles de Mme Fay-Jacquet, M. de Marsin lui rendit visite à l'auberge de Saint-Genix où elle commençait à perdre patience. Fidèle à sa mission, elle avait rendu à diverses reprises visite à sa voisine, Marguerite Péretty, et avait bavardé avec elle pour lui tirer les vers du nez.

— Alors, madame, des nouvelles de notre ami ?

— Aucune depuis quelques jours. Il est très occupé. D'ailleurs, je n'en attends pas. Autant se demander si, demain, le vent nous apportera du soleil ou de la pluie. Notre ami est imprévisible, et c'est ce qui fait sa force.

Déçue, Antoinette repartait pour son auberge, où elle se morfondait entre la femme du maire et l'abbé Vianney, un brave homme un peu simple. Un jour, en allumant sa pipe au cours d'une partie d'échecs, le curé lui dit :

— Je viens d'apprendre d'un domestique de Rochefort que Mandrin est revenu hier au château avec une forte escorte, et qu'il compte y rester quelques jours. Il semble que la date de son départ soit imminente. Quand Dieu décidera-t-il de nous débarrasser de ces brigands sans foi ni loi ?

Mme Fay-Jacquet se leva d'un geste vif, le feu au visage. Le prêtre s'en montra surpris.

— Qu'avez-vous, madame ? Une indisposition ?

— Je vais devoir vous laisser. Je me souviens d'une démarche que je dois faire de l'autre côté de la frontière, et que j'avais oubliée. Veuillez me pardonner. Nous reprendrons cette partie un autre jour.

Elle enfila une cape de pluie et, sous l'averse battante, fonça à bride abattue en direction du Pont-de-Beauvoisin où elle savait trouver Marsin.

— Ma chère, dit-il en la pressant contre lui, je m'apprêtais à gagner ma chambre en regrettant votre absence. Quel bon vent vous amène ?

— Le mistral, mon ami ! Mandrin est de retour à Rochefort. C'est le moment.

Il se détacha d'elle en marmonnant :

— Mandrin, à Rochefort... Cette fois-ci, il ne nous échappera pas.

— Vous comptez l'attirer en France ? Par quel moyen ?

Quand il l'eut informée des dernières dispositions envisagées pour sa capture, elle blêmit.

— Avez-vous mesuré les conséquences de cet acte ? Une violation de frontière, une expédition en terre étrangère, risque d'entraîner une guerre ! Qui a eu cette idée absurde ? Vous ?

— Peu importe. La décision est prise et sera exécutée. Comment avez-vous appris cette nouvelle ?

— Par le curé de Saint-Genix, l'abbé Vianney, au cours d'une partie d'échecs. Comment allez-vous procéder ?

— Tout est prêt. Si mes partenaires sont d'accord, nous partirons demain, à la nuit tombante. Il faut battre le fer tant qu'il est chaud.

— Bien que je réprouve cette entreprise, j'aimerais en être.

— Ce n'est pas votre place. Vous avez rempli

votre mission. Tenez-vous-en là. Il risque d'y avoir de la résistance et du sang répandu. Si l'affaire réussit, ce dont je ne doute pas, nous irons nous reposer, vous et moi, en Provence. Il y a longtemps que je n'ai pas vu la mer...

10
L'expédition

La pluie n'avait pas cessé de la journée lorsque l'expédition se mit en mouvement.

Le triumvirat n'avait pas lésiné sur les moyens : le colonel d'Iturbi de Larre, chargé de la capture, partait avec environ trois cents hommes, argoulets et volontaires des Flandres, choisis parmi les plus aptes à ce genre d'opération, accompagnés par une dizaine de gâbians qui connaissaient parfaitement le pays, et quatre capitaines généraux des Fermes. Tous reçurent des sarraus de paysans, de larges chapeaux noirs, une cape de couleur sombre et se barbouillèrent le visage de noir de fumée, ce qui leur donnait des allures de démons sortis des enfers.

Le rassemblement se fit à la tombée du jour à Romanieux, à la frontière du Guiers que l'on franchit à gué, avec de l'eau jusqu'au ventre, en portant les armes à bout de bras. Quelques hommes ayant glissé sur les rochers furent emportés par le courant et durent renoncer à suivre la troupe.

On ne sortait de l'eau que pour affronter la pluie. Elle flottait en rideau opaque dans la dernière clarté du jour, traversée par des bouffées de vent froid qui agitaient la cime des arbres contre un ciel de plomb.

Sur la rive sarde, pas âme qui vive. Ce ne fut une surprise pour personne, les patrouilles, sur cette rive du Guiers, étant rares. Seule veillait une stèle portant les armes du royaume de Sardaigne. Le colonel Iturbi lui décocha un salut ironique et méprisant.

On était à environ une lieue de Rochefort, soit, au pire, une heure de marche. N'étaient la nuit et la pluie, on aurait pu apercevoir au levant la silhouette du château sur son éminence et les maisons du village accrochées à la pente.

Lorsqu'elle entendit un bruit de sabots dans la cour, Marguerite Péretty ouvrit sa porte. Mandrin ôta son chapeau et lui fit un signe de la main. Il sauta de cheval, courut à elle et la prit dans ses bras. Il boitait à la suite d'une chute de cheval qui lui avait meurtri la hanche.

— Tu es trempé ! s'exclama-t-elle, et tu vas prendre mal. Viens te sécher et te réchauffer. Anne va s'occuper de préparer du vin chaud pour tes hommes.

Elle ajouta en lui prenant la main pour le conduire vers la cheminée :

— C'est un bien triste printemps. Voilà trois jours qu'il pleut sans discontinuer. Je crains pour notre blé et notre vigne. Lasse-moi te défaire de ce manteau. Il pèse comme du plomb. Enlève aussi ton habit qui pue le cheval, et approche-toi du feu. J'ai bien reçu, il y a trois jours, le message qui m'annonçait ta venue. Alors, c'est le grand départ ?

— Enfin... soupira-t-il. Je commençais à croire que nous ne partirions jamais. Il nous manquait toujours des chevaux et des armes. Nous les avons à présent. Le convoi viendra me rejoindre dans deux jours. Quelqu'un d'autre que vous est informé de ma venue ?

— Personne. Si, pourtant... J'en ai parlé au curé de Saint-Genix, l'abbé Vianney, en jouant aux dominos.

Il fronça les sourcils.

— C'est bien imprudent.

— Tu n'as rien à craindre. Ce brave homme ne t'aime guère mais serait incapable de te dénoncer. J'ai de même reçu la visite de Mme Fay-Jacquet, mais, à elle, je n'ai rien dit. Elle ne m'inspire guère confiance. À toi non plus, j'imagine ?

— À moi non plus. Je la crois capable de tout pour me nuire.

Son mari étant de retour d'une tournée en Piémont, elle fit préparer par Anne la chambre de la tour pour Mandrin, avec un brasero.

Il s'attabla avec ses hommes devant une soupe fumante, se tailla un large chanteau de pain qu'il tartina de fromage frais, vida un cruchon de vin et un petit verre d'eau-de-vie.

— J'ai fait établir par mon artiste, le Bleu, dit-il, un plan précis de la frontière, avec les différents passages que nous pourrons emprunter et les plus sûrs. Je tiens plus que jamais à éviter des affrontements. Si nous parvenons à faire passer nos hommes et nos mules, la partie sera gagnée, à moins que la guigne ne nous rattrape. Les royaux sont trop dispersés pour être vraiment dangereux. Si nous sommes surpris, nous avons de quoi nous défendre. Mes hommes sont prêts à se battre et à mourir.

Il fit transporter son bagage dans sa chambre. Debout devant la fenêtre ouverte, il resta un moment face au paysage où dansaient des voiles de pluie qui, dans le lointain, au-dessus du massif de la Grande-Chartreuse, s'éclairaient d'un soleil doré. Cela lui rappela ce que lui disait sa mère de ce phénomène : « C'est l'ours qui accompagne la Vierge à sa maison. » Il songea à Jeanne et se demanda à quoi elle pouvait bien occuper cette heure d'après-midi. Sa campagne terminée, il la rejoindrait et passerait avec elle le restant de ses jours. En Amérique, peut-être...

L'expédition se regroupa au pied de la colline, autour d'une croix de pierre indiquant l'embranchement vers le château et le village. On avait marché plus lentement qu'on ne l'avait prévu, le chemin, inondé par endroits, imposant des détours à travers champs, et les hommes peinant dans leurs vêtements alourdis par le passage du gué et la pluie.

La horde de fantômes s'engagea, avec un bruit sourd de halètements et de piétinements, dans l'allée de noyers sur lesquels crépitait l'averse nocturne. La forme massive du château se dégageait peu à peu d'un brouillon de nuages sous lequel se cachait une lune blême.

L'ultime rassemblement se fit devant la porte charretière. Des chiens aboyèrent dans la cour, mais M. de Marsin, qui connaissait leur nom, les fit faire avant que ceux du village ne lui répondent. Nul n'aurait eu l'idée saugrenue de mener un assaut avec des échelles et des grappins. M. de Marsin cogna contre la porte avec la poignée de son épée sans obtenir de réponse. Il persista, si bien que le battant s'entrebâilla sur la lumière d'une lanterne éclairant un visage que M. de Marsin reconnut sans peine : celui du jardinier Jacques Veyret, qui le salua d'un bonsoir, lui demanda ce qu'il voulait à cette heure et qui étaient ces gens. Iturbi plaqua une main sur sa bouche, le canon d'un pistolet sur son ventre, et lui demanda si Mandrin était présent et où on pourrait le trouver.

— Inutile ! dit Marsin. Il est dans cette tour, à gauche. S'il n'y est pas, vous le trouverez dans le lit de Mme Péretty. De toutes manières il ne peut nous échapper.

Il trouva singulière la facilité avec laquelle on avait pénétré dans la cour de la ferme, alors que Mandrin, comme à son habitude, aurait dû instaurer un tour de garde. Lui et ses hommes, après une longue et pénible chevauchée, n'avaient dû avoir qu'un souci : se reposer. Cette bâtisse avait dû leur paraître assez sûre, au milieu de ce lac de brume et de pluie, pour qu'ils relâchent leur vigilance.

Tandis qu'Iturbi, accompagné d'une poignée d'argoulets, escaladait l'escalier menant au premier étage de la tour, le reste de la troupe enfonça le portail donnant sur la cour du château, et s'y rua. Marsin les dirigea vers le logis des régisseurs dont ils enfoncèrent la porte. Ils y trouvèrent Péretty et sa femme debout et en chemise au milieu de l'office. Il tenait une lanterne d'une main tremblante.

— Qui êtes-vous et que voulez-vous ? demanda Mme Péretty. Amenez-moi votre chef. Je veux lui parler.

On ne daigna pas prendre sa requête en considération ni même l'écouter, la plupart de ces gueux parlant une langue étrangère. Ils restèrent, l'espace d'un instant, comme fascinés par cette grande femme à la chevelure grisonnante, au visage empreint de gravité, qui semblait bien décidée à leur tenir tête tandis que son mari urinait sous lui. Elle posa ses mains sur son visage et gémit en entendant la fusillade venant des écuries d'où les hommes de Mandrin faisaient le coup de feu.

Mme Péretty ne broncha pas lorsqu'un soldat, s'approchant d'elle, arracha la croix d'or qu'elle portait au cou et la glissa dans sa ceinture. Ce n'est que lorsqu'un autre argoulet, écartant son mari d'un coup de crosse, tenta de soulever sa chemise, qu'elle se rebiffa à coups de pied et de poing en vomissant injures et insultes, à travers l'ombre, la lanterne que tenait Péretty s'étant brisée et éteinte dans sa chute.

Meurtris, à moitié assommés, accrochés l'un à l'autre, les deux époux tentèrent de se dérober à leurs agresseurs qui allumaient des chandelles à la braise. Ils rattrapèrent Mme Péretty, et, la semelle d'une botte sur son visage pour étouffer ses appels, lui arrachèrent le mouchoir d'indienne qu'elle portait au cou, cadeau de Mandrin.

— Fouillez partout ! lança une voix. Il doit bien y avoir un magot quelque part !

Attirée par le tumulte, la petite servante, Anne Demeure, venait de surgir, un bougeoir à la main, à mi-chemin de l'escalier montant à l'étage. Des argoulets se ruèrent sur elle et la forcèrent à retourner dans sa chambre. On entendit ses cris mêlés aux rires des soldats.

À l'office, les pillards poursuivirent leurs recherches, soulevant le couvercle des coffres, fouillant la chaise à sel, le fond des tiroirs et de l'armoire, poussant des clameurs de joie lorsqu'ils découvraient de quoi satisfaire leur convoitise, et notamment un sac d'écus dissimulé dans une jarre de terre.

Mandrin, qui avait le sommeil léger, sursauta en entendant les premiers aboiements du chien et des piétinements dans la cour. Il secoua l'épaule du Bleu, qui dormait près de lui.

— Réveille-toi, nom de Dieu ! s'écria-t-il. *Ils* sont là...

— Qui donc ? balbutia le garçon.

— Les soldats, pardi ! Faut disparaître au plus vite.

— Le temps de m'habiller et de prendre mon coffret à peinture...

— Il n'est plus temps, imbécile ! Suis-moi !

Alors que les premiers coups de crosse ébranlaient sa porte, ils escaladèrent l'escalier donnant accès à l'étage et, à travers l'ombre, se jetèrent sous un monceau de fagots dont ils se recouvrirent. Une décharge de chevrotine fit voler la serrure en éclats.

— Si nous sautions par la fenêtre ? souffla le Bleu.

— Il n'y a pas de fenêtre à l'étage, innocent, mais des ouvertures où seul un chat pourrait passer. D'ailleurs nous nous briserions les os. Plus un mot, à présent...

La porte s'ouvrit sous une poussée brutale, livrant passage à trois hommes dont l'un tenait une chandelle allumée. Un autre jura en langue étrangère, pour dire qu'ils avaient fait chou blanc. Celui qui tenait la chandelle s'approcha du tas de fagots et poussa un cri de joie. Ils s'abattirent sur leurs proies en évitant de les molester, et même avec révérence, puis les poussèrent dans l'escalier, un pistolet dans les reins.

Iturbi les attendait dans la salle du bas. Il s'écria d'un ton ironique, et avec un fort accent basque :

— Capitaine Mandrin, heureux de te saluer ! Ainsi, tu voulais nous fausser compagnie ? Pas très courtois de la part d'un *gentilhomme*... Tu excuseras cette visite nocturne dont nous avons omis de te prévenir, mais nécessité oblige. Nous allons faire une petite promenade en carrosse jusqu'à Romagnieu. On t'y attend avec impatience.

Mandrin protesta avec énergie, disant que cette arrestation en terre étrangère était illégale et ferait du bruit dans les chancelleries.

— C'est pas mon affaire ! bougonna Iturbi. Moi, je me contente de faire mon travail. S'il y a des pots cassés, d'autres que moi régleront la note. Vous allez me suivre, toi et ton chérubin. Le pauvre, il crève de trouille...

— Les régisseurs... Évitez de les malmener. Ce sont de braves gens.

— Ce sont avant tout tes complices ! rugit Iturbi. Je peux rien te promettre. Mets-toi à la place de mes hommes. L'impatience en a fait des fauves. Toi, tu n'as rien à craindre. On va prendre soin de ta précieuse personne comme d'un vase de Chine.

Le *carrosse* dont avait parlé le colonel était une charrette qui sentait le fumier. Sous la menace des fusils, on y fit monter Mandrin, boitillant à la suite de sa chute de cheval, et le Bleu en larmes.

— Lui, dit Mandrin, vous pouvez le laisser. C'est un artiste. Il a jamais tiré un coup de feu et il a rien à voir avec nous.

— On verra bien. Qu'on l'embarque avec le domestique qui nous a ouvert la porte.

La cour du château était transformée en champ de bataille. Les mandrinots, tirant depuis l'écurie, opposaient une résistance acharnée à leurs agresseurs. Des éclats de foudre illuminaient le nuage de fumée blanche qui sentait la poudre. Des argoulets et des volontaires, déjà ivres après une inspection de la cave, traversaient la cour en chancelant, porteurs de dépouilles, s'arrêtant, jambes écartées, pour boire au goulot le vin du château et entonner des chansons en langue basque ou flamande. Anne Demeure s'évada en hurlant du domicile des régisseurs, à demi nue, des pans de sa chemise déchirée flottant derrière elle, une poignée de soldats à ses trousses.

— Triste spectacle, j'en conviens, dit Iturbi, mais je te l'ai dit : quand les fauves sont lâchés... Faut les comprendre : ça fait des mois qu'ils attendent ce moment. Si je tentais de les calmer je risquerais ma peau. Je vais quand même faire une tentative. Je voudrais pas que cette affaire tourne au massacre.

Il revint vers la charrette quelques instants plus tard en se grattant le menton.

— Pas beau à voir... dit-il. Mes hommes ont violé la servante. Je crois même qu'elle est morte. Il y a deux domestiques sur le carreau. Ils avaient pris la fourche. Le régisseur et sa femme ont été tabassés mais ils sont vivants. Belle femme, sang-Dieu, malgré son âge...

Il annonça qu'il allait se rendre au village où le gros de sa troupe s'était répandu. Il entendit du bruit montant du presbytère. Des argoulets avaient ligoté le vieux curé Galfet, sur une chaise, son bréviaire sur les genoux. L'air égaré, dans la lumière d'un quinquet à huile et de la torche qu'un soldat lui promenait sous le nez, en menaçant de mettre le feu à la grange, il gémissait :

— Non ! je vous en supplie, pas la grange ! Mon foin, mes moutons... C'est tout ce que je possède.

— Détachez-le ! dit Iturbi. On touche pas aux religieux. Et laissez les gens du village dormir en paix.

À peine eut-il le dos tourné, ses hommes se conduisirent comme des sauvages, pénétrant dans les masures, pillant, violant et brutalisant ceux qui leur tenaient tête. Il en fut de même, dans le château où les soudards s'en donnèrent à cœur joie, raflant les objets d'art, crevant les toiles avec leurs coutelas, déchirant les tapisseries et les tentures, pillant caves et greniers.

Un gâbian s'avança vers la charrette, porteur d'un panier de bouteilles qu'il tendit à Iturbi.

— Sang-Dieu ! jura le colonel, ton copain Thoury était un fin connaisseur. Toi qui aimes le bon vin, tu devais te régaler à sa table. Du beaujolais de quatre ans... Des vins de Grèce, d'Espagne et du Portugal... On va s'en décoiffer une, tiens !

Il brisa le col d'une bouteille avec son épée et la tendit à Mandrin qui détourna la tête. Iturbi n'eut pas ce scrupule.

— Tu as tort, l'ami : ce vin est une merveille !

— Tu as tort toi aussi. Je te rappelle que tu es dans le domaine du premier président du parlement de Grenoble, apparenté à de grandes familles du côté français. Ça risque de barder pour ton matricule. Tu sembles oublier que la justice punit de mort les soldats du roi qui se livrent au pillage. Il n'y aura pas assez de noyers dans la grande allée pour y brancher tes lascars, et toi le premier.

— Je suis pas inquiet. Toi, en revanche, capitaine Mandrin, tu as du souci à te faire. Je préfère être à ma place qu'à la tienne.

L'aube se leva sur un désastre.

Au milieu de la cour du château parsemée de cadavres, on avait entassé ce qu'Iturbi et Marsin appelaient des *prises de guerre* et qui n'étaient que les fruits du pillage méticuleux, effectué dans toute la bâtisse. On avait laissé en place le gros mobilier, que seules des charrettes auraient pu enlever. Un groupe de volontaires se battait contre des gâbians pour le contenu d'un coffre de voyage qui contenait des vêtements chauds et des armes de prix.

— Tous des chiens ! marmonna le colonel. Que veux-tu, c'est le mauvais visage de la guerre, mais il était pire durant la campagne des Flandres. Reconnais que tes hommes non plus ne sont pas des anges.

— Ils se battent, eux, pour une juste cause, un idéal. Peux-tu comprendre ça ?

— Un idéal ? Balivernes ! Il n'y a de juste cause que celle qui gagne les batailles... Quant à l'idéal, ça me fait rigoler !

Mandrin, après avoir été poussé dans la charrette, avait cru reconnaître M. de Marsin. Il en parla à Iturbi qui lui répondit qu'il ne s'était pas trompé : il avait tenu à suivre l'expédition.

— J'aurais bien aimé lui dire deux mots, dit Mandrin.

— Tu le verras pas. Je peux lui faire part de ta demande, mais ça m'étonnerait qu'il accepte. Si tu es dans la crotte, c'est sa faute, et il tient pas à croiser ton regard. On dit pourtant que vous avez été bons amis.

— C'est un moment de ma vie, colonel, que j'aimerais oublier...

La pluie marqua une trêve lorsque la charrette des prisonniers s'ébranla, suivie d'une horde avinée qui, se moquant de la consigne de silence imposée par Iturbi, chantait à tue-tête.

La fête avait été animée, joyeuse et profitable, mais on ne s'en tint pas là. À l'insu du chef de l'expédition et au mépris des ordres, des gâbians s'en prirent, en passant par Avressieux, au maître d'école qui avait osé leur demander s'ils avaient de l'avance ou du retard sur la mi-carême. Un groupe pénétra dans la grange où il tenait sa classe et, devant les élèves figés de peur, le dévêtirent, le lardèrent de coups de baïonnettes et le laissèrent pour mort.

Un peu plus loin, des volontaires s'amusèrent à tirer sur des paysans en train de sarcler un coin de jardin, et blessèrent l'un d'eux. Au passage en fanfare à Saint-Genix où se tenait le marché hebdomadaire, ce fut pire. De la fenêtre de son auberge, Mme Jay-Jacquet aurait pu assister à un spectacle insolite. Alors que les cloches du dimanche annonçaient la sortie de la première messe, des gâbians qui marchaient en queue de colonne, se répandirent sur le parvis, tiraillant sur les pigeons, puis sur des gens qui protestaient, comme le cabaretier qui paya cette maladresse de sa vie, et un maquignon qu'ils blessèrent et autour duquel ils organisèrent une ronde en chantant *Dors, mon vieux...*

Lorsque Iturbi, furieux, interrogea leur responsable, ce dernier lui répondit que son honneur était en jeu et qu'ils n'avaient fait que se venger d'une humiliation sentimentale subie naguère dans ce lieu.

— Tu vas mettre fin à cette chienlit ! s'écria le colonel. S'il y a d'autres dégâts, je t'envoie au falot !

C'était prêcher des sourds ou tenter de maîtriser une horde de loups. Non contents de tirer en l'air ou sur des provocateurs, des groupes de gâbians, auxquels s'étaient mêlés quelques argoulets, pénétraient dans les maisons et les boutiques en fracassant les portes, troussant les filles et raflant tout ce qu'ils pouvaient.

Des gâbians ramenèrent au colonel deux hommes

qu'ils avaient trouvés porteurs de tabac de contrebande. On les fit monter dans la charrette. Comme ils protestaient, Iturbi leur répondit :

— De quoi vous plaignez-vous ? Pour une fois, vous allez traverser la frontière sans risquer votre peau...

Tout au long du trajet, Mandrin avait gardé l'espoir de voir ses hommes voler à son secours. Lorsqu'il aperçut, dans une coulée de soleil, le lit du Guiers scintillant entre les peupliers, il se dit que la messe était dite et qu'il entrait dans le domaine de la mort lente. Il aurait fallu du temps à Bélissard, à supposer qu'il eût échappé au massacre, pour alerter le gros de la troupe, situé à des lieues de Rochefort. Le temps qu'elle se mette en marche et les soldats auraient passé de l'autre côté de la frontière, où il aurait été dangereux et vain de les poursuivre.

Lorsque le premier bac approcha, Iturbi s'inclina par dérision, chapeau bas, devant son prisonnier et lui dit :

— À tout seigneur, tout honneur, messire ! Vous allez passer le premier. N'essayez pas de vous jeter à l'eau. Avec vos liens, vous couleriez. Votre petit chéri et ces trois lascars vous tiendront compagnie.

Il pouvait être neuf heures et une aube avortée traînait encore ses linges rosâtres sur la montagne, lorsque les tenanciers du bac commencèrent à faire passer environ deux cents hommes, les autres, chargés de leurs prises et pressés de regagner leur cantonnement, préférant traverser la rivière à gué. Avec leur visage encore noir de suie, ils ressemblaient à une tribu de nègres fuyant une armée.

Le dernier contingent arrivé sur la rive française, le passeur réclama son dû. Iturbi lui rit au nez.

— Tu devrais être fier de l'honneur d'avoir transporté l'illustre Mandrin. Quand tu raconteras ça aux filles, elles te tomberont dans les bras. Ça devrait te suffire, non ?

Comme le garçon insistait, s'accrochant aux basques du colonel et disant qu'il porterait plainte pour escroquerie, Iturbi se retourna et lui meurtrit l'épaule d'un coup de crosse.

— Je te dispense, dit-il, de me rendre la monnaie...

Dans l'après-midi, lorsque la colonne parvint à Romagnieu, la bourgade prit un air de fête, avec un concert de cloches digne d'un dimanche de Pâques.

On recevait ce jour-là un personnage presque aussi célèbre que le roi, mais plus populaire : Louis Mandrin, capitaine des contrebandiers de France. On l'exposa comme un reliquaire sur la place centrale, en chemise, avec une couverture sur les épaules, hiératique, un sourire aux lèvres. Autour de l'estrade dressée sur des barriques, argoulets et volontaires faisaient bonne garde.

Les autorités en tenue de cérémonie vinrent admirer le héros humilié avec la mine avantageuse de consuls romains devant des prisonniers barbares. Ils se tenaient à distance respectueuse, comme si des ailes risquaient de lui pousser et qu'il pût s'envoler en crachant de la mitraille. À la nuit tombante, on l'enferma, avec les autres prisonniers, dans une sentine puante qui faisait office de prison, en leur jetant une miche et une cruche d'eau.

Tôt dans la matinée du lendemain, on fit remonter les prisonniers dans la charrette pour les conduire sous bonne escorte sur la route de Valence, à une vingtaine de lieues de Romagnieu. La pluie ayant cessé depuis la veille, la campagne, de part et d'autre du grand chemin, encensait sous le soleil, à travers des écheveaux de brume.

On observa une halte au Grand-Lemps pour faire reposer les chevaux et se désaltérer. Par-dessus les ridelles de la charrette, Mandrin regardait, le cœur serré, défiler avec une lenteur obsessionnelle les paysages de sa jeunesse. De tous ces villages, hameaux et fermes isolées, accrochées aux pentes, il connaissait le nom et parfois les habitants. Il avait sillonné cette contrée avec son maquignon de père, en selle derrière lui, les mains autour de sa taille, et parfois, dans le ballant du cheval, le sommeil le gagnait.

Il songeait à Jeanne, à Mathieu et à sa famille. Ils n'auraient plus de ses nouvelles, sinon par la rumeur publique et les gazettes. Un écran infranchissable les séparait à jamais. Finis, les idées de retraite et les rêves d'Amérique ! Son Amérique à lui, ce serait la geôle de Valence où il serait enfermé le temps d'un procès, puis le supplice.

Jeanne... Il l'imaginait, informée de son enlèvement, s'armant de pistolets, sautant sur sa jument et piquant des deux pour voler à son secours. Peut-être l'eût-elle fait au début de leur union. L'idée, à présent, ne lui en viendrait pas : elle était devenue une sorte de Junon, belle encore, mais épaissie par sa vie sédentaire et sa maternité. Elle qui rêvait de l'accompagner dans ses expéditions, de faire le coup de feu contre les gâbians, de braver gendarmes et soldats, était devenue sage. Il avait peine à croire que cette Jeanne-là n'était plus qu'une belle image. Jeanne... Jeanne d'Arc...

Mandrin s'efforçait de ne pas faire figure de martyr comme son jeune compagnon qui ne cessait de se lamenter que pour dormir, serré contre lui. Il répondait par des sourires crispés aux lazzis et par un salut de la main aux signes de sympathie et aux bouquets qui, parfois, sur le passage de la charrette, tombaient des fenêtres.

Il avait obtenu des officiers responsables de la colonne, les lieutenants Duverger et d'Husson, une pipe et du tabac. Durant les haltes, on le faisait descendre de la charrette avec les autres prisonniers. Il plaisantait avec ses gardes comme avec de vieilles connaissances. Tous se montraient surpris de le voir souriant, détendu, prolixe, comme si le cortège se rendait à une fête de village.

Au Bleu, qui s'étonnait de ce comportement, il répondait :

— Eh quoi ? Nous allons où nous pousse le destin, comme tous les hommes ! Il est vrai que le dénouement est un peu rapide, mais nous pouvons nous consoler en nous disant que nous avons vécu une belle aventure et que, grâce à nous, l'idée de justice a fait un grand pas.

Le Bleu protestait :

— Mais je veux pas mourir, moi ! J'ai ni volé ni tué. J'ambitionnais de devenir un artiste, pas un brigand. Je le dirai aux juges. Ils m'écouteront.

— Pauvre petit, les juges... Ils adopteront le verdict que les fermiers leur dicteront. Ils sont sourds et muets.

Il ajouta pour le consoler :

— En même temps que notre supplice, nous allons connaître la gloire. Elle sera posthume, hélas, mais elles le sont toutes un jour ou l'autre. Nous sommes connus du roi, aimés du peuple des villes et des campagnes. Quand le monde aura oublié le nom de nos ennemis, le nôtre survivra et on respectera notre mémoire.

On avait à peine abordé les faubourgs de Valence que la foule déferla de toutes parts vers le cortège, se tassant de part et d'autre du chemin et bloquant parfois la marche. Duverger et d'Husson, qui encadraient la charrette, échangeaient des regards inquiets, le bruit ayant couru, absurde, que les mandrinots pourraient tenter de sauver leur chef.

On scandait le nom du prisonnier, les filles lui tendaient des bouquets et les hommes des bouteilles. On lançait des vivats en agitant chapeaux et bonnets. On fit taire une vieille qui accusait les contrebandiers d'avoir tué son homme.

Lorsque, aux abords des remparts, la musique militaire joua l'hymne de guerre des dragons de Noailles, les prisonniers eurent l'impression d'entrer dans Valence non comme des victimes mais comme des héros.

Le comte de Marcieux, ajustant ses bésicles, se leva lentement et s'approcha de la fenêtre de son cabinet en se demandant s'il n'était pas la proie d'un cauchemar. La lettre qu'il tenait à la main lui avait été adressée par une vieille connaissance, le colonel de La Tour, commandant du détachement des volontaires des Flandres, en garnison au Pont-de-Beauvoisin. Il lui annonçait l'enlèvement de Mandrin en terre savoyarde.

M. de Marcieux se tourna vers son secrétaire.

— Lucas, lisez et dites-moi ce que vous pensez de ce courrier. Que signifie ? On s'est mis en campagne, sans daigner m'en informer, pour capturer ce brigand ? Cela dépasse l'entendement.

— C'est une affaire ahurissante, dit Lucas. Le gouverneur et le commandant militaire de la province que vous êtes aurait dû être consulté en premier. Allez-vous protester, monsieur ?

— Tout de suite, Lucas ! Une lettre au colonel de La Tour, qui semble trouver cette affaire normale. Écrivez...

Il fit suivre cette lettre de quelques autres, réclamant à divers correspondants, du même ton indigné, des explications.

— Que signifient ces cachotteries, Lucas ? Autant je suis ravi de la capture de ce brigand, autant je suis persuadé que l'on a cherché à m'évincer de ce projet et qu'on s'est joué de ma crédulité.

De toutes les lettres qu'il envoya à cette occasion, aucune ne reçut de réponse, sinon de Magadon de La Morlière, disant qu'il s'en expliquerait, ce qu'il se garda de faire.

La Morlière était convenu avec Iturbi d'une version fausse mais acceptable de l'événement : on ferait passer l'enlèvement de Mandrin pour un règlement de comptes entre contrebandiers ivres, l'un d'eux s'étant vengé de son chef en le livrant aux Français. Il convenait avant tout de ne pas laisser supposer que l'incident avait donné lieu à une violation de frontière, ce qui aurait déclenché une tempête dans les ambassades.

La tempête ne se laissa pas enfermer dans cette fable grotesque. Lorsque M. de Marcieux connut la vérité par une lettre de son ami, M. de Sinsan, gouverneur de la Savoie, il tomba des nues. Il y avait bien eu une violation de frontière et le roi Charles-Emmanuel en avait été informé. Il ajoutait : « *Je me dois de demander à Sa Majesté que l'on évite toute violence envers les prisonniers et qu'on les fasse jouir du droit qui leur est acquis...* » Une demande d'extradition à rebours, en quelque sorte...

— Eh bien, Lucas, dit M. de Marcieux, nous voilà dans de beaux draps ! Ce que je redoute, c'est qu'on fasse de moi un bouc émissaire et qu'on me demande des comptes. Ce La Morlière est un fieffé goujat ! Je vais lui dire son fait. Écrivez !

« *J'apprends par votre lettre l'échauffourée qui a eu lieu en Savoie, entre contrebandiers, et la capture de Mandrin. Elle ne dit pas comment ce brigand nous a été livré. Je vous prie de m'informer mieux de cette affaire qui semble bâtie sur des mensonges...* » Non, Lucas, écrivez plutôt : « *sur un objet aussi singulier* », et ajoutez en post-scriptum : « *Je vous envoie copie de la plainte de M. de Sinsan. Veuillez m'informer avec plus de précision de cette affaire et vous souvenir que je n'ai jamais donné mon accord à cette expédition.* »

En l'absence de La Morlière, c'est le colonel d'Iturbi de Larre qui se chargea de répondre. Il le fit en termes si équivoques, brodant des absurdités sur des invraisemblances, que M. de Marcieux faillit jeter sa lettre à la corbeille. Il tapota son pouce avec ses bésicles.

— Cette version, dit-il, ne tient pas debout. Il semble que l'on cherche à me faire prendre des vessies pour des lanternes !

Les vessies se dégonflèrent lorsque le gouverneur apprit la vérité : des soldats rassemblés par La Morlière et commandés par Iturbi avaient enlevé Mandrin en terre étrangère. Avaient-ils agi de leur propre chef ? En vertu d'ordres supérieurs du ministre ou du roi de France ? Pour en avoir le cœur net, le gouverneur écrivit à M. d'Argenson pour protester contre l'ignorance où on l'avait laissé de ce projet, et réclamer des sanctions.

— J'aurais aimé, dit-il à son secrétaire, être dans le cabinet du ministre quand il a reçu ma lettre. Il a dû s'en arracher la perruque ! Il sait que la commission de Valence, qui va juger Mandrin, est placée sous mon autorité, et que je ne transige pas avec l'honneur de la justice. L'idée que je puisse plaider pour la libération de ce brigand et sa restitution à la Savoie doit lui donner des sueurs froides. Il me dit dans sa lettre sa surprise en lisant mes explications, de même que le roi qu'il a mis au courant. Je crois que La Morlière et Iturbi ont du souci à se faire pour leur carrière !

Le séisme occasionné par cette affaire fit sortir de terre, comme des vers, des mensonges éhontés. Les versions les plus absurdes couraient les cabinets. Le témoignage de M. Piolenc de Thoury sur le vandalisme des soldats dans le château et le village jeta une lumière crue sur ce drame. On ne pouvait guère mettre en doute sa bonne foi.

L'ambassadeur de France à la cour de Turin plaida son ignorance du projet. Celui de Sardaigne à la cour de France réclama des indemnités, la restitution des prisonniers et la punition des responsables. Réponse de Versailles : on réprouvait cette action, mais en regrettant que les demandes d'extradition de Mandrin n'aient pas été suivies d'effet. L'affaire était d'autant plus gênante que les cours d'Europe s'intéressaient de près à cette affaire où le roi de France perdait de son crédit.

Situation embarrassante pour M. de Marcieux : sa conscience lui dictait de tirer au clair cette affaire, mais il lui était difficile d'accuser l'armée de ce forfait. Le fait que le roi fût l'oncle de Charles-Emmanuel ne pèserait guère dans la balance, et une rupture était peu probable. Elle eût été fâcheuse alors que des menaces de guerre venaient de Londres. Un geste eût suffi pour liquider ce dossier : la restitution de Mandrin à la Savoie. La Ferme, toute-puissante, s'y opposerait.

M. de Marcieux poussa un soupir de soulagement lorsqu'il apprit que le roi allait ordonner de surseoir à l'exécution de Mandrin et de ses complices...

11
Le châtiment

N'eussent été les chaînes qui le tenaient rivé aux murs de sa cellule, Mandrin n'eût pas trop souffert de sa captivité.

Ses visiteurs ne le laissaient manquer de rien pour sa subsistance, de vin et de tabac notamment, dont la privation lui eût été pénible. Il en abusait, si bien que, du matin au soir, il se trouvait dans un état d'ébriété constant qui offrait l'avantage de lui faire oublier la curiosité malsaine des gens, ses nuits de solitude et les douleurs occasionnées par le froid de la pierre et des blessures lancinantes.

Une visite lui fut particulièrement sensible : celle de M. Terrier de Cléron. Il l'accueillit peu après son réveil, alors qu'il était encore à jeûn.

— Je n'espérais plus avoir de vos nouvelles, s'écria-t-il, et vous voilà ! Si je croyais à la Providence, je ferais brûler un cierge.

— Mon pauvre ami, murmura le visiteur, dans quel état je vous trouve... J'en suis bouleversé. Vous que j'ai connu fringant, prêt à toutes les aventures et à tous les défis, enchaîné comme un galérien...

Il demanda au prisonnier s'il avait reçu ses lettres.

— Je ne sais si toutes me sont parvenues, répondit

Mandrin, car la censure est vigilante, mais celles que j'ai pu lire m'ont réconforté. Si je n'ai pas suivi vos conseils à la lettre, du moins les ai-je trouvés pertinents.

— Mon dernier conseil était le plus raisonnable. Je vous suggérais, autant qu'il m'en souvienne, de renoncer à la contrebande et de fuir en Amérique avec votre femme et votre enfant, comme beaucoup de nos concitoyens. J'aurais pu vous y aider.

— L'Amérique... J'avoue que j'y ai songé. J'avais ma place sur cette terre de liberté, loin des hypocrisies et des injustices de notre pays. J'aurais fait rapidement fortune sans avoir à redouter les gâbians et les soldats.

M. Terrier s'assit sur l'escabeau réservé aux visiteurs de marque. Mandrin lui demanda ce qu'il devenait. Il soupira :

— Oh, moi... Je crains que ma carrière ne finisse en queue de poisson, victime que je suis, comme vous, mon ami, de ma passion pour la justice. Les remontrances que j'ai adressées au roi et à ses ministres m'ont privé de mon cabinet de Dole pour m'envoyer, devinez où ? À Limoges... Aussi humiliante que soit cette mutation, j'y poursuivrai la lutte que j'ai engagée en faveur de l'agriculture, de la libre circulation des marchandises et contre la mainmise des Fermes sur les activités vitales du pays. Mais je n'aurais garde de vous importuner avec mes tracas.

M. Terrier allait-il poursuivre ses recherches en matière de plantes médicinales ?

— Le Limousin, Dieu merci, abonde en belles et bonnes plantes, mais ce qui va surtout occuper mon temps, ce sera l'ouvrage dont j'ai commencé la rédaction. Il concerne un personnage célèbre et qui jouit de mon affection. Vous ne devinez pas qui ?

— Ma foi, monsieur...

— Mais vous-même, mon ami !

— Moi ? Vous plaisantez ?

— Nullement. L'idée m'en est venue dans la diligence qui me conduisait à Limoges, et je compte avoir terminé cet ouvrage avant la fin de l'année. Il sera à votre avantage, cela va sans dire, même si je dois payer le prix de ma franchise. Je ne ferai pas de vous un saint mais un héros. Quelle vie que la vôtre ! Dût votre modestie en souffrir, je ferai de vous un champion de la justice, une réplique de Caton. Vous le constaterez en le lisant...

— Je crains de n'avoir pas ce plaisir. Lorsque cet ouvrage sera terminé, je ne serai plus de ce monde.

— Allons donc ! Il y a, quoi qu'on en dise, une justice. Sa Majesté, dit-on, pourrait faire ajourner votre châtiment. On dit même que le roi de Sardaigne a réclamé votre restitution.

— Vous semblez oublier que la commission de Valence est aux ordres de la Ferme. On me tient et l'on ne me lâchera pas que je ne sois mort. Mon procès est fait d'avance et le verdict ne surprendra personne.

— Je prierai de toute mon âme pour qu'il en soit autrement.

— Eh bien, faites, monsieur ! Quant à moi j'ai perdu tout espoir, ce qui me donne cette sérénité. La mort est devenue mon amie. Parfois elle me fait des sourires derrière ces grilles.

— N'avez-vous pas espéré que vos compagnons... nombreux, et bien armés qu'ils sont... pourraient...

— Ils auraient pu tenter de me délivrer, durant mon transport, mais il n'est plus temps.

Mandrin fit la grimace en massant ses poignets

blessés par les fers et demanda à son visiteur s'il n'avait pas dans son bagage une pommade qui pût le soulager. M. Terrier promit de lui en apporter à sa prochaine visite.

— J'ai une autre faveur à vous demander, ajouta Mandrin : quand vous repasserez par le Dauphiné, dites à mon épouse que mes dernières pensées ont été pour elle et notre fils et que, s'il y a une vie après la mort, je souhaite l'y rejoindre et vivre avec elle jusqu'à la fin des temps.

— Cette mission, dit M. Terrier, sera pour moi un devoir sacré.

Peu avant la fermeture de sa boutique d'épicerie de la place des Ormeaux, dans un vieux quartier de Valence, M. Michel Forest monta dans sa chambre et se prépara pour le souper auquel il avait invité un couple d'amis. Il arrosa en chantonnant les géraniums qui ornaient son balcon, fit un peu de toilette et se frotta le visage d'eau de Naples avant de s'habiller.

Comme il lui restait une heure avant de passer à table, il ouvrit le registre relié en maroquin vert à filets dorés, où, chaque jour ou presque, il consignait les événements de la ville, de la province et du royaume, avec quelques réflexions : son livre de raison, son confident.

L'événement de ce jour et de ceux qui l'avaient précédé depuis le 12 mai de cette année 1755 était l'affaire Mandrin. Il s'était mêlé à la foule pour assister à son arrivée en musique et avait noté dans son journal que la curiosité était si intense *qu'on s'étouffait pour le voir passer*.

Il s'assit dans son fauteuil, son chat sur les genoux. Grattant d'une main la tête de l'animal et de l'autre caressant son menton de sa plume, il réfléchit un moment avant d'écrire :

« *Quelques heures après son emprisonnement, on a laissé entrer cinq ou six personnes à la fois. On pouvait converser avec lui à travers une fenêtre grillée. Il a beaucoup d'esprit, sa réponse est sûre et prompte, sa physionomie des plus guerrières et hardies, son œil vif... Sa taille est de cinq pieds et quatre à cinq pouces, ses cheveux blonds, ses épaules larges et sa jambe bien tournée. Aucun étranger ne manque de s'arrêter pour le voir et se retire en plaignant son sort...* »

M. Forest avait lui-même, un matin, rendu visite au prisonnier, mais il n'avait pu que l'apercevoir à travers les grilles, les notables ayant seuls l'autorisation de l'approcher. Il était en compagnie d'un gentilhomme dans la quarantaine, qui, à ce qu'il crut entendre, lui parlait de l'Amérique. Il aurait aimé bénéficier de la même faveur, mais il n'était qu'un négociant sans particule. En revanche, en jouant des coudes, il avait pu s'approcher et noter quelques détails, comme les bouteilles alignées, vides ou pleines, derrière le prisonnier, et ce geste qu'il avait pour frotter ses poignets et ses chevilles, avec une expression de douleur sur son visage mangé par la barbe.

Il nota ces observations et quelques autres dans son journal, le referma et s'administra une prise de tabac de contrebande dont il avait quelques sachets dans son arrière-boutique. Il éternua à trois reprises ce qui, disait son épouse, était un signe faste. Une odeur de soupe dissipa celle du tabac.

M. Forest accueillait ce soir-là Me Honoré Morier, candidat aux fonctions de consul, et son épouse.

Le repas débuta par une soupe au blé battu, dite

de la vallée des Millars, qui avait mijoté le temps d'une messe. En servant le vin de son domaine de Chabeuil, il se plaignit des dégâts que le gel avait occasionnés à sa vigne.

— Vous souvenez-vous, maître, de l'épaisseur de la glace sur le Rhône ? Elle atteignait cinq pieds ! L'on y jouait aux boules et au palet, il y passait des attelages et des troupeaux. De ma vie je n'ai assisté à un tel phénomène.

Me Morier en avait gardé un pénible souvenir : une chute sur la glace lui avait meurtri les reins. Sa volaille et ses lapins étaient morts de froid.

— C'est peu de chose, ajouta Mme Forest, comparé à la mort de M. de Saint-Marcel.

Ce saint homme, brigadier aux armées du roi, chevalier de Saint-Louis, s'était peu à peu dépouillé de tous ses biens pour les pauvres, si bien qu'on dut faire appel à ses amis pour régler les frais d'obsèques. Durant son agonie, on se relayait à son chevet pour lui faire toucher des livres saints, des objets du culte et des chapelets. La foule l'avait suivi jusqu'au cimetière des Minimes.

On attaqua en entrée les farcettes, un mets fait de choux, de blettes et d'œufs gratinés au gruyère. La cuisinière avait ramené la recette de la vallée de l'Arve.

Mme Morier fit dériver la conversation sur le bandit Mandrin. Elle avoua que, poussée par une curiosité dont elle se promit de parler à son confesseur, elle l'avait voulu voir.

— J'en ai encore des frissons ! dit-elle. Cette créature a l'allure d'un monstre. Laid à faire peur, barbu comme un sauvage, avec un regard que je n'ai pu supporter... Il ne mérite pas qu'on lui fasse un procès. À peine l'avait-on capturé, on aurait dû l'abattre !

M. Forest protesta avec un sourire.

— Ma chère, comme vous y allez ! Tous les prévenus méritent d'être jugés, quelles que soient leur apparence et la gravité de leurs actes. C'est un simple devoir d'humanité.

Me Morier se resservit des farcettes :

— Si j'en crois, dit-il, mon ami, Levet de Malaval, commissaire du roi, ce procès sera vite expédié. Je vous rappelle qu'il va présider la chambre ardente, un tribunal d'exception chargé de juger les affaires de contrebande, comme, au siècle précédent, celle des Poisons.

— Tribunal d'exception, dit M. Forest, à plus d'un titre. Chacun sait que le président Levet, votre ami, a partie liée avec la Ferme. Mandrin et ses complices n'échapperont pas à la roue.

— La roue... gémit Mme Forest. Encore la roue ! Cela fait des mois qu'on nous inflige ce spectacle, que l'on voit la tête des condamnés exposée aux quatre coins de la ville. Quand s'arrêtera cette boucherie ?

— Quand les brigands cesseront de nuire, chère amie ! dit Me Morier. Il faut bien, sacrebleu ! que notre société se défende. Vous devriez vous réjouir de cette sévérité. La contrebande est la plaie du commerce légal et vous êtes les premiers à en pâtir.

La servante servit la daube de Termignon, faite de jambe de bœuf aux carottes et aux herbes, un plat qu'à l'odeur on aurait pu reconnaître à dix pas. Mme Forest révéla qu'elle avait fait préparer par Mariette, sa cuisinière, avec du vin de Die, cette recette qu'elle tenait de sa mère.

Me Morier parla de la commission de Valence,

renommée dans tout le royaume pour ses succès dans la lutte contre la contrebande. Elle avait, en quatre ans, envoyé à la roue cinquante-sept contrebandiers et plus de six cents aux galères.

— Et malgré ça, la contrebande continue de plus belle ! Quand se décidera-t-on à lancer l'armée contre ces geux ?

— C'est ce qu'on vient de faire pour la capture de Mandrin, dit M. Forest. L'opération a eu lieu en terre étrangère, ce qui cause bien du tracas à notre pauvre souverain, ce dont la Ferme semble se moquer. Levet doit se faire un sang d'encre. La mort de Mandrin risque de faire autant de bruit que son arrestation.

— Ce pauvre Levet... Vieux, podagre, écrasé par ses fonctions, il fait pitié. Il m'a avoué que le procès de Mandrin serait le couronnement de sa carrière et que ce bandit n'avait rien à attendre de sa clémence.

— Dieu vous entende ! dit son épouse.

Elle se signa et essuya ses lèvres grasses de jus. On loua la délicatesse des vins qui accompagnaient chaque plat. On s'attaqua aux fromages présentés sur un lit de paille de seigle, avant de faire un triomphe aux œufs à la neige accompagnés d'une brioche moelleuse et savoureuse.

Comme la chaleur commençait à baisser, M. Forest ouvrit les fenêtres, invita ses amis à passer au salon et sortit d'un coffre d'acajou une panoplie scintillante de verres et de cruchons de cristal. Les messieurs savourèrent un marc du Clergeon, vieux de dix ans, et les dames de la liqueur de framboise. Me Morier alluma sa pipe et M. Forest s'accorda une prise. C'était pour tous l'heure la plus douce de la journée. Elle l'eût été plus encore sans cette chanson qui, montant de la rue avec une musiquette d'orgue, parlait de Mandrin et de ses exploits.

— C'est insupportable ! s'écria Mme Forest. On ne peut plus digérer en paix. Mon ami, fermez cette fenêtre, je vous prie...

Dix heures sonnaient à l'église Saint-Apollinaire, proche de la prison, lorsque M. Terrier de Cléron se retira. Il laissait quelques bouteilles au prisonnier en lui disant que, s'il en abusait, le bon Dieu ne lui en tiendrait pas rigueur.

Mandrin était de mauvaise humeur en fumant sa première pipe et en buvant sa première gorgée de vin. Un bourgeois lui avait lancé, à travers la grille :

— Dis donc, Mandrin, j'ai du mal à te reconnaître. Tu fais moins le fier depuis qu'on t'a mis les chaînes. Tu ne fais plus peur à personne, maintenant.

Il avait riposté :

— C'est pas le vrai Mandrin que tu vois ! Tu aurais eu un autre sentiment si tu l'avais vu en campagne ou dans la bataille, avec son chapeau de brigadier et sa jument noire !

Ce comportement de héros humilié faisait impression, mais Mandrin était las d'être livré à la curiosité publique, face à des gens qui l'apostrophaient à travers les grilles, l'insultant ou l'encourageant à tenir tête aux juges. Des femmes se signaient et priaient. De temps en temps, pris de vin, il se levait et tendait le poing en s'écriant :

— Qu'est-ce que vous avez à me reluquer ? Je suis pas la tarasque, nom de Dieu ! Foutez le camp !

Il prenait une bouteille vide et la lançait contre les grilles où elle se brisait. Il était tranquille pour un moment.

Il vivait dans l'opulence. Chaque jour, avec la permission de M. Levet de Malaval, ses geôliers lui apportaient une nourriture soignée, que n'eussent pas reniée les meilleurs aubergistes. Il n'en consommait qu'une infime quantité ; presque tout allait aux gardiens, dont il s'était fait des amis.

Il apprit de l'un d'eux, originaire, comme lui, de la Bièvre, que M. Levet avait reçu l'ordre de mener la procédure tambour battant, afin que la grâce royale, si tant est qu'elle dût se manifester, arrivât trop tard.

M. le président Levet de Malaval se fit transporter en chaise roulante dans la cellule de Mandrin. Il était gras et blême, avec un triple menton et un ventre rebondi sous le gilet près d'éclater. En voyant les reliefs du repas et les bouteilles qui jonchaient le sol, il s'écria d'une voix de ténorino :

— Eh bien, vous ne pourrez pas dire qu'on vous a laissé dépérir ! Vous devez vous croire à Capoue...

— Cela montre, monsieur, que j'ai encore des amis.

— Je n'en doute pas ! On défile sous mes fenêtres pour scander votre nom et protester contre votre internement. J'en ai les oreilles rebattues. Je tenais à vous voir et à bavarder avec vous avant les premiers interrogatoires dans un endroit plus approprié. Il faudra vous présenter dans une tenue correcte pour faire bonne impression, et ne pas vous enivrer.

Pour éviter les attroupements et des marques de sympathie qui auraient pu dégénérer, on conduisit Mandrin au palais de justice au lever du jour, dans une carriole bâchée. Il comptait y rejoindre le Bleu et ses autres compagnons, mais il se retrouva seul dans une salle tendue de noir, éclairée par de grosses chandelles de cire rouge. On transporta M. Levet à la tribune dans sa chaise roulante, au milieu de ses assesseurs, comme lui vêtus de sombre. Il ajusta ses bésicles, feuilleta un énorme dossier sur lequel il croisa ses mains.

— Louis Mandrin, dit-il, pouvez-vous me nommer les complices de vos crimes ?

— La liste en serait trop longue, monsieur le Président, répondit Mandrin. Mais je connais les responsables des forfaits dont on m'accuse : ce sont les gens de la Ferme, les commis, les receveurs, les entreposeurs de tabac...

M. Levet toussa et fit la grimace.

— N'avez-vous pas reçu des ressources de certaines puissances étrangères ?

— Des ressources, monsieur le Président, j'en avais suffisamment, dans ma cassette et en moi.

Un assesseur insista pour qu'il nommât au moins ses lieutenants. Mandrin haussa les épaules.

— Leurs vrais noms, dit-il, je ne m'en souviens pas. Je ne les connais que par leur sobriquet. Mais les aurais-je en mémoire, je ne vous les livrerais pas.

On s'attendait à des éclats ; il n'y en eut pas. En revanche il y eut un moment pénible lorsque l'on fit comparaître le Bleu. Il se précipita vers son compagnon et l'étreignit en pleurant.

— Suis mon exemple, nom de Dieu ! lui souffla Mandrin. Est-ce que je me lamente, moi ? J'attends mon sort avec la plus parfaite sérénité. J'ai appris, il est vrai, à braver la mort. Ce n'est pas si terrible.

— Louis Mandrin, dit le président, vous passez pour être le plus courageux de votre troupe. Qu'en dites-vous ?

— Ce n'est pas à moi d'en juger. Il est vrai que j'avais la réputation de faire trembler les autorités et de faire passer des nuits blanches aux messieurs de la Ferme. J'aurais pu, en diverses occasions, vous enlever, oui, vous, monsieur le Président, et ne vous libérer que contre une rançon, mais ce sont des méthodes criminelles auxquelles j'ai toujours répugné. La capture d'un vieillard impotent n'aurait rien apporté à ma gloire et j'aurais refusé d'en tirer profit. En revanche, si vous voulez me faire avouer que je me suis livré à la contrebande, les armes à la main, je ne saurais le nier. On peut me reprocher des crimes, mais, s'il s'en est produit, c'était à mon insu. Une troupe est souvent difficile à maîtriser. Le colonel d'Iturbi pourrait vous en dire plus long que moi à ce sujet...

— Cela suffit ! s'écria le président. Nous n'avons pas à juger un officier du roi !

Mandrin, au troisième jour de son incarcération, apprit qu'il était devenu le héros malgré lui d'une pièce de théâtre présentée à Paris. Il y figurait sous l'apparence d'une sorte d'Arlequin, comme on l'avait fait, quelques années auparavant, avec le bandit Cartouche. L'auteur de cette comédie lui avait écrit pour lui dire qu'il avait imaginé et monté ce spectacle avant qu'il ne fût arrêté. Il lui écrivait : « *Je vous en demande pardon à genoux.* »

Le prisonnier connut une émotion d'une autre nature lorsque le gardien qui lui témoignait de la sympathie lui annonça que deux de ses comparses, pris à Rochefort, allaient être exécutés. Il en fut ulcéré et conclut que son tour n'allait pas tarder.

Les gestes de sympathie à son égard lui étaient de plus en plus sensibles. La visite d'une dame de la haute bourgeoisie valentinoise, une bigote vêtue de noir, au visage couleur de couenne rance, portant sur la poitrine une grosse croix de bois verni, l'amusa quand elle lui dit :

— Il est temps, monsieur, de vous confier à Dieu. J'aimerais vous accompagner sur le chemin de la foi.

Il répondit en étouffant un sourire.

— Volontiers, madame, mais j'aimerais savoir si nous trouverons sur ce chemin, qui est long et pénible à ce qu'on dit, assez de cabarets pour nous désaltérer.

Devant la mine outrée de la vieille dame, il ajouta :

— Veuillez pardonner à ce langage de mécréant. J'aime votre voix. Elle fond en moi comme du miel. Alors, je vous en prie, parlez-moi de Dieu et du pardon que je puis en attendre.

— Consentiriez-vous à faire votre confession ?

— À condition de la faire auprès de l'abbé Galfet, que je rencontrais au château de Rochefort : le plus brave homme que la terre ait porté. Lui seul pourrait me comprendre et m'absoudre, mais je crains qu'on ne me laisse pas ce choix et qu'il soit trop tard.

Il avala quelques rasades de vin au goulot et ajouta d'une voix âpre :

— Madame, dites à ceux qui vous envoient que si un autre confesseur se présente, je l'étranglerai de mes mains !

Informé de cette démarche décevante, M. Levet se

fit de nouveau conduire dans la cellule de Mandrin et lui dit :

— Oubliez que je suis votre juge et écoutez-moi. Vous ne pouvez mépriser plus longtemps la religion de vos pères, alors que le Seigneur vous attend. Ne le décevez pas, je vous prie, et mettez votre conscience en paix avec vous-même. Je ne puis rien vous imposer, mais, pour votre salut, accueillez un homme qui saura vous comprendre et vous montrer la bonne voie. Je pense au père Gasparini, un jésuite d'origine italienne, du collège de Tournon. Acceptez-vous de le rencontrer ?

— Soit... soupira Mandrin. Dites-lui que je l'attends.

— Vous me voyez ravi de vos bonnes dispositions. Il se présentera à vous demain matin.

Avec son froc élimé serré à la taille par une ceinture de cuir à grosse boucle, ses mauvaises sandales, sa barbe en broussaille et sa maigreur d'ascète, le père Gasparini ressemblait à saint Antoine le Grand revenant des pierrailles du mont Golzim. Il s'assit sur l'escabeau et, d'une voix de basse-taille, avec un rude accent piémontais, il dit à Mandrin :

— Mon fils, es-tu prêt à m'écouter comme moi à t'entendre ?

— Je le suis, mon père. Venez-vous m'annoncer mon supplice ?

— Quelle idée ! Cela, Dieu merci, n'entre pas dans mes attributions. Je souhaite simplement t'aider à soulager ta conscience et à te préparer à paraître devant la Sainte Porte, une fois lavé de la crasse de tes péchés. Je suis moi-même un grand pécheur, mais je fais la toilette de mon âme tous les matins. Je t'écoute...

La confession dura plus d'une heure. Poings contractés, gorge sèche, Mandrin faisait effort sur lui-même pour accoucher de vérités difficiles à avouer. Au fur et à mesure qu'il avançait dans une confession qui prenait parfois des allures d'entretien amical, il se sentait proche de ce pêcheur d'âmes, ce lutteur bardé de certitudes, et enclin à prendre la main tendue vers lui.

— Merci de t'être confié à moi, lui dit le père en l'embrassant. Je prierai pour toi jusqu'à l'heure de ta mort, et même après. Ce que tu m'as dit de ta lutte pour la justice m'est allé droit au cœur. Dans cette affaire, ce n'est pas toi que l'on devrait juger et condamner mais tes ennemis. Et eux, ils n'auraient pas mes prières...

Au matin, le jour à peine levé, Mandrin reçut une visite qui lui fit battre le cœur comme un tambour. Un petit homme vêtu en tabellion, avec un col de dentelle à l'ancienne mode, se présenta et lui dit, comme s'il récitait une leçon :

— Mon nom est Leotier. J'occupe les fonctions de greffier de la commission. On m'a chargé de vous informer de son verdict. Vous êtes condamné à avoir bras, jambes, cuisses et reins rompus à vif, à être lié à une croix de Saint-André, sur un échafaud. Vous serez ensuite placé sur une roue, la face tournée vers le ciel, afin d'y finir vos jours. Après quoi, votre corps sera exposé aux fourches patibulaires.

Mandrin bredouilla, l'œil dans le vague :

— Placé sur la roue... la face tournée vers le ciel... Quand aura lieu le supplice ?

— Dans l'après-midi de demain. Avez-vous un souhait à formuler ?

— Dites au père Gasparini que je l'attends.

On le lui amena dans l'heure qui suivit. Mandrin lui dit en lui voyant un sourire aux lèvres :

— Vous souriez, mon père ? Venez-vous m'apprendre une bonne nouvelle ?

— Pas celle que vous espérez, hélas ! Vous souvenez-vous d'avoir attaqué un coche d'eau, entre Mâcon et Lyon, l'année passée ? Il y avait dans ce bateau un jeune commis de la Ferme auquel vous avez fait grâce de la vie. Il vient d'intervenir devant la commission pour requérir en votre faveur. Vous en souvenez-vous ?

— Nullement. J'ai tendance à oublier mes bienfaits pour ne retenir que mes mauvaises actions.

Le père lui prit les mains.

— J'ai appris que votre supplice est pour demain. Vous allez au préalable subir la question. Il paraît que c'est la règle. Je la réprouve et je prierai pour que cette épreuve vous soit légère.

— Mes juges ne tireront rien de moi, ils le savent. Maudite commission ! elle n'aura rien épargné pour m'humilier.

On le conduisit, quelques heures plus tard, en chemise, dans la chambre basse de la prison pour lui faire subir le supplice des brodequins. À chaque question restée sans réponse répondait un coup de maillet sur les coins qui, en se resserrant, faisaient éclater la chair et les os de ses jambes. On lui fit signer une feuille vierge de ses aveux.

Sur le trajet qui le ramenait à sa cellule, soutenu aux aisselles par des gardiens, il croisa le Bleu et lui dit :

— Courage, petit ! Garde ta sérénité et ne réponds rien. Mon supplice aura lieu demain. Le tien devrait suivre de peu. Adieu !

Le Bleu lui révéla que des démarches avaient été

entreprises par sa famille auprès du colonel d'Iturbi afin de le convaincre qu'il n'avait jamais pris les armes. Le colonel avait répondu en proposant un marché : qu'il fournisse des renseignements sur la bande du Petit Mandrin. Proposition absurde : le Bleu n'avait jamais rencontré ce personnage et ignorait tout de son trafic.

— Eh bien, petit, le sort en est jeté. Apprête-toi à mourir dignement.

C'est par milliers que les curieux, venus de tous les coins de la province et d'au-delà du fleuve, envahirent Valence, ce vingt-septième jour de mai.

La foule s'entassait sur les places, dans les rues et les ruelles, sur le toit des maisons, autour de la place des Clercs, entre l'université et l'église Saint-Apollinaire, où devait avoir lieu le supplice. Les derniers coups de marteau avaient retenti pour l'édification de l'échafaud, de la tribune des notables et des gradins, que, déjà, on se battait pour obtenir des places à prix d'or. On pouvait mesurer la notoriété du condamné aux mesures adoptées : des patrouilles de soldats et de gendarmes, une nuée de *mouches*, des postes de garde aux entrées de la ville...

Le bruit avait couru qu'une bande de quelques centaines de mandrinots déguisés en paysans avaient pris les armes et se dirigeaient à marches forcées vers la ville pour délivrer leur chef. Les reconnaissances qu'on avait envoyées à leurs devants étaient revenues bredouilles.

Il restait à Mandrin une des bouteilles de vin des Princes offertes par M. Terrier de Cléron. Il la partagea avec le père Gasparini qui ne buvait que de l'eau, mais, pour la circonstance, fit exception à la règle pour accepter ce partage symbolique.

Hors confession, ils bavardèrent comme de vieilles connaissances. Mandrin lui confia son testament en le priant de l'adresser à qui de droit pour le faire valoir, puis il lui parla de Jeanne, disant qu'il avait eu pour elle plus que de l'affection : un amour sincère et profond que de menues trahisons n'avaient pas ébranlé. Il regrettait d'avoir refusé qu'elle prît part à ses campagnes : elle lui aurait sûrement, avec son bon sens, évité des bévues. Elle eût été aussi bonne conseillère que le vieux Bélissard. Avec elle à ses côtés, il eût évité la capture.

Le père Gasparini se leva et l'étreignit.

— Excuse mon émotion, dit-il d'une voix brisée. Tu es le premier de mes pénitents qui me bouleverse à ce point. Dieu sait que j'en ai entendu, des confessions, mais la tienne m'est allée droit au cœur. Je ne t'oublierai pas, Mandrin.

— Ne dites plus rien, mon père. Suis-je ému, moi ? J'ai pourtant des raisons de m'abandonner au désespoir, mais d'autres, plus fortes, pour garder ma sérénité.

— Je sais. Ton orgueil...

— Dites plutôt ma fierté. On a de l'orgueil par rapport aux autres et de la fierté envers soi-même. La mienne est indomptable. M'avez-vous entendu quémander ma grâce ? Pour ce qui est de ma foi, si j'ai boudé l'Église, c'est que j'ai eu à me plaindre de ses serviteurs, plus occupés de leurs biens terrestres que de leur conscience, mais je crois en Dieu.

Lorsqu'on vint l'extraire de sa cellule, Mandrin était un peu ivre. S'il avait du mal à se tenir sur ses jambes, c'est en raison des blessures occasionnées par les brodequins. Il refusa l'aide des gardiens et se moqua de leurs airs de commisération.

On ne lui avait laissé que sa chemise et sa culotte, avec, dans le dos, un écriteau portant une formule infamante : *Chef des contrebandiers, assassin, criminel de lèse-majesté, faux-monnayeur, perturbateur du repos public*. La corde au cou, une chandelle de deux livres à la main, il marcha en titubant jusqu'à la place des Clercs. Par des échappées entre les maisons, les montagnes d'au-delà du Rhône, traversées d'ombre et de lumière, semblaient lui faire signe et lui parler de liberté, comme le vol de pigeons qui tournoyait dans le ciel.

Le cortège marqua un arrêt sur le parvis de Saint-Apollinaire pour que le condamné fît amende honorable en présence de l'évêque, Mgr Alexandre Milon. Il se plia sans regimber, à genoux, à ce cérémonial, mais on dut l'aider à se relever. Il demanda où se trouvait le père Gasparini.

— Tu ne le verras pas, lui répondit un garde. Il vient d'avoir une faiblesse. On est en train de le ranimer.

— Dès qu'il sera remis, je veux le voir et lui parler. Va le lui dire. Fais-lui comprendre que, s'il m'abandonnait au dernier moment, je renierais ma confession et penserais qu'il m'a trahi.

Alors qu'il s'apprêtait à accéder au lieu de son supplice, le bourreau, en maniant la barre de fer qui lui romprait les os, la laissa tomber sur le sol. Mandrin la ramassa et la lui tendit en disant avec un sourire :

— Grand maladroit ! Tu entends les gens qui rigolent ?

Tourné vers ses juges, il réitéra sa requête : voir

une dernière fois le père Gasparini. Il entendit une voix dans son dos :

— Tu m'as demandé ? Me voici. Pardonne-moi. C'était trop d'émotion pour ma vieille carcasse. Je ne te quitte plus. Je constate que tu auras gardé jusqu'au bout ta belle humeur. C'est une bonne leçon pour moi.

Le père l'aida à monter, lentement, marche à marche, les degrés de l'échafaud où le bourreau, appuyé à sa barre de fer, parcourait la foule du regard avec l'air avantageux d'un lutteur de foire. Montrant les premiers rangs de la foule, où, derrière un cordon de soldats, on avait fait ranger les enfants des écoles, Mandrin protesta, disant que c'était une honte, que leur place n'était pas là et qu'il allait leur parler. Il s'avança, soutenu par le père, jusqu'au bord de l'échafaud et, faisant appel à ce qui restait en lui d'énergie, leur lança :

— Mes enfants, vous allez voir supplicier un innocent. J'aborde cette épreuve l'âme sereine. Que votre vie soit vouée, comme le fut la mienne, à la justice et à la punition des méchants !

Il s'écria à l'adresse de la foule, avec les accents d'un tribun :

— Écoutez-moi tous ! Le brigand que je fus demande votre pardon et vos prières. Je requiers la clémence du Seigneur devant lequel je vais paraître, mais que ma malédiction poursuive les gens de la Ferme qui m'ont conduit où je suis !

En se tournant vers le bourreau, il trébucha et, agrippé au bras du père Gasparini, il lui lança :

— Fais ton devoir, et qu'on en finisse au plus vite !

Des voix impatientes montèrent de l'estrade des notables :

— Quelle est cette comédie ?
— C'est interminable !
— Faites taire ce brigand !

Mandrin avala goulûment la fiasque d'eau-de-vie de La Côte-Saint-André que lui tendit le père. Il s'agenouilla pour une dernière prière, les mains du père sur ses épaules et ne se releva qu'au roulement des tambours. Il repoussa le bourreau qui s'apprêtait à lui enlever sa chemise et sa culotte pour ne lui laisser qu'un lambeau d'étoffe pour lui abriter le bas du ventre. Tout ce qui lui restait de liberté, il voulait le confier à ses propres mains. En revanche, il dut se laisser lier de cordes sur la croix de Saint-André, sans que rien, dans son comportement, ne trahît la moindre faiblesse. Il eut même un sourire en entendant le père Gasparini dire à un assesseur du juge :

— Cet homme va mourir en bon chrétien. Il mérite nos prières.

Lorsque la barre de fer s'abattit sur sa jambe, il se cambra mais ne laissa échapper aucune plainte, de même lorsque craquèrent les os de son autre jambe. Lorsque l'instrument du supplice brisa son bras malade, ses lèvres bougèrent, comme s'il voulait parler, et son regard se tourna vers le père. Il avait perdu connaissance lorsque les derniers coups s'abattirent sur le bassin, le ventre et la poitrine. C'est une loque humaine que l'on jeta sur la roue.

Pour lui épargner une longue agonie, le bourreau l'étrangla. Une bouffée de vent tiède préludant à une foucade de mistral emporta les soupirs de soulagement de la foule et les gémissements des femmes. Un cortège se forma pour le conduire au gibet auquel on le pendit.

La chaleur décida M. Forest, de retour à son cabinet après une journée passée à aligner des colonnes de chiffres, à se mettre à l'aise. Il posa son habit, ouvrit le col de sa chemise et retroussa ses manches. Après avoir reniflé une prise, il affûta sa plume et la planta dans l'encrier en murmurant :

— Cela va me demander plus d'une heure, mais je dois m'exécuter.

Il ouvrit son journal et appuya ferme sur sa plume pour le titre du jour : MORT D'UN BRIGAND, puis il laissa sa plume courir sur le papier.

Il relata en quelques lignes l'arrestation de Mandrin à Rochefort, d'après les confidences de quelques clients et amis. Il fit suivre ce récit d'une relation de l'arrivée du prisonnier à Valence, pour en venir au supplice :

« *Il y avait, place des Clercs, un monde à étouffer, sur les toits, et autour des maisons. On avait même dressé des gradins où les places se louaient douze sous. Les portes de la ville furent fermées pendant l'exécution. Le régiment de Talaru prit les armes, ainsi que les bas officiers et les brigades de la maréchaussée de Tournon et de Saint-Vallier.* »

Il s'épongea le front, se versa un verre d'eau tiède qui lui tira une grimace. Sa main tremblait en racontant le supplice :

« *Si Mandrin a été intrépide dans ses expéditions, il ne le fut pas moins à sa mort... Il avait ce même air de fierté que lorsqu'il se battait, ce qui étonna les assistants...* »

M. Forest se leva, en proie à la résurgence des souvenirs. Sa main était agitée, si bien que certains mots n'étaient que gribouillis. Il faillit tout laisser en plan, mais, se reprenant, il poursuivit :

« *On parle de lui dans toute l'Europe. On n'a jamais vu un brigand faire autant de bruit durant sa vie et sa mort. Les gazettes françaises et étrangères sont remplies de ses faits. Bien des gens s'empressent d'écrire et de faire des chansons qui se vendent ce que l'on veut. Notre évêque a fait venir le sieur Treillard, peintre de Lyon, pour faire le portrait de Mandrin...* »

M. Forest chercha dans ses documents le texte d'un poème en forme d'épitaphe, à la gloire du brigand, qu'il avait recopié dans un cabinet de lecture. Il comptait une vingtaine d'alexandrins classiques. Il n'en mentionna sur son journal que les derniers vers :

Du crime et du carnage il eut toujours horreur.
Lorsqu'il se crut au port il rencontra l'orage.
Il fut pris sans pouvoir signaler son courage.
D'un œil sec et tranquille il vit son triste sort.
Fameux par ses forfaits il fut grand par sa mort.

Dans les jours qui succédèrent à l'exécution de Mandrin, la foule défila comme pour un pèlerinage au pied du gibet où restait suspendue la dépouille de celui que beaucoup considéraient comme un martyr, sinon comme un saint. On clouait contre les bois de justice des prières le recommandant à la grâce de Dieu, des poèmes, des couplets de chansons de rue ou des épitaphes improvisées.

On représenta à Paris une pièce de théâtre : *La Mort de Mandrin*. On répandit sous le manteau un poème en quatre chants : *La Mandrinade* et de nombreuses épîtres et oraisons funèbres en vers que vendaient les colporteurs. On ne comptait plus les chansons relatant sa vie et son supplice.

Les libraires proposaient à leurs clients les plus fidèles et les plus sûrs l'ouvrage paru anonymement, dont l'auteur, M. Terrier de Cléron, avait parlé à son ami : *L'Abrégé de la vie de Louis Mandrin*. En février de l'année 1761, suite à une lettre de cachet, il avait été embastillé, non comme auteur subversif mais pour sa rébellion contre l'injustice et ses idées novatrices en matière d'économie. Il en profita pour mettre la dernière main à la recette de sa pommade contre les hémorroïdes, qui aurait pu lui apporter fortune et notoriété, s'il n'avait été contraint de se retirer, malade, dans son domaine de Cléron, à quelques lieues au sud de Besançon. Il y mourut de chagrin, quatre ans plus tard, après la mort de son fils.

Il avait fait de Mandrin, dans son unique livre, un héros de légende.

À quelques jours du supplice de Mandrin, Me Morier, retrouvant M. Forest dans leur cabinet de lecture habituel, lui avait révélé une nouvelle bouleversante.

— Le président Levet de Malaval vient de

recevoir du contrôleur général des Finances, Jean Moreau des Séchelles, l'ordre de surseoir à l'exécution de Mandrin ! Moreau a adressé une copie de sa lettre à l'ambassadeur de Savoie, ainsi qu'au nôtre à Turin. Quel scandale, mon ami ! Le procès a été mené au galop et le sursis au pas. Comment être dupe ? Pour parler vulgairement, cela frise le mensonge et l'hypocrisie, avec un seul avantage : mettre au grand jour les méfaits de la Ferme générale.

— Grands Dieux ! marmonna M. Forest, cette affaire risque d'avoir des conséquences gravissimes.

— Je vous crois ! La cour de Sardaigne est dans tous ses états et le peuple réclame justice. Charles-Emmanuel vient de rappeler son ambassadeur et d'interdire au nôtre son poste à Turin. Le duc de Mouchy, Philippe de Noailles, a quitté Versailles pour présenter ses excuses au roi de Sardaigne, la corde au cou, comme les bourgeois de Calais. D'Argenson a parlé de *honte*.

— Que va-t-on faire des compagnons de Mandrin, pris à Rochefort ?

— Ils ont échappé de peu au supplice, notamment ce garçon auquel Mandrin semblait tenir beaucoup : le Bleu, de son vrai nom Antoine Chalençon, un peintre qui a fait plusieurs portraits de lui. Nous perdons un contrebandier mais nous gardons un artiste.

— La démarche de Mouchy suffira-t-elle a apaiser les esprits ?

— Sans nul doute. Personne n'a intérêt à déclencher un nouveau conflit. Cela va se terminer en bouillie pour les chats : de plates excuses, des cérémonies de réconciliation, des banquets et des embrassades. Et ces messieurs de la Ferme de se réjouir...

— Pauvre Mandrin ! Tant d'épreuves pour en venir là. Levet doit sentir sa conscience le turlupiner.

— Levet ? Croyez-vous donc qu'il ait une conscience ?

Les événements se passèrent comme Me Morier l'avait prévu. M. de Mouchy, envoyé du roi Louis, fut reçu à Turin avec les honneurs dans l'ambiance feutrée de la chancellerie. Il s'attendait à un accueil glacé ; on le fêta et il repartit couvert de distinctions. Charles-Emmanuel ne pouvait oublier que le roi de France était son oncle.

Lorsque se déroulèrent ces honteuses cérémonies, en septembre de cette même année 1755, Mandrin avait subi son supplice depuis quatre mois...

12

Les humeurs de M. de Voltaire

Les Délices (Suisse) : septembre 1755

Si la journée s'annonçait radieuse, l'humeur de M. de Voltaire l'était moins.

Mains crispées contre la balustrade de sa terrasse, encore fraîche de la rosée de la nuit, son regard sonda, comme chaque matin, les lointains du lac et les dernières brumes stagnant sur Genève. Tapis comme des chats à l'affût, des nuages s'entassaient entre deux pans des Voirons. Il avait pensé : *sur l'autre rive*, mais se gourmanda : un lac n'a qu'une rive...

Il s'était levé d'humeur maussade. Pas vraiment colère, comme cela lui arrivait souvent au lever, lorsque sa bile le tourmentait. Il salua l'homme de la poste aux lettres qui déposait son courrier dans sa boîte, au fond du jardin, puis, après avoir respiré profondément l'air frais du matin, il retourna à son appartement.

En robe de chambre, bonnet de nuit sur l'oreille, il tira devant son miroir de toilette une langue blanchâtre, chargée d'une mauvaise haleine. Des coliques l'avaient contraint à se lever à trois reprises durant la nuit. Cette indisposition fréquente le tourmentait.

Quand il en parlait au docteur Tronchin, ce charlatan, ce savantasse aux allures de muguet ne faisait qu'en rire !

— Vous et vos *humeurs pécantes*, comme disait Molière, sont des maux sans gravité. Vous êtes, mon cher, un *malade imaginaire*.

— Et vous qu'un âne bâté !

— Si mes soins ne vous conviennent pas, allez donc consulter le sorcier de Cornavin ! Je vais, quant à moi, renoncer à servir de bouc émissaire.

Il s'en garda bien. Soigner M. François Marie Arouet, connu du monde entier sous le nom de M. de Voltaire, était une faveur insigne. Il se laisserait traiter à la fourche mais reviendrait.

Toilette faite dans sa baignoire, M. de Voltaire parcourut son courrier. Une lettre de d'Alembert lui demandant son avis sur un article de l'*Encyclopédie*... Dans une autre, sa nièce, la grosse Mme Denis, se lamentait de ce qu'il semblait avoir renoncé depuis quelques mois à la baiser... Un éditeur lui réclamait le poème sur le séisme qui avait détruit la ville de Lisbonne, que l'écrivain lui avait promis... Un ministre de l'Église réformée s'indignait qu'il eût osé faire jouer dans son petit théâtre des Délices une pièce de Racine : *Polyeucte*, alors qu'elle était si peu suspecte d'irréligiosité qu'on aurait pu la présenter dans un couvent de nonnettes !

Un paquet était joint au dépôt ; il laisserait à son secrétaire le soin de l'ouvrir. Un livre, sûrement...

Ce n'était pas la première fois que M. de Voltaire avait maille à partir avec les disciples de Calvin. Ils avaient mis à l'index le théâtre, sous quelque forme que ce fût, quel que pût être son degré de moralité, et lui reprochaient d'avoir parlé de *l'affreux Calvin*.

Ces cafards étaient aux aguets. Que diraient-ils en apprenant qu'on allait jouer, à Paris, une de ses pièces : *L'Orphelin de la Chine*, évocation de la vie de Gengis Khan, avec des actrices *sans panier*, pour la première fois dans l'histoire du théâtre ?

M. de Voltaire fit porter son fauteuil sur la terrasse, à un endroit baigné par le soleil, d'où la vue portait sur l'immensité du lac où des embarcations jouaient un ballet immobile d'araignées d'eau. Il rêva, comme chaque matin, d'une journée entière consacrée à rêvasser, à se promener dans le jardin en lisant des poèmes, à regarder les nuages traîner leur ombre sur les vignes.

Souhait illusoire... Les premiers visiteurs s'annonçaient déjà devant le portail : deux poètes, Patru et Palissot, qui ne connaîtraient sans doute jamais les gloires de l'Olympe. Ils venaient déposer le témoignage de leur ferveur aux pieds du dieu vivant. M. de Voltaire se montra sensible à leurs oraisons, les complimenta sur leurs œuvres, qu'il avait trouvées exécrables, les supporta une heure et les congédia.

Lorsqu'ils eurent décampé avec des courbettes, M. de Voltaire, de sa voix de fausset, appela son secrétaire, le *petit* Collini. À dix heures du matin, il était encore à sa toilette ou en train d'essayer des perruques.

Collini était à son service depuis trois ans environ. À part quelques vétilles et une familiarité impertinente, son maître, n'avait pas à se plaindre de lui, car il portait sur ses œuvres à la fois des observations judicieuses et des critiques sévères qui faisaient l'objet de prises de bec dont retentissait toute la maison. Il lui avait dit, à propos de sa dernière pièce :

— Maître, vous faites parler votre Gengis Khan comme un ministre du roi Louis, en oubliant qu'il était un sauvage des steppes et que son langage n'était rien moins que châtié...

— Son langage, imbécile ! Tu le connais, toi, son langage ? Tu voudrais peut-être que je le fasse s'exprimer en mongol ou en béloutche ? Tu imagines la tête de Le Kain, l'acteur qui l'incarne, si je lui proposais ça ? Et le public ? Il fuirait avant la fin de la première scène.

— Vous savez fort bien ce que je veux dire, maître, et vous savez aussi ce que je pense de Le Kain. Il ne sait que bêler le madrigal alors que cette épopée guerrière demande des hurlements.

M. de Voltaire s'était gratté le menton, signe de mauvaise humeur. Il ne lui avait pas échappé que Le Kain n'était pas fait pour ce rôle, mais, bah ! s'il fallait hurler, il apprendrait...

Ces algarades quasi quotidiennes n'atténuaient pas la crainte du philosophe de voir Collini le quitter. Non qu'il fût excédé de cette cohabitation et de ces heurts, mais parce que ce garçon ne pouvait vivre longtemps loin de Paris, ses talents divers l'autorisant à ambitionner d'autres sommets que ceux des Alpes.

Collini se présenta, la mine réjouie, chantonnant et grignotant avec des mines de chat la dernière tartine de son déjeuner.

— Te voilà enfin, paresseux ! lui lança le maître. Avec qui as-tu encore passé la nuit ?

— Sauf votre respect, maître, cela ne regarde que moi.

— Vraiment ? Tu te livres à tes turpitudes sous mon toit et je devrais dire amen ? Ainsi, ma nièce ne te suffit pas. De qui s'agit-il cette fois ? Ton tempérament florentin te jouera des tours. La chaude-pisse te guette. À passer de la catin à la souillon, on attrape un jour une *galanterie*.

— Mme Denis... J'ai passé trois nuits avec elle et cela m'a suffi.

— Tu raisonnerais autrement si tu l'avais connue, comme moi, il y a quelques années, alors qu'elle n'était pas encore gonflée comme une outre...

Du bout de sa canne, il poussa vers Collini le paquet qui lui était arrivé par la poste aux lettres et lui demanda de l'ouvrir. Il contenait un opuscule sans nom d'auteur, intitulé : *Abrégé de la vie de Louis Mandrin, chef de contrebandiers en France, avec le journal de ses excursions et le récit de sa prise et de l'exécution de son jugement à Valence, en Dauphiné*.

— Un titre bien long pour un si mince ouvrage, bougonna Collini. Mandrin, encore lui ! Quand en aura-t-on fini avec les exploits de ce brigand ?

— Je suis ravi qu'on en parle encore, imbécile ! Un homme du commun qui se dresse contre l'injustice et meurt sur la roue, victime de la Ferme, voilà qui me plaît. Quel sujet pour une pièce de théâtre...

Il ajouta en tapotant les dalles avec la pointe de sa canne :

— Sans nom d'auteur, dis-tu ? Pas même sur l'enveloppe ? Qui pourrai-je remercier, si cet ouvrage m'intéresse ?

Il arracha l'opuscule des mains du secrétaire et lut à haute voix :

« *On ne doit pas mettre au nombre des frivolités l'histoire abrégée d'un homme de vingt-neuf ans qui a trouvé le secret de rendre sa vie aussi intéressante que sa mort a été célèbre...* »

— Voilà un beau début, Collini. Cet auteur ne doit pas être de ces infames plumitifs qui font leur fortune en exploitant les événements. Si ce portrait est fidèle, Mandrin devait ressembler à un brigand des montagnes d'Albanie, avec ces crosses de pistolet grosses comme des jambonneaux, qui dépassent de la ceinture ! N'empêche, j'aurais aimé le rencontrer pour qu'il me raconte sa croisade contre ces brigands de fermiers généraux.

— ... et ajouter ce portrait à votre collection de monstres !

— Monstre toi-même, Casanova de barrière ! J'ai entendu dire que ce bandit était des plus honorables. Certains en font même un émule de Guillaume Tell.

— Comme vous y allez ! Pourquoi pas de Bayard ? À mon avis, ce Mandrin n'était qu'un personnage de sac et de corde, un criminel.

— Comment peux-tu dire ça ? C'était un justicier de grande envergure. Sais-tu qu'il a causé une telle panique parmi les receveurs des impôts qu'ils ont fait transporter leurs coffres à Strasbourg ? Oui, mon ami ! ce roturier a fait trembler les hauts fonctionnaires du fisc et les fermiers généraux ! Il a été un torrent, une grêle qui a ravagé les moissons dorées de la Ferme. Note cette dernière phrase : elle pourra me servir.

M. de Voltaire parla à Collini du séjour, l'année passée, à l'auberge de Carouge, chez Gauthier, de celui que la *Gazette de Hollande* appelait le *Centaure des Alpes*. Lui-même s'y rendait parfois pour quelque goguette. Ils auraient pu se rencontrer.

— Mandrin a fait soigner une de ses blessures par Tronchin, sans cesser de mener ses affaires tambour battant. J'ai conscience de ma négligence. J'aurais dû lui proposer une rencontre. Cela m'aurait peut-être donné l'idée de composer un ouvrage ou une pièce de théâtre sur son épopée. Tronchin m'a dit qu'il avait entendu son patient parler de moi et lui dire qu'il aurait aimé me rencontrer. J'aurais pu lui démontrer que la vérole, la peste, la gravelle, les écrouelles, l'Inquisition et la commission de Valence qui l'a condamné ne devraient pas entrer dans la composition de l'univers, qu'il faut en prendre son parti ou combattre ces maux. Note cela, Collini !

M. de Voltaire ajouta :

— Si j'en crois Tronchin, Mandrin était littéralement possédé par ce qu'il appelait sa *mission*. Le parallèle que j'ai fait avec Guillaume Tell, et qui t'a fait sourire, est audacieux, j'en conviens. Lis donc cet abrégé et tu reviendras peut-être de tes préventions.

Il ajouta, le regard perdu dans le lointain du lac :

— Je ne sais si Mandrin en eut conscience, mais il a fait acte de semeur d'idées de justice et de chantre d'une société nouvelle. Il annonce peut-être la révolution que la corruption du régime engendrera un jour, inexorablement. Les Français arrivent souvent trop tard en toutes choses, mais, enfin, ils y arrivent. Ces temps nouveaux, ni toi ni moi n'aurons la joie d'en être les témoins...

Table

Prince des voleurs

Cartouche
Michel Peyramaure

Fils d'un tonnelier, pilier de tripots, habile aux jeux, Dominique Cartouche vit dans une époque où le royaume de France se vautre dans le luxe, spéculation et corruption faisant la fortune des nobles et des bourgeois. Alors il décide de semer la terreur et de saigner les profiteurs, sans pitié mais avec le sourire. À la tête d'une bande de près de deux mille hommes, il attaque diligences, bijouteries, hôtels particuliers... et se gagne la sympathie populaire. Une telle insolence, le pouvoir royal ne peut la tolérer : le 14 octobre 1721, le bandit est arrêté. Son juge dira de lui : « Cet homme a de la politesse et des sentiments. »

(Pocket n° 13224)

Le roi et son sérail

Le Parc-aux-Cerfs
Michel Peyramaure

Bastien Delorme, ami, amant et confident des dames de la cour, est le chroniqueur privilégié du règne de Louis XV, sacré « Bien-Aimé » et mort détesté. Alors que sous son égide paraît l'*Encyclopédie* de Diderot et d'Alembert, le roi élève la débauche au rang d'art tandis que le peuple, déjà décimé par les guerres, a faim. C'est dans le Parc-aux-Cerfs, demeure versaillaise du roi, que s'incarne la décadence du régime. Là, il retrouve ses « petites sultanes » : Jeanne Poisson, mieux connue par la postérité sous le nom de Madame de Pompadour, ou Jeanne Bécu, ancienne prostituée devenue comtesse du Barry. Mais la révolte gronde...

(Pocket n° 13141)

Des femmes seules, solidaires et libres

Le bal des célibataires

Michel Peyramaure

En 1919, la paix est revenue. Pas les soldats, morts dans les tranchées, et qui laissent derrière eux une armée de veuves et de filles « à marier ». Dans la petite commune de Saint-Roch, en Corrèze, c'est dorénavant la gente féminine qui règne et doit faire face à l'avenir. Et puisqu'il n'y a plus d'hommes au village, Cécile Brunie, l'institutrice, prend l'initiative extraordinaire d'organiser un grand bal où seront invités tous les célibataires de la région. Avec un seul objectif : susciter les rencontres, vaincre la solitude et le chagrin, que les couples se fassent et que la vie, enfin, reprenne ses droits....

(Pocket n° 13142)

Cet ouvrage a été composé et mis en pages
par ÉTIANNE COMPOSITION
à Montrouge.

Imprimé en France par

CPI
Bussière

à Saint-Amand-Montrond (Cher)
en janvier 2010

POCKET - 12, avenue d'Italie - 75627 Paris Cedex 13

N° d'impression : 91828
Dépôt légal : janvier 2010
S 17762/01